權力巔峰

SUPREME POWER

卷5 政治博奕

夢入洪荒 著

目錄

Contents

第一章

權力蛋糕

他相信一把手和二把手間的關係不會像表面上看起來那麼和諧，因為權力蛋糕就那麼大，一把手分得多了，二把手就分得少了，二把手分得多了，一把手就分得少了。所以，一把手和二把手之間的關係永遠都會存在一些齟齬。

柳擎宇決定把自己在新華區破局的第一個突破點選擇在招商局。

確定了突破點之後，柳擎宇並沒有立刻採取行動，因為那樣做的話未必能夠收到效果。

柳擎宇所採取的是以靜制動的策略。

第一步，柳擎宇每天都會把為自己服務的區政府副秘書長陳海生給喊過來和他聊天，從新華區的整體形勢到自己主管的所有業務領域，柳擎宇都會和對方聊一聊，同時還會向他諮詢一些問題和現象的看法。

從與陳海生的對話中，柳擎宇發現陳海生經常閃爍其詞，似乎並不願意把他的真實想法表露出來。從這一點，柳擎宇看出來這個陳海生應該是區長鄭曉成派來監視自己的。

不過對柳擎宇來說，根本無所謂，他和陳海生聊天的時候，什麼都聊，因此，柳擎宇相信，不僅是陳海生，就算是鄭曉成也未必知道自己的真實目的是什麼。

這幾天，柳擎宇發現了一個讓他十分無語的問題，那就是自己分管部門的幾個局長、主任們，沒有一個主動到自己這來彙報工作。

對於這種情況，柳擎宇雖然早有心理準備，還是有些生氣，這說明這些人根本就沒有把自己放在眼中。

這更加讓柳擎宇堅定一點，那就是自己必須要儘快選擇一個突破點來破局，以此來威懾那些局長和主任們。

這幾天，通過和陳海生聊天，柳擎宇對招商局的情況已經瞭解了一些，他知道，為了讓招商局能夠在招商引資上有所成績，區政府每年撥給招商局的款項不少。

招商局局長姚占峰是區長鄭曉成的嫡系人馬，所以，雖然招商局沒有做出什麼成績，但是鄭曉成並沒有動姚占峰的意思。

柳擎宇又從網上找了有關姚占峰的報導，心中對姚占峰的為人、性格有了一個大概的分析和瞭解。

在這一星期之中，柳擎宇就是坐在辦公室內研究各種檔案，尤其是有關新華區經濟發展情況的資料。期間，沒有任何人來彙報工作，就連柳擎宇走在路上的時候，其他區政府的工作人員看到柳擎宇都會遠遠地躲起來，儘量不跟柳擎宇靠近和接觸。

柳擎宇感覺到十分詫異，心說自己是有那麼可怕嗎？幹嘛大家都躲著我走路呢？

不過對這種情況，柳擎宇並沒有太在意，因為他知道，以自己和韓明輝、鄒海鵬他們之間的惡劣關係，他們肯定會千方百計地收拾自己的。

柳擎宇上任後的第二個星期的星期一下午，柳擎宇到單位報到後，便立刻騎著一輛自行車趕往區招商局。

柳擎宇身為區政府排名第三的副區長，雖然可以調用汽車，但是他並沒有調用，因為一旦調用，就需要告訴辦公室自己要去哪裡，這樣的話，自己的行蹤就容易暴露了。

所以，週末的時候，柳擎宇直接去中古車市場買了一輛二手自行車，騎著自行車來到了招商局大院。

區招商局辦公樓是一棟三層的小樓，樓前是一個小院。

小院大門口處有一個值班室。

值班室內，一個老頭正靠在椅子上打瞌睡。

柳擎宇不忍心打擾老爺子睡覺，騎著自行車便進了招商局小院。

把車停好後，柳擎宇邁步走進大樓裡。

柳擎宇先在一樓樓道內轉悠了一下，偶爾往開著門的辦公室內瞟上一眼。

走完一圈，柳擎宇的眉頭便緊皺起來，因為整個大樓裡面，開著門的辦公室只有三四間，雖然辦公室內都有人，但只有小貓一兩隻，很多座位上都是空著的。而那些到了的人，不是趴在座位上睡覺，便是坐在電腦前看影片或者玩遊戲。

柳擎宇邁步走上二樓。

二樓東側是領導們的辦公室。每個辦公室上面都掛著牌子，牌子上面寫著局長、副局長等職務名稱。

柳擎宇在這邊走了兩遍，就發現一間辦公室裡有人，這還是一個科長室，科長室內，一個五十多歲的科長正一邊抽著菸一邊看報紙，旁邊還放著杯茶，日子倒是過得蠻悠閒的。

柳擎宇先是敲了敲副局長辦公室的房門，沒有人應答，隨後又隨便找了兩個辦公室的房門敲了敲，還是沒有人應答。很顯然，這些人全都不在。

柳擎宇看看手錶，現在是下午三點鐘，早就過了上班時間了，但是主要領導們竟然全都不在！他們到底去幹什麼了呢？

帶著這個疑問，柳擎宇來到局長辦公室內。

辦公室內倒是有人，兩男一女。

兩個男的坐在電腦前玩遊戲，女孩則戴著耳機在看電影。

看到柳擎宇進來，女孩瞥了柳擎宇一眼，問道：「你找誰啊？」

柳擎宇問道：「我找姚占峰，他在不在？」

「你找姚局長？」

聽到柳擎宇找局長，女孩連忙摘下耳機，說道：「你找姚局長有什麼事？這個時候他一般不在局裡。」

「那他什麼時候回來？」柳擎宇問。

女孩搖搖頭說：「我也不知道，你要找他的話，最好直接給他打電話。局長平時挺忙的。」

柳擎宇笑了：「你們也挺忙的，平時你們沒什麼工作可做嗎？」

見柳擎宇這樣問，女孩警覺起來，充滿懷疑地看著柳擎宇。

這時，兩個在玩遊戲的男人聽聞動靜，抬起頭來看了一眼柳擎宇，緊接著，兩人立刻猶如化石般呆在那裡，眼神中充滿了震驚之色。

這兩個男人三十多歲，比那個女人歲數要大一些，一下子就認出來，這是新上任主管招商局的副區長。

兩人連忙站起身來，尷尬地看向柳擎宇，說道：「柳區長，您好。」

聽到兩人喊柳擎宇柳區長，女孩嚇了一跳，瞬間變色。

柳擎宇衝著三人淡淡一笑，隨即看向那個女孩，說道：

「你現在立刻按照電話號碼本，逐一給你們局裡的局長、副局長、科室主任打電話，問他們在哪裡，然後就說有人過來找他們，讓他們趕快回來。他們要是問是誰找他們，你們就說不認識，注意，打電話的時候打開免持鍵。」

女孩聽到柳擎宇的話，心中大驚。她也不傻，一聽就知道柳擎宇這是在給局長、副局長們下套啊。所以，她磨蹭了半天，就是不願意拿起電話，因為她擔心打了電話，局長們回來會拿自己開刀。

看到女孩拖拖拉拉的樣子，柳擎宇臉當即拉了下來：

「是不是不想打這個電話啊？你不打的話，也沒有關係，你們三人在上班時間玩遊戲，看影片，不務正業，這種行為十分惡劣，身為分管的副區長，我認為應該把你們三人當成反面教材，全區通報批評，並給予警告處分，三年內不得提拔重用。我想，這個權力我還是有的吧？」

女孩一聽，雙腿都有些顫抖了，畏懼地說道：

「柳區長，如果……如果我打了這個電話，是不是就不處理我們了？」

柳擎宇鐵青著臉說：「如果你表現好的話，我可以口頭警告你們一下，下不為例；如果表現不好的話，那就只能公事公辦了。」

那兩個男的都用充滿希冀的目光看著女孩，自己是否會受到處罰都看這個女孩的表現了。

女孩權衡了一下得失，銀牙一咬，心一橫，拿起桌上的電話，按了免持，隨即按順序撥了出去。第一個撥的就是局長姚占峰的電話。

電話過了好一會兒才接通，傳來姚占峰十分粗豪的聲音：

「誰啊？不知道我正忙著嗎？」一邊說著，一邊還喊道：「東風。」然後拿出手裡的一張麻將打了出去。

柳擎宇立即猜到這哥們肯定是正在打麻將，嘴上叼著菸接電話呢。

女孩聽局長的聲音便知道事情要壞，有心提醒局長一下，但是看到柳擎宇那充滿警告的目光，只好把念頭壓了下去，按照柳擎宇的指示說道：

「局長，局裡有人找您，您看您能不能回來一下？」

姚占峰不耐煩地說道：「誰找我啊？叫什麼名字？」

女孩咬著牙撒謊道：「我不認識，他說有重要的事情跟您商量。」

「你告訴他，我很忙，沒空。」說著，姚占峰哈哈大笑道：「槓！自摸，一條龍！和了！哈哈，太爽了。一條龍啊！」

姚占峰興奮地喊著，邊說道：「還有事沒？沒事我掛了。」

女孩看向柳擎宇，柳擎宇示意女孩掛斷電話。

「你再給副局長們打電話，問問他們在哪裡。」

女孩按照柳擎宇的指示又給其他幾個副局長打了電話，結果常務副局長周坤華是在外面和投資商見面，忙著做工作；其他三名副局長恰恰在陪姚占峰打麻將呢。

等女孩一一打完電話後，柳擎宇吩咐女孩道：「你再幫我撥姚占峰的電話，一會兒我跟他說話。」

女孩只能硬著頭皮再次撥通姚占峰的電話。

姚占峰這次很不高興，因為剛才那一把他打輸了，不禁怒斥道：「錢晶晶，你怎麼回事？我不是說了不讓你打電話了嗎？你怎麼還打？害我輸了一把！」

這時柳擎宇接過電話，冷聲道：「姚局長，真是不好意思啊，害你打麻將輸了，不要擔心，輸了多少錢，我柳擎宇幫你付，我已經在局裡等你們半天了，沒有想到你們還沒有過來上班啊，姚局長，要不你告訴我你們在哪裡，我親自過去找你們？」

聽到柳擎宇的聲音，再聽到柳擎宇自報家門，姚占峰的腦門上一下子冒出冷汗，拿著電話的手也開始顫抖起來，他怎麼也沒有想到，柳擎宇竟然悄悄地摸到了自己的招商局。

不過他腦瓜轉得很快，聽柳擎宇那麼說，馬上說道：「柳區長，不好意思啊，您剛才聽錯了，我和其他幾位同志並不是在打麻將，而是在討論工作，我們雖然不在局裡，但是每時每刻都心繫工作，您稍等我們一會兒，我們馬上就回去。」

「你們看著辦吧，給你們半個小時的時間。」柳擎宇冷冷說道，直接掛斷了電話。

電話那頭，姚占峰傻眼了，他知道柳擎宇不好對付，卻沒有想到柳擎宇強勢到這種地步，最讓他鬱悶的是，柳擎宇竟然聽出他正在打麻將，這都是因為自己一聽是錢晶晶打來的電話，就放鬆了警惕，這才被柳擎宇給抓到漏洞。

這時，幾個副局長紛紛看向姚占峰。

姚占峰立刻站起身來，滿臉憤怒說道：「走吧，趕快回局裡吧，柳擎宇那個大瘟神竟然跑到局裡視察工作來了，路上大家好好想一想，一會兒咱們該找個什麼藉口堵住他的嘴。」

四人打麻將的地方離局裡並不遠，步行也就是十五六分鐘的路程，他們回到招商局時發現，在會議室內，已經有不少人落座了，還有不少人正急匆匆地從外面往裡面趕。

他們幾個落座後一問，才得知原來柳擎宇和他們通完電話後，又讓辦公室通知招商局所有沒出差的工作人員，半個小時內趕回局裡；如果沒有特殊理由趕不回來，按照曠職處理。這一下可急壞了那些平時天天翹班，甚至在外面有其他兼職的工作人員。

一時間，整個招商局大會議室的房門不斷地被推開，關上，再被推開，再關上，一個個氣喘吁吁的從外面跑了進來。

柳擎宇就那樣坐在主席臺上，默默地看著臺下稀稀落落的眾人。

就在剛才，柳擎宇已經從辦公室那裡拿到了整個招商局的名冊。其中有編制的工作人員有十五名，沒有編制的外聘人員十五名。

柳擎宇從發布指示之後，便坐在招商局的大會議室內等著，他憤怒地發現，能夠在十分鐘內趕到的人，不到十個，在半個小時內趕到的不到二十人；也就是說，三十個工作人員的招商局內，平時竟然只有不到三分之一的人正常上班，其他的人不知道在幹些什麼，最重要的是，身為局長的姚占峰等人竟然在上班時間在外面打麻將，有這樣的領導，招商局變成眼前這種情況也就沒有什麼值得大驚小怪的了。

姚占峰等人坐在臺下，仰望著坐在臺上的柳擎宇，心中亦十分惱火，因為臺上本來是五張桌子，是他們五個局長開會的時候坐的，今天，柳擎宇竟然吩咐辦公室的人只留下一張桌子，其他的全都撤下去。很明顯，這是故意讓他們這些局長副局長們坐在臺下聽著訓啊。

姚占峰等人臉色都顯得十分難看。

柳擎宇看看時間差不多了，便宣布道：

「好了，現在半個小時已到，工作人員統計一下，看看還有誰沒有來？除了常務副局長周坤華同志以外，其他沒有到的全部記曠職，以後我會不定時地過來檢查，被我發現三次曠工者，直接開除。」

說到這裡，柳擎宇目光落在局長姚占峰的臉上，說道：

「招商局的各位同志們，可能有些人還不認識我，那麼我就自我介紹一下。我叫柳擎宇，現任蒼山市新華區副區長，招商局是我主管的部門。自從我上任一個星期以來，我查閱了很多資料，發現新華區招商局每年都無法完成區裡下達的招商指標，而且在蒼山市所有縣區招商局中，排名一直是處於墊底的，身為主管的副區長，我非常著急，所以，為了確保招商局今年能夠完成任務，為了不再墊底，接下來，我會對區招商局採取一連串的動作。」

柳擎宇這番話說完，全場鴉雀無聲，姚占峰等人全都傻眼了，柳擎宇竟然口出狂言，說要對招商局採取一連串的動作?!

姚占峰心中暗笑：「柳擎宇，你以為你是誰啊？你身為主管副區長就了不起啊，老子不理你，你就是一個光桿司令。」

身為區長鄭曉成的嫡系，姚占峰是有實力這麼想的。

其他的人則面面相覷，敢把話說得這麼滿的副區長還是第一次見到，以前分管招商局的副區長也沒有這樣囂張的啊。

柳擎宇掃了一眼臺下眾人，他自然看得出姚占峰等人眼中露出的那種不屑。

柳擎宇將目光落在姚占峰的臉上，問道：「姚占峰同志，我想問一下，到現在為止，你們招商局完成了多少金額的招商引資項目？你要是連這個都不知道的話，我想你這個局長恐怕當得有些勉強啊。」

姚占峰知道，柳擎宇這是給自己下套了。不過他也不是等閒之輩，立刻笑著說道：「柳副區長，身為局長，我當然知道我們招商局到現在為止完成了多少任務，我現在就可以告訴您，截至目前為止，我們一共引入外資五百零七萬美元，占年計畫一千萬美元的百分之五十左右；引進內資一點五億人民幣，占全年計畫二點五億人民幣的百分之六十。」

說話間，姚占峰把腰桿挺得筆直，似乎自己做出了很好的政績一般。

柳擎宇聽完滿臉笑容，點點頭道：

「嗯，看來姚占峰同志很有信心，很有能力嘛，今年能夠完成這麼多，比起往年來可是要強不少啊。哦，對了，姚同志，我想問一下，你所說的這引入外資和內資，指的是實際落實的情況，還是協議額度？據我所知，有些地方的招商局為了彰顯政績，總是把自己完成招商引資的協議額度說得很高，聽起來讓領導很滿意，但是等年底一清算的時候，實際上能夠落實的資金不足五分之一，姚占峰同志，不知道你所指的這些數字是哪種情況啊？」

柳擎宇問完，姚占峰的腦門開始冒汗了，因為他說的恰恰是協議額度。這其中的水分是相當大的。

招商局為了表現自己的政績和領導水準，往往會找一些很熟的朋友，通過他們簽訂一些意向性合作協議，在向領導彙報的時候，就會把這些協議金額給報上去，但是，如果你真的去檢查的話，就會發現金額根本就沒有到帳。

事實上，很多地方都是這樣操作的，姚占峰覺得這根本就是很正常的現象。**官場嘛，不就是你好，我好，大家都好嘛，只要大家面子上過得去就行了**，你的利益你拿走，別人的利益別人拿走，大家全都升官發財，誰也不影響誰。

以前的副區長從來沒有說過什麼。更是從來沒有詢問過他，因為人家知道官場潛規則。

但是現在，柳擎宇竟然如此直接地問，姚占峰只能皺著眉頭回道：「柳局長，我所說的這些任務金額中，既包括已經完成的金額，又包含合同協議金額。」

柳擎宇早就料到他會這麼回答，追問道：「那麼協議金額有多少？完成的金額有多少？」

姚占峰假裝思索道：「這個我記不清了，要不我讓辦公室把資料拿過來，我對照著資料向您彙報？」

說到這裡，姚占峰神情已經是相當不悅了，因為柳擎宇這樣問讓他很難堪。

柳擎宇哼了聲道：「不用拿資料了，我替你說吧！協議利用外資五百零七萬美元，實際利用外資是零，協議利用內資四十五億，實際利用五百萬。這就是你們招商局到現在為止所取得的輝煌政績。而且這五百萬還是常務副局長周坤華同志一個月前敲定下來的。去年，你們協議利用內資一千兩百萬美元，實際落實資金為零，協議利用外資為兩億人民幣，實際落實資金只有一千萬。姚占峰同志，我說的資料可有錯誤？」

柳擎宇說完，姚占峰腦門再次冒汗，臉色也越發難看起來，柳擎宇竟然把數據弄得這麼清楚。

他哪裡知道，柳擎宇這一個星期雖然按兵不動，一直窩在辦公室內，但實際上，他早已調閱了各個部門的檔案資料，通過綜合匯總之後，把招商局的實際情況摸得一清二楚。姚占峰想要忽悠柳擎宇，哪有那麼容易！

柳擎宇冷冷盯著姚占峰，姚占峰一開始還敢跟柳擎宇對視，到後來只能低下頭，點點頭道：「嗯，柳副區長說得沒錯。」

柳擎宇沉聲道：「只要你承認就好。姚占峰同志，以前你們招商局是什麼情況，我柳擎宇管不著，因為以前我不負責這一塊，但是現在，既然市裡和區裡把招商局這一塊劃給我來分管，我就要負起責任來，在其位，謀其政，對招商局的工作我得多關心一些。如果某些招商局的同志們在其位不謀其政，那麼對不起，身為主管領導，我會毫不猶豫地向區委區政府建議直接把你踢出局。

「不要認為你有背景，有人脈關係，我柳擎宇就會顧忌，就不敢輕舉妄動，如果你這樣想的話，那麼我現在就可以告訴這樣想的同志，你錯了，有這種想法的人早晚都會被我給踢出招商局的，因為招商局需要的是踏實肯幹的同志，需要的是能幹會幹的同志，對於那些尸位素餐的人，該開除的開除，該辭退的辭退，我絕對不會手軟。」

說到這裡，柳擎宇聲音再次提高了幾度，道：

「我已經聽說了，有小道消息說我柳擎宇得罪了某些市委領導，所以我肯定會受到某些打壓，我可以明確地告訴大家，這些消息是真的，但是在這裡，我也要告訴大家，大家不要認為有這些消息，我柳擎宇在工作的時候就放不開手腳，並不會。

「我之所以會得罪某些領導，就是因為我堅定地認為，身為國家官員，就應該老老實實地做好本職工作，任何阻礙我正常工作的障礙，我都會毫不猶豫地把他們清除掉，不管這種障礙身後有多麼強大的背景，我都無所畏懼。也許我會得罪某些人，但是我不在乎，因為我身為官員，就要為老百姓做主，我要對得起國家發給我的工資，對得起國家和人民對我的信任。只要我在這個位置上一天，我就要對我的工作負責。」

說完，柳擎宇目光直視著姚占峰的臉，眼神十分犀利。姚占峰被柳擎宇看得只能低下頭去，柳擎宇的眼神犀利得讓他恐懼。

看姚占峰不敢正視自己，柳擎宇心中直接對這個招商局局長的能力進行了否定。

在他看來，身為招商局局長，如果連跟自己對視都不敢，那麼他需要和外資企業進行談判和企業進行溝通的時候，他如何能夠據理力爭，為新華區爭取利益呢？他如何去應對那些虎視眈眈，盯著這個項目的競爭對手呢？

在這個世界上，沒有任何事是不需要面對競爭的，要想成功，最終生存下來，就必須敢於挑戰，面對各種各樣的競爭。否則，肯定會被淘汰掉的。

「姚同志，我現在鄭重地告訴你，如果你以後還有機會向我彙報工作的話，請你去掉那些花架子，省掉那些小心眼，我需要知道的是真實有效的資訊，而不是動用一些小手段來糊弄我，糊弄上級領導。

「另外，我再口頭警告你一下，上班時間不要和同事打麻將，請你記住，你是招商局局長，你身上肩負著帶領整個招商局的同志們招商引資的任務，這是你的主要職責，資金和投資案不會因為你和同事們打麻將就落到我們新華區來，天上是不會掉餡餅下來的，就算掉下來，也不會砸在你頭上的。」柳擎宇嚴厲地批評道。

聽柳擎宇指責自己打麻將，姚占峰怒了，當著這麼多人，他絕不能承認自己打麻將，否則以後怎麼統領下屬，於是立刻反駁道：

「柳副區長，雖然你是領導，但是請你不要胡亂說話，做事要講究證據的，否則的話，我不介意到鄭區長那裡和你理論理論。我姚占峰雖然不如你級別高，但也不是誰都可以欺負的。」

聽到姚占峰竟然向自己挑釁，柳擎宇的嘴角露出一絲淡淡的微笑。他等的就是姚占峰這句話。

姚占峰要是不向他挑釁的話，他這次來的目的還很難實現，現在姚占峰向柳擎宇挑釁了，這事情的矛盾衝突可就升級了。這是對上級領導的質疑和不尊重。

柳擎宇緊緊盯著姚占峰，道：

「姚同志，你確定在你回到招商局之前，不是在打麻將嗎？」

姚占峰傲然道：「當然，我當時正在外面和幾個副局長開會呢！」

柳擎宇冷笑道：「哦？開什麼會啊？為什麼你們開會的時候不叫上常務副局長周坤華同志啊？」

柳擎宇目光在周坤華的臉上掃了一眼，發現周坤華臉色在瞬間微微沉了一下。

他這句話就是挑撥離間了。雖然對招商局內部的事，柳擎宇不太清楚，但是從柳擎宇的經驗出發，他相信通常地方上的一把手和二把手之間的關係不會像表面上看起來那麼和諧，因為**權力蛋糕就那麼大，一把手分得多了，二把手就分得少了**；而二把手分得多了，一把手就分得少了。

而**人性中，貪婪和欲望是一般人很難克服的魔障**，所以，一把手和二把手永遠都會因為權力這塊蛋糕存在一些齟齬。

柳擎宇通過之前錢晶晶給周坤華打電話的結果聽得出來，這個周坤華是一個實幹派，至少，他願意把自己的時間用來工作，而且從招商局歷屆的招商引資資料來看，周坤華的業績還不少。

所以，柳擎宇暗裡來了這麼一招挑撥離間。從周坤華的表情來看，他很明顯對姚占峰有些不滿。

姚占峰自然聽得出柳擎宇挑撥之意，辯解道：「我們當時之所以沒有叫上周坤華同志，是因為當時周同志出去了，沒有在局裡，所以我們幾個就一起出去開會了。」

柳擎宇目光再次緊盯著姚占峰的臉，問道：

「姚同志，你確定你不是在撒謊欺騙我這個副區長？你確定你們沒有在打麻將而是在開會嗎？你非得讓我這個副區長出示證據，你才肯承認你們是在打麻將嗎？你確定要挑戰我這個副區長的權威嗎？」

一連幾個「你確定」，柳擎宇身上的殺氣在剎那間散發出來，眼神變得異常犀利。

姚占峰梗著脖子粗聲說道：「當然，我沒有做過的事，我幹什麼要承認，就算你是區領導，也不能隨意編排和栽贓陷害我們這些當手下的啊，要是你總是這樣幹，誰還敢在您的手下當兵？」

柳擎宇點點頭道：「好，姚占峰同志，既然你非要證據的話，那麼我可以給你，不過，我出示證據以後，這件事就不會那麼簡單結束了。本來我的意思是，你們幾個痛痛快快地承認的話，我念在你們屬於我分管部門的分上，就內部批評你們一下就好，可是你非得挑戰我這個副區長的權威，那麼為了我自己的顏面，這件事我只能往上捅一捅了。」

說完，柳擎宇拿出手機，按下免持鍵，然後把手機放在話筒旁，播放了一段錄音。

錄音裡，錢晶晶和姚占峰的兩段對話，一個字都沒有落下，姚占峰說的三筒、槓、清一色、和了等麻將術語清楚的出現在其中。

姚占峰和其他三個副局長頓時無言了，這下鐵證如山，根本別想狡賴。

錢晶晶更是雙腿直打哆嗦，姚占峰一定會以為是自己夥同柳擎宇來坑害他的，完了，完了！

「姚占峰同志，這是不是你的聲音？要不要我讓錢晶晶跟你對質一下？要不要找專家來鑑定一下這個錄音是不是真的？你是不是要告訴我，你所說的那些什麼三筒、四餅等字眼不是麻將術語，而是開會所使用的會議用字呢？」

柳擎宇一連串的質問直接將姚占峰逼得啞口無言。

這小子心眼實在太陰險，太卑鄙了，現在，自己該怎麼辦呢？

冷汗順著姚占峰的腦門、後背刷刷地往下流。他在不斷權衡著，思考著怎樣才能打破眼前這種不利的局面。

這時，柳擎宇毫不留情地直接當所有人的面撥通了區長鄭曉成的電話。

「柳同志，有什麼事嗎？」電話接通後，鄭曉成說道。

「鄭區長，向您彙報一件事，我今天到招商局視察，結果……」

說著，便把詳情向鄭曉成進行了彙報，同時還指出招商局局長姚占峰不服從自己，當面向自己挑釁的事。

「鄭區長，我早就聽說姚同志是您的人，但是，我還是想請您這個領導來評評理，姚占峰這樣做合適嗎？他是不是太不把我這個當副區長的放在眼裡了？如果每個我分管部門的領導都像他這樣，那麼我這個副區長的工作還要不要做了？是不是某些同志認為自己有了一個大領導作為靠山，就可以肆意挑釁其他領導的權威呢？」柳擎宇十分憤怒地說道。

聽到柳擎宇這番話，鄭曉成差點沒有罵出聲來，心中暗道：柳擎宇，你這個王八蛋，明知姚占峰是我的人，你還敢去找他的麻煩，你這根本就是存心跟我鄭曉成作對啊。

但是罵歸罵，柳擎宇現在抓住了姚占峰的把柄，而且還直接告到自己的面前，如果自己不有所表示的話，那這把柄就可能被柳擎宇無限放大。

鄭曉成對柳擎宇之前的行為也有所耳聞，知道這傢伙是個敢狠揍領導的主，這樣生猛的傢伙，和他打交道還真得小心一點。

所以，鄭曉成雖然心中不爽，嘴上卻還是好言勸道：

「柳副區長啊，姚同志這個人的脾氣我還是瞭解一些的，他這個人啊，就是脾氣有些差，說話做事的時候欠考慮，但是呢，這個人的工作能力還是很強的，也很有責任心，總體上是一位很不錯的同志，他如果有得罪你的地方，我會狠狠地教訓他的，我這就給他打電話，讓他向你道歉！這小子，一段時間不敲打他，就不知道自己是誰了。」

說著，鄭曉成就準備掛斷電話了，誰知這時候柳擎宇接口道：

「鄭區長，您的確應該好好敲打敲打姚峰同志，他的確是太不像話了，像他這樣的同志掌控招商局，真的是很有問題啊！說句實在話，您剛才說他很有責任心和事業心，我非常不認可啊，他如果有責任心和事業心的話，就不會在上班時間打麻將了。而且，現在整個招商局才完成連百分之一都不到的額度，要是不抓緊的話，恐怕今年連十分之一的任務額度都不一定能夠完成啊。

「雖然姚同志說什麼已經完成了一半左右，但是其中百分之九十九都是所謂的協議額度，說句不客氣的話，所謂的協議額度，有很大一部分是用來糊弄領導的，以前的主管怎麼看我不管，我既然主管招商局，我的眼中就揉不得沙子，對這些虛報的數字我絕不承認。」

說到這裡，柳擎宇話題一轉，又說道：

「鄭區長，我認為，姚占峰同志上班時間打麻將，肆意挑釁領導權威，應該給予姚同志嚴重警告處分，同時全區通報批評，以儆效尤。」

這是當著鄭曉成的面狠狠地打姚占峰的臉，也是在打鄭曉成的臉，**一巴掌打兩張臉**，這柳擎宇是一點面子都不給鄭曉成啊！

鄭曉成的臉色立時沉了下來。姚占峰是我的人，你好歹得給我一點面子啊。你倒好！偏偏一點面子都不給，這簡直是對自己權威的一種挑釁。

鄭曉成的語氣強硬起來：

「柳同志，姚占峰同志怎麼處理的問題，我看咱們最好不要現在就做決定，這個問題，應該上區政府黨組會議討論一下，看看大家都是什麼意見，不能因為你的一面之詞就要處理這樣一個正科級的幹部啊，而且姚同志平時的表現，很多區政府的黨組成員都很認可的。」

這次，鄭曉成跟柳擎宇玩起了太極推手，想要以柔克剛。

然而，柳擎宇早就料到他有這一手，淡淡笑道：

「鄭區長說得也有道理，這種事的確需要上會討論一下，畢竟我只是一個副區長而已嘛，加上姚占峰同志是你的人，區黨組會上，你的意見大部分都能通過，這一招的確非常有用，也肯定管用。

「不過，鄭區長，我現在有點擔心啊，以後萬一姚占峰他們這些人再次因為打麻將被記者給曝光了，我們區政府可就不好做了啊，到那時候，我們丟人可就丟大發了，肯定要找負責人來承擔責任的！咱們得先說清楚，你可別找我柳擎宇當替死鬼，因為我已經向你彙報過這件事了，也提過建議了，要是再出現這種問題，得你自己去承擔責任。

「我的手機有自動開錄音功能，咱們的對話我已經錄下來了，你要是找我當替死鬼，我可不幹。當然啦，還有一種可能，就是哪天我的手機不小心丟了，又恰好被某位記者給拿到，姚占峰他們這種行為意外曝光不能賴我啊，這跟我沒有關係啊。」

柳擎宇在區政府副區長裡排第三，區政府裡整體排第四，算是一個不上不下的位置，權力的掌控最為微妙，他非常清楚，如果自己強硬些，能夠掌控的實權就可能大一些；如果自己軟弱，那麼自己就會成為光桿司令，什麼都撈不到，甚至會成為鄭曉成他們的擋箭牌、替死鬼，有功勞沒有，有責任卻得承擔，這是柳擎宇絕對不能容忍的。

非常時期行非常之事，現在他手裡牢牢地抓住了姚占峰的把柄，鄭曉成想包庇姚占峰可沒那麼容易。既然自己要把招商局作為突破口，就必須強硬起來才行。

鄭曉成聽了，差點沒氣瘋，他都把話說得如此直白了，如果是一般人，早就知難而退了，他沒有想到，這個柳擎宇就像是塊牛皮膏藥一般，硬生生地貼上來，而且貼得還那麼嚴實，他要是不照柳擎宇的提議去處理姚占峰的話，萬一以後真發生什麼意外的話，自己就得去承擔責任了。

而且姚占峰這傢伙根本就是個草包，如果不是靠著到處塞錢公關，根本坐不到這個位置上。這傢伙有一個最大的愛好，就是打麻將，像他這種人，屬於那種狗改不了吃屎的類型。所以，柳擎宇把話說得這麼絕，他還真是有些忌憚。

沉思了一會，鄭曉成沉聲道：「柳擎宇，我看你也不要太著急，這件事我們從長計議吧，我會認真思考你的建議的。嗯，就這樣吧。」說著，直接掛斷了電話。

鄭曉成並沒有給柳擎宇任何明確的回答，但是柳擎宇清楚，以鄭曉成的精明，絕不可能為了保護一個下屬去承擔未知的風險，耽誤自己的前程。柳擎宇之所以敢這麼強勢，就是因為他早看穿鄭曉成他們這種人的人性。

掛斷電話後，柳擎宇對姚占峰正色道：「姚同志，不管區裡如何處理，你身為招商局局長，在工作時間聚眾賭博，是非常不應該的，你好好反思一下，寫一份檢討，晚上下班前交到我那裡。」接著轉頭看向眾人，道：

「各位招商局的同仁們，我希望大家都要對姚占峰同志這件事引以為戒，在上班時間好好工作，做好分內的工作，千萬不要像姚同志這樣，否則，一旦被我遇到，決不姑息。我希望大家明白一件事，我們新華區招商局為什麼每年的招商引資業績都不如其他幾個區，甚至連很多縣裡的招商局都不如？為什麼？

「我相信在座的人心裡都應該明白，是因為某些領導和下面的工作人員根本就沒有把重心放在工作上，有些人心中只想著怎樣藉由職位撈取政治資本，甚至撈錢，對本職工作反而不是很重視，這是一種捨本逐末的行為，必須得到遏制。

「這裡，我就強調一點吧，還有兩個月左右的時間，河西省省際經濟交流會就要開始了，這對我們新華區來說，是一個十分重要的招商引資的機會，河西省是北方的經濟大省，項目多，資金多，如果不能在這次招商引資大會上有所收穫的話，恐怕今年招商局很難完成任務。

「所以我決定，未來這兩個月的時間內，我會把工作重心放在招商局這一塊，我會不定期地到招商局來視察，每次視察都會統計缺勤、曠職的人數，如果被我連續三次發現曠職，不管是有編制的還是沒有編制的，一律開除。

「招商局不是養老院，想要在這裡拿工資不上班，還是請您換個地方吧。當然，如果誰對我有意見，你們可以向上級領導反映，如果不是因為分管到這個部門的話，我什麼都不會說的，只要我還分管招商局，我就會對各種違規、違紀行為進行嚴格監督，嚴肅處理，決不姑息。希望大家都能夠向常務副局長周坤華同志學習，多把精力放在工作、放在招商引資上……」

隨後，柳擎宇又聽取了眾位副局長們的工作彙報，並一一進行了點評。等這次臨時會議開完後，柳擎宇在眾人震驚的目光中，騎著自行車晃晃悠悠地離開了。

誰能想到一個堂堂的副區長竟然會騎著自行車過來視察呢？

柳擎宇走了，他這短暫的停留，在整個招商局內掀起了滔天巨浪。以前大家一直對局長姚占峰百分之百敬重，現在已經有人開始對姚占峰能否頂得住柳擎宇的凌厲攻勢感到懷疑了。

而柳擎宇此次所埋下的最大伏筆在於，柳擎宇褒揚周坤華、痛斥姚占峰的舉動，直接在兩個人的心頭留下了一絲不爽的種子。

姚占峰對周坤華這次大大地搶了自己的風頭十分不爽，周坤華也對姚占峰在工作時間聚眾打麻將，不務正業，卻偏偏佔了自己很多功勞日漸不滿。

以往，雙方都克制了內心的種種想法，尤其是周坤華，他知道姚占峰背後有鄭曉成做靠山，所以總是埋頭苦幹，不去想和姚占峰爭權奪勢，因而兩人的關係表面上看起來還是和諧的。

但是這回被柳擎宇這麼一刺激，兩人都意識到了生存危機。所以雖然雙方見面的時候依然滿臉含笑，嘻嘻哈哈，但是眼神深處卻多了幾分提防之心。

此刻，在新華區區長辦公室內。

區長鄭曉成臉色陰沉，使勁抽著菸，一邊思考著，自己到底要不要按照柳擎宇的意思處理姚占峰呢？如果真的照柳擎宇的意思處理了姚占峰，那自己這個區長顏面何存？但是如果不處理的話，又真的有可能會惹上麻煩，到底應該怎麼辦呢？

不得不說，柳擎宇真的給自己的頂頭上司出了一道難題。

在柳擎宇想來，鄭曉成肯定會處理姚占峰的，因為他相信鄭曉成心中有一種自保情結。然而，柳擎宇萬萬沒有想到，這一次，他算錯了。

鄭曉成沉思良久之後，最終狠狠一拍桌子，怒聲道：

「柳擎宇，你不就是算準了我肯定會為了自保去處理姚占峰嗎？這一次老子偏偏不讓你如願！你去招商局視察的目的不就是立威嘛，想要確定你在招商局的地位，老子就不讓你如願。自保？哼，我鄭曉成需要自保嗎？不需要！就算是招商局真的出了問題，就算是你把這件事情捅出來又如何？怎麼著也輪不到處理我鄭曉成。我鄭曉成又不是背後沒有人！」

說完，鄭曉成拿起桌上的座機給姚占峰打了通電話，告訴姚占峰不用擔心，自己會努力替他周旋，絕不會讓柳擎宇得逞的。

接到鄭曉成的電話，姚占峰很是感動，他知道鄭曉成在這種情況下頂住壓力力保自己，肯定是下了很大的決心，當即表示：

「區長，您放心，只要我姚占峰在招商局局長位置上做一天，柳擎宇就絕對不可能對招商局產生影響，我會牢牢掌控住招商局這一畝三分地，招商局永遠唯您馬首是瞻。」

聽姚占峰如此表態，鄭曉成滿意地說：「嗯，姚同志很不錯，努力幹，我不會讓別人輕易動你的。」

第二章

當眾表白

秦睿婕嫣然笑道：「我之所以來應聘招商局局長，是因為我希望和你多多接觸，我活了二十多年，一個真正讓我心儀的男人卻是鳳毛麟角，所以，我要征服你。」

秦睿婕竟然當面向自己表白。這女人真是夠辣，夠大膽。

兩天的時間過去了，柳擎宇發現區裡並沒有發布任何有關姚占峰的批評通報，更沒有任何人討論此事。他立刻意識到，此事肯定被鄭曉成給壓了下來。

這一下，柳擎宇大感意外，他點燃一根中國紅鑽石香菸，在辦公室內來回踱著步，腦子裡思考起來。

足足有二十分鐘，柳擎宇才想通了其中關節，看來自己還是官場閱歷太淺，低估了鄭曉成這種官員的心理素質和做事的老辣。

鄭曉成背後肯定也是有人支持啊，這也是他絲毫不懼怕自己手中掌握錄音資料的根本原因。而且，在新華區，區委區政府根本就沒有市委書記王中山的人，自己完全無法在這一畝三分地上掀起任何波瀾，這才是鄭曉成之所以敢蔑視自己的原因。

想明白後，柳擎宇嘴角不由得露出一絲冷笑，鄭曉成啊鄭曉成，既然你如此蔑視我，那我還真得好好和你掰掰手腕。咱們就走著瞧吧。

想到這裡，柳擎宇再次陷入了沉思之中。

手中的這份資料該如何運用呢？拿給媒體？不行！這種手法並不太好，而且媒體未必敢報導這件事。那到底應該怎麼辦呢？

一時之間，辦公室內煙霧繚繞。

突然，柳擎宇眼睛一亮，臉上露出興奮之色，嘿嘿笑道：「鄭曉成啊鄭曉成，你以為在新華區沒有什麼人可以為我出頭，那我就給你找一個出來。」

說完，柳擎宇拿出手機撥通了新華區區委書記姜新宇的電話。

柳擎宇非常清楚姜新宇是市長李德林的人，這一點在柳擎宇上任前，王中山就已經跟柳擎宇交代了，但是他這個電話並沒有打錯，他要找的就是姜新宇。

姜新宇此刻正在辦公室內批閱公文呢，看到座機上竟然顯示著柳擎宇的電話號碼，不由得一皺眉頭，狐疑道：「柳擎宇這小子給我打電話幹什麼？」

雖然心中有些疑慮，姜新宇還是接通了電話，但是他並沒有說話，而是等柳擎宇先說，這是領導的特權。

柳擎宇笑道：「姜書記，您好，我是新上任的副區長柳擎宇，我上任已經有一個多星期了，想向您彙報一下我近期的工作和想法，您看您有時間嗎？」

姜新宇聽柳擎宇竟然要向自己彙報工作，眼珠轉了一下，隨即說道：「嗯，這樣吧，今天下午四點左右你到我的辦公室來吧。」

「好，我會準時過去的。」

………

三點五十分左右，柳擎宇便來到區委書記姜新宇秘書的辦公室內等候了。

身為下屬，向上級彙報工作必須講究分寸，**絕對不能托大，這是官場上的規矩**，如果連這點規矩都不懂，讓領導等你，那麼，就算你的背景再強大，前途也不會好到哪裡去。

等了不到五分鐘，他便被姜新宇的秘書給請進了姜新宇的辦公室內。

看到柳擎宇進來，姜新宇放下手中的公文，招呼道：「柳同志，你可是稀客啊，小王，給柳同志倒杯茶。」

小王是姜新宇的秘書，叫王貴陽，是個挺懂事的小夥子。

姜新宇雖然是李德林的人，但是和鄭曉成對待柳擎宇的態度不同，姜新宇在表面上對待柳擎宇還是過得去的，畢竟柳擎宇是副區長，有一定的地位。

而且姜新宇是個眼光看得很遠的人，他雖然有李德林作為靠山，但是自從上一次鄒文超保外就醫事件發生後，李德林、鄒海鵬和董浩三人的政治前途都等於止步了，雖然李德林受到的影響比之鄒海鵬和董浩要小一些，但是本來李德林馬上就要升任副省級的領導了，最近這個消息又暫時壓了下來，很明顯，領導心中肯定是在權衡著什麼。

如果李德林無法升任副省級領導的話，誰最有可能升任？肯定是市委書記王中山啊。

幾乎所有人都知道柳擎宇是王中山大力提拔起來的，自己真要是總給柳擎宇小鞋穿，那麼以後萬一到了自己晉升的時候，王中山要是稍微使一個小絆子，自己還真是很難提防。

這就是姜新宇此時的心態。

等小王離開後，柳擎宇便有條不紊地彙報起來。

剛開始，柳擎宇說的都是官樣文章，姜新宇只是眯縫著眼靜靜地聽著。

過了一會兒，柳擎宇的話風轉變，把話題轉移到具體的工作上，臉色也變得嚴肅起來，看著姜新宇說：

「姜書記，我今天來向您彙報還有一個目的，那就是向您告狀，雖然我知道這樣做不太妥當，但是我認為在新華區，也只有您能夠主持公道了。

「您想想，如果連招商局局長姚占峰聚眾賭博這樣嚴重的問題，政府都不加以處理，以後要是其他人都以此依據去做事的話，我們新華區的官場氣氛將會變成什麼樣子？而且我還再三向鄭區長要求區政府能夠對姚占峰進行處理。結果讓我很是失望。

「姜書記，我之所以要如此大力整頓區招商局，也是衝著兩個月後在河西省舉行的省際經濟交流大會去的。我打算在那次交流大會上好好努力，為咱們新華區拿幾個大項目回來。對此我也有了一些想法。我有信心，至少能拉回一兩個幾千萬以上的大項目，但是，如果招商局一直都是這種狀態的話，恐怕很難有所作為啊。

「我最近研究了其他幾個區招商局的網站，發現有些區也有和我類似的想法，如果我們不抓緊的話，這幾千萬的大項目恐怕又會被其他區拉走了。」

聽完柳擎宇這番話，姜新宇的心立馬不平靜起來。

姜新宇也很希望能夠幹出政績。當官的都知道，只有幹出成績才能提升。姜新宇在區委書記的位置上已經幹了將近三年的時間了，和他同時上任的其他區區委書記，一個個都被提拔到副廳級的崗位上去了，只有他依然蹲在這新華區裡，原因很簡單，新華區沒有政績！

什麼是政績？GDP！（編按：Gross Domestic Product，國內生產總值）

什麼是決定GDP的關鍵因素？招商引資！

新華區招商局養的大部分是閒人，很多工作人員都是市裡或區裡一些官員的子女和親屬們，因而被稱為官二代的集中營。

許多不求上進，只求安穩過日子的官二代、富二代們，便通過關係運作到招商局來，在這裡，想上班就上班，不想上班，就在外面花天酒地也沒有人管，頂多跟上級領導說一聲，孝敬一下就可以了。

由於這裡福利待遇超好，每年都有大筆的預算劃撥下來用於招商引資，這些錢其實都被各級領導們瓜分，用於公款吃喝，甚至出國旅遊了。

對這種情形，姜新宇心中是門清的。以前他一直沒怎麼在意。畢竟這個部門從自己上任的時候就已經是這樣了，而且這個部門一直是鄭曉成把持著。

鄭曉成是鄒海鵬的人，自己則是李德林的人，而鄒海鵬和李德林是盟友，所以，出於大局和和諧角度考慮，姜新宇雖然不滿招商局的不作為，但是一直沒有採取什麼措施。

加上他很難找到一個能夠真正把招商局給扛起來的局長，尤其是招商局的分管副區長也一直都是由鄭曉成控制著，也不好下手。

現在，聽柳擎宇說有辦法引入幾千萬的項目的時候，他可坐不住了。只是現在問題的關鍵在於柳擎宇說的是否是實情。

姜新宇不是個容易被人忽悠的人，他盯著柳擎宇的眼睛不信地問道：

「柳同志，你說的所謂幾千萬的項目指的是什麼？難道是鋼鐵？你說的到底是真的還是假的？」

柳擎宇淡淡一笑：「姜書記，我相信您應該對河西省的產業佈局有所瞭解，河西省是一個實力雄厚的大省，鋼鐵等重工業十分發達，這是大家都知道的，而白雲省在鋼鐵領域恰恰是強項，所以這一塊相互交流的意義並不是太大，此外，鋼鐵工業是一個汙染很嚴重的產業，我們新華區也沒有必要引入，我所中意的是新能源產業。

「目前，河西省在新能源產業的佈局中已經有遙遙領先之勢，尤其是新能源汽車、太陽能電池板等產業逐漸成型，這是汙染非常小的高科技產業，對於提高甚至是調整我們蒼山市的產業結構，提高ＧＤＰ的含金量有著重大作用。

「這也是我所看重的一個項目，但是，我發現有些區的網站，也已經把發展和引進新能源產業作為龍頭項目，由此我推斷，這次省際交流會上，其他區肯定會在新能源領域對河西省展開公關的。」

說到這裡，柳擎宇話鋒一轉，用帶著一絲蠱惑的聲音說道：

「姜書記，我有一些朋友就在河西省官場，我從他們那邊得到的消息是，河西省目前屬於新能源的企業非常多，市場相對來說已經處於飽和狀態，所以這些企業要想發展，肯定會採取走出去的戰略，他們有資金，有技術，欠缺的只是市場和企業，所以，這次省際交流大會上，河西省方面肯定會重點安排這方面的交流，如果我們不能及早作出準備進行應對，那麼，我們只能眼睜睜地看著其他區把幾千萬的項目拉回去，而我們依然顆粒無收，到時候，就不僅僅是丟面子的問題了。」

柳擎宇就說到這裡，但是姜新宇卻聽出了柳擎宇話中的深層含義，如果新華區接連在招商引資上失利，恐怕市委真的要考慮對新華區的領導班子進行調整了。

姜新宇是一個很有遠見的人，對目前市委的形勢看得很清楚，他知道，這一次柳擎宇被王中山派到新華區來，就是因為他對新華區的發展極其不滿意，所以，如果自己這次不能在全年重量級的招商引資抓住機會，引入一些大型項目的話，那麼自己這個區委書記的位置真不一定坐得穩啊。

姜新宇不得不承認，柳擎宇這番話非常有道理。

不過，姜新宇對柳擎宇來找自己的真正目的看得也很清楚，他不願意成為柳擎宇的槍桿，所以他淡淡地看著柳擎宇說道：

「如果我分析得不錯的話，你跟我說這麼多，無非是想要我出手幫你收拾招商局的姚占峰，你是**想要借勢**，借我的勢來完成你對招商局的掌控，我說的沒錯吧？」

柳擎宇點點頭道：「是的，對於這一點我並不否認，如果我能夠掌控招商局，在這一次省際交流會上取得不錯的成績，那這些成績都是在您的領導下取得的，這就是我對您的回報。據我所知，新華區近年政績乏善可陳，如果姜書記今年能夠有所突破的話，不僅可以向上級表現出您的魄力，更能表現出您的眼光。這對您來說也不是壞事，您說呢？」

和姜新宇說話，柳擎宇並不打算拐彎抹角，這種開門見山，直陳利弊的方式，能夠讓雙方更容易達成共識。

姜新宇沉吟了一下，說道：「如果我幫你掌控了招商局，你卻無法在省際交流會上取得成績，那我豈不是賠了夫人又折兵？」

柳擎宇淡淡笑道：「姜書記，現在做什麼不需要承擔點風險呢，雖然新華區這些年來沒出什麼大事，但是，您出不了政績，等到任期一過，您怎麼辦？不管平調還是調任閒職，對您都不是好事。至於河西之行，雖然我不敢說有百分之百的把握做出成績，但是七八成的把握總是有的，因為我相信自己的能力。您應該知道，當年在關山鎮，在那種情況下我都能把翠屏山風景區給運作起來，現在有新華區這樣一個廣闊的平臺，難道我還出不了成績嗎？但是，一切都有一個前提，那就是您的鼎力支持。」

「你要我怎樣支持你？幫你推動區委發布有關姚占峰的通報批評公告嗎？」

柳擎宇搖搖頭：「那樣當然不夠，我所說的鼎力支持，大體的過程是這樣的……」便把自己的想法跟姜新宇娓娓道來。

姜新宇聽完，再次陷入沉思，一旦他真的支持柳擎宇的話，勢必會和區長鄭曉成對立，那將會徹底失去整個班子的和諧局面，這樣做值得嗎？自己真的有必要為了一個虛無縹緲的政績就去支持柳擎宇嗎？

看到姜新宇陷入沉思，柳擎宇並沒有催促他，站起身說道：「姜書記，您先忙，我先告辭了。」

走之前，柳擎宇將一個隨身碟放在姜新宇的桌上，裡面存著姚占峰和錢晶晶的對話錄音。

柳擎宇之所以這樣做，是因為他知道，人都有一種逆反心理，尤其是下屬想要去影響上級領導判斷的時候，如果表達方式不當，極易引起上級的反感，而使事情走向相反的方向。這是上級維持尊嚴的一種自然的反應，也是人性。

所以柳擎宇毫不猶豫地離開，是在給姜新宇一種心理暗示，你自己看著辦吧，哥對掌控不掌控招商局根本不在意。

不得不說，這一招**欲擒故縱**的效果很不錯。

本來姜新宇還真是有些猶豫，生怕自己不小心就會上柳擎宇的當。然而當柳擎宇離開後，姜新宇的心理發生了變化。

他意識到，這次省際經濟交流會是他區委書記任期內拚政績唯一的一次機會了，自己擅長人事工作，發展經濟對他來說是個弱項，柳擎宇如果真能如他所承諾的，拉來千萬的大項目，那麼自己只要稍加活動，很有可能再提升一級的。

姜新宇權衡良久後，終於下定了決心。

第二天上午，蒼山市新華區召開例行區委常委會。

在會上，姜新宇突然重拳出擊，直接批評姚占峰上班時間聚眾賭博，性質十分惡劣，給予黨內嚴重警告處分，全區通報批評處理。而姚占峰擔任招商局局長期間，新華區招商引資數額連年在全市十多個區縣中排名墊底，因此提議立刻免去姚占峰的局長職務，由主管副區長柳擎宇物色一個合適的招商局局長人選，上報到區委，如果柳擎宇物色不到合適的人選，則由區委組織部負責物色。

姜新宇同時指出，之所以對招商局局長大動干戈，目的只有一個，就是兩個月後的河西省省際經濟交流會，如果柳擎宇和新任招商局局長無法在交流大會中獲得好的成績，那麼這個招商局局長還要再換人。

此刻，鄭曉成才看明白姜新宇的用意，他十分不滿姜新宇的突襲，但是姜新宇這次準備工作做得十分充分，他的提議很快獲得多數區委常委的支持、通過。

而鄭曉成和姜新宇的和諧關係就此終結，姜新宇要的是政績，而鄭曉成要的是控制和穩定，在彼此利益訴求不一致的情況之下，他們終於走上對抗和較量之路了。

柳擎宇接到區委辦的通知後，得意地笑了。在利益和政績面前，姜新宇最終還是選擇了支持自己。這讓柳擎宇想起了老爸筆記本上所寫的一句話：**「官場上沒有永恆的朋友，只有永恆的利益。」**

在利益面前，不管是姜新宇也好，鄭曉成也好，都會展現出他們最原始的欲望和本性。

此刻，蒼山市市委書記辦公室內。

市委書記王中山得知新華區區委常委會的決定後，滿臉得意地哈哈大笑起來，他點燃一根柳擎宇特意送來的鑽石牌軟中國紅香菸，抽了一口，感覺美妙極了。

柳擎宇這小子沉寂了一個多星期後，終於出手了。而且一出手就不同凡響，竟然讓一直好得跟親兄弟一般的姜新宇和鄭曉成對立起來。這是他一直想做卻做不到的，不知道柳擎宇用了什麼手段辦到的？

就在所有人都認為柳擎宇肯定會大力提拔自己的人，或者是提拔姜新宇的人到招商局局長位置的時候，柳擎宇再次出人意料地站在了姜新宇的辦公室內。

此次前來，他為的是招商局局長這個位置的人選問題。

姜新宇有些頭疼地看著柳擎宇說道：「柳擎宇，你這次找我又有什麼事啊？」

「姜書記，我這次來，是想跟您商量招商局局長人選問題，我有一個想法，希望能夠得到您的支持。」柳擎宇笑道。

「哦，你有什麼想法啊？」

「姜書記，我認為這個人的能力強弱，關係到我們能否在兩個月後的省際交流會上取得好的成績，所以我們應該採取一些非常規的手法。」

姜新宇一臉狐疑地問道：「什麼非常規手法？」

柳擎宇解釋：「姜書記，說是非常規，其實很多地方都實施過，那就是公開競聘，這樣一來，不僅我們能夠選擇到最合適的、最優秀的人才，而且能夠極大地增加我們新華區在省裡的影響力。我只需要您支持，具體的工作由我親自操辦。您看怎麼樣？」

聽柳擎宇說完，本來頭還有些疼的姜新宇眼睛一亮。雖然心中有所防備，但是對柳擎宇的提議讓他不禁有些心動。

由於一個重要位置空缺出來後，往往有不少人會盯上，更會有領導打招呼，遞條子的情形，因此公開招聘看似容易，要想公平操作，實際上沒有那麼簡單，但是柳擎宇說由他來辦，那這件事自己就有很大的迴旋空間了，而且操作得好的話，自己的名氣在全省就算是打出去了。

只是，剛想到這裡，姜新宇眉頭又是一皺，他想到了另外一個嚴峻的問題。

一旦柳擎宇的提議被付諸實施的話，很有可能引來鄭曉成的強烈反彈，畢竟招商局裡的人幾乎都是他的人，在正常情況下，即便是提拔招商局局長，也肯定得從招商局內部提拔，這也是上一次常委會上，鄭曉成會同意自己拿下姚占峰的重要原因。

對鄭曉成來說，他不在乎誰當這個招商局局長，但是必須把招商局局長這個位置控制在手中。現在，柳擎宇偏偏玩這麼一手，肯定會引起鄭曉成的強烈不滿。因為新局長一旦上任，就未必會聽他的話了，他很有可能失去對招商局的控制。

按照慣例，新華區區政府每年給招商局的撥款數額相當不菲，這筆錢怎麼運用，主動權幾乎都操在局長的手中，這絕對是一大塊肥肉，鄭曉成能放任這塊肥肉從自己嘴邊溜走嗎？答案絕對是否定的。

柳擎宇把該說的話說完後，十分聰明地再次站起身來，笑道：「姜書記，您先忙，我就不打擾您了。您放心，我一切行動聽從區委的領導，我的目標只有一個，那就是把我的本職工作做好，爭取儘快為我們新華區拉到一些大的項目。」

說完，柳擎宇告辭離開。

看著柳擎宇離去的背影，姜新宇不得不再細細斟酌。

其實，姜新宇心中早已同意了柳擎宇的意見，只是柳擎宇所有手段的背後，都會讓自己不得不直接和鄭曉成進行較量，影響到他和鄭曉成之間的關係。

但是，明知道這是個坑，他卻不得不跳，因為坑的外面，還有巨大的利益誘惑，這種誘惑恰恰是急於出政績的他最需要的。更何況，就算真和鄭曉成鬧僵了也沒有什麼大不了的，因為鄭曉成影響不到自己的利益，但是柳擎宇的提議恰恰會讓自己的利益最大化。

只不過他故意表現出猶豫不決的樣子，是想給柳擎宇一種假象：那就是自己十分為難，這樣一來，柳擎宇就必須領自己的情。**這就是當領導的哲學！**

只是姜新宇沒有想到柳擎宇竟然毫不猶豫地離開，很顯然，他是在用這種方式告訴自己，他相信自己會選擇支持他的。

柳擎宇猜得沒錯。

這一次，姜新宇再次選擇支持柳擎宇。

在當天舉辦的臨時區委常委會上，姜新宇再次突然襲擊，提出了針對招商局局長位置進行全省公開競聘的提議。

這次果然遭到區長鄭曉成的強力阻擊，在會上，姜新宇和鄭曉成都拍了桌子，最後以七票對六票的些微差距，姜新宇的提議僥倖得以通過。

而經過這一次的衝突，姜新宇和鄭曉成兩人之間的關係更加惡化了。

柳擎宇接到區委辦下達的通知後，立刻啟動招商局局長全省公開招聘的計畫。

在新華區區委、新華區組織部、蒼山市市委、蒼山市市委組織部的官方網站上，都發布了對新華區招商局局長進行公開招聘的訊息，同時，在發行量較大的《白雲日報》《白雲晚報》《白雲都市報》三家報紙上也發布了相關的新聞。

柳擎宇又給蒼山市市委書記王中山打了個電話，希望王中山幫忙推動宣傳這件事，於是，新華區向全省公開招聘招商局局長的消息，在兩天內便被炒得沸沸揚揚，諮詢、報名的電話絡繹不絕。

柳擎宇為了這次活動，讓姜新宇從區委辦給自己派來兩個人，又把區政府副秘書長陳海生給喊了過來，讓他們三人專門負責這次公開招聘的組織工作，柳擎宇則負責掌控全域。

一個星期後，選拔工作正式開始，通過第一輪的筆試，從全省一百多名報名人中選出了二十名筆試成績比較優秀的正科級、副科級的幹部參加最終面試。姜新宇親自出席，不過他只是過來坐鎮的，這次面試的主考官是柳擎宇。

面試開始，柳擎宇拿到面試名單的時候，一下子愣住了，因為他在名單中看到了一個熟悉的名字——秦睿婕。

秦睿婕可是關山鎮的鎮委書記，她的權力比起招商局的局長來，要大得太多了，最重要的是，現在關山鎮由於有翠屏山風景區的帶動，經濟發展後勢看漲，只要秦睿婕在那裡再待上兩年，就可以輕輕鬆鬆地升到副處級、縣委常委的位置。

柳擎宇萬萬沒有想到，秦睿婕竟然會報名參加招商局的招聘。

這個女人也太瘋狂了，難道她不知道她在關山鎮的機會有多麼難得嗎？難道她不知道有多少人都在盯著她那個鎮委書記的位置嗎？現在，她竟然為了一個小小的招商局局長放棄了鎮委書記的位置，這讓柳擎宇十分無語。

隨著面試一個個地展開，柳擎宇也只能把種種疑問和不解壓在心底。

當面試進行到秦睿婕的時候，秦睿婕衝著柳擎宇嫣然一笑，頓時如春花盛開，整個會議室內的氣氛都為之一暖，考官集體石化。這個女人笑起來真是太美了。

柳擎宇的心在那一刻也怦怦地劇烈地跳動了幾下。

按照流程，考評組對秦睿婕進行了一連串的考核，秦睿婕得了九十八分的高分。連列席的姜新宇都頻頻點頭，認為她是這些競爭者中表現最為出色的。

後面面試的人中雖然不乏一些優秀人才，然而不管是在工作經驗上，還是在臨場應答上，比起秦睿婕來都差了許多。

最終，經過綜合評定後，秦睿婕以總分第一名的成績成為這次新華區招商局局長公開競聘的第一位人選。

在入職儀式上，柳擎宇臉色嚴峻地看向秦睿婕，說道：

「秦睿婕同志，據我所知，你現在是關山鎮鎮委書記，前途大好，你確定要放棄鎮委書記的位置來招商局擔任局長一職嗎？」

秦睿婕淺淺一笑，道：「我確定。」

柳擎宇再問了一句：「你確定你不後悔？」

秦睿婕使勁地點點頭：「我不後悔。」

秦睿婕終於順利地入主招商局，擔任局長一職。

秦睿婕的名字和新華區招商局頓時成為輿論焦點。大家都在討論一個問題，那就是，秦睿婕為什麼放棄關山鎮鎮委書記這樣一個前途大好的職位，要去新華區招商局呢？她到底圖的是什麼？

就連秦睿婕的老爸都憤怒地打電話來，詢問女兒在想什麼，當秦睿婕告訴老爸她的真實理由時，她老爸頓時啞口無言，最終只能嘆息地說了句「女大不中留」，便掛斷了電話。

當天晚上，柳擎宇把秦睿婕給約了出來。

柳擎宇也想好好地問一問秦睿婕，她到底為什麼要放棄關山鎮鎮委書記那麼好的位置？她走了，關山鎮怎麼辦？

月上柳梢頭。人約黃昏後。

距離新華區區政府不到五百米遠的「鴻運酒樓」二樓包間內。

柳擎宇和秦睿婕面對面地坐在靠窗的雅座上。飯菜已經上齊，兩人卻默默對視著，誰也沒有動筷子吃飯的意思。

柳擎宇看著秦睿婕，他發現，今天晚上的秦睿婕竟然盛裝出席，一身白色低胸套裝，銀色高跟鞋，一頭烏黑秀髮披在肩上，修長白皙的脖子上掛著一串珍珠項鍊，在粉紅色的燈光下散發著迷人的光澤。

坐在距離秦睿婕不到一米遠的桌子對面，柳擎宇可以聞到從秦睿婕身上所散發出來的陣陣處子幽香，讓人迷醉。

一直以來，秦睿婕都是以一身職業套裝出現在柳擎宇和關山鎮官場眾人的面前，很多時候她還會故意戴上黑框眼鏡，以此來顯現她的官員身分。

但是今晚，呈現在柳擎宇眼前的，卻是一個熟透的、充滿了火辣誘惑的熟女，尤其是當秦睿婕微微俯身的時候，低胸衣服下，那對高聳挺拔的玉乳就會露出一個龐大的輪廓，比豆腐還要白，比玉還要潤澤，讓男人忍不住想要去把玩一番。

饒是柳擎宇這種能夠很好掌控自己的鐵血男人，也感覺到小腹處有一股熱氣不斷上湧，第三條腿毫不猶豫地強勢崛起，想要躍馬持槍，縱橫馳騁。好在是坐著，秦睿婕看不到柳擎宇下半身的狀態，否則他一定會尷尬死。

這也是柳擎宇第一次對一個女人產生如此劇烈的反應。

平時他生活在美女旁邊，不僅老媽是美女，青梅竹馬的曹淑慧、韓香怡是美女，就連上大學的時候，圍在他身邊的也多是美女，所以對於一般的美女，柳擎宇的免疫力是非常強的，但是今天，面對著這身火辣裝扮的秦睿婕，柳擎宇有些失態了。

秦睿婕也看著柳擎宇，柳擎宇還是柳擎宇，依然是那身普通的西裝，依然是那個瀟灑的大男孩，但是柳擎宇的眼神卻變得越來越成熟了，而柳擎宇那稜角分明的臉龐讓秦睿婕對柳擎宇越發心動。

突然，秦睿婕瞪大了眼睛，因為她看到兩行鼻血順著柳擎宇的鼻孔緩緩地流淌下來。

秦睿婕先是一愣，隨即柳眉一挑，心中暗自得意，今天她為了在柳擎宇面前展現魅力刻意的精心打扮，終於收到了奇效，雖然柳擎宇的表情依然跟老僧入定一般，但是以秦睿婕的智商不難猜出來，柳擎宇終於被自己給電到了。

秦睿婕連忙站起身來，拿起桌上的餐巾紙，探過身體，俯下身，用修長的玉手輕輕地給柳擎宇擦拭起鼻血來，一邊擦拭，還一邊柔聲笑道：「柳擎宇，你怎麼了？怎麼突然流鼻血啦？」言語間充滿了揶揄之意。

看到秦睿婕那渾圓堅挺的玉乳差點就貼到自己面前，柳擎宇的鼻血再次不受控制地狂飆而出！不行！這個女人太性感了！

柳擎宇連忙伸手抓起一把餐巾紙，然後站起身來說道：「沒事沒事，天氣有些乾燥，火氣大，我去拿水沖一下就好了。」

說著，趕緊往一旁的洗手間衝去。

看到柳擎宇走路時的那種怪樣，秦睿婕臉上神采飛揚，眼眸中媚波流轉，臉上的笑容更是甜美中露出幾分自豪。

她笑了。從今天開始，自己算是成功地往柳擎宇的心中走進了一步，她很清楚，一個女人要想征服一個男人，首先就要征服他們的眼睛，征服他們的感官，只有征服這些之後，才有可能征服他們的感情。

過了一會兒，柳擎宇才慢吞吞地走了出來。

柳擎宇心中這叫一個窘啊，堂堂的柳家大少，竟然會在女人面前失態，太丟臉了。

好在柳擎宇臉皮夠厚。重新坐下後，柳擎宇不敢再往這妖精一般的絕色美女胸部看了，直視秦睿婕的眼睛問道：

「我一直有一個問題想要問你，你為什麼放著關山鎮鎮委書記那麼好的位置不幹，偏偏跑到新華區來應聘招商局局長呢？你走了，關山鎮怎麼辦？」

秦睿婕嫣然笑道：「跟你說實話吧，我之所以想來應聘招商局局長，是因為我希望和你多多接觸，因為我想追你，我想跟你上床，就是這麼簡單。對我來說，仕途晉升的機會雖然難得，但是畢竟以後有的是機會，可是一個真正讓我心儀的男人卻是鳳毛麟角，我活了二十多年，就只發現一個讓我真正欣賞、真正喜歡的人，所以，我要追你，我要征服你。

「至於關山鎮，你不用擔心，我已經和縣委書記夏正德同志彙報過了，我建議讓孟歡同志來擔任鎮委書記，他有這個能力，而且他的魄力比我更強。只不過一直以來，在你我的光環之下，他處於隱忍狀態。夏書記也同意了。而且洪三金也將會被提拔為副鎮長，這樣一來，關山鎮依然可以按照你當時的規劃繼續發展下去，相信過不了幾年，關山鎮就會徹底改觀了。」

秦睿婕平時是個冰山美女，但是一旦她的心扉敞開，膽子也是相當之大的，她的魄力更是讓柳擎宇十分震撼，秦睿婕竟然當面向自己表白。

這女人真是夠強勢，夠大膽。

柳擎宇有些感動。一個女人能為了自己放棄那麼多，不管未來怎麼樣，這樣的女人都值得自己敬重，值得自己愛護。

不過，柳擎宇並不是濫情之人，他沉吟了一下，十分謹慎地說道：「秦睿婕，我不得不承認，你是個非常讓人心動的女人，但是我現在才廿三歲，正處於事業打拼的時候，還沒考慮過婚姻的事，所以我不能向你承諾什麼。」

秦睿婕再次嫣然一笑，柔聲道：

「柳擎宇，你能夠把話說到這種程度我就非常欣慰了，我知道，像你這樣的優秀人才，身邊最不缺的就是女人，尤其是美女，不說別的，就那個曹淑慧，要是論起美貌來，比我有過之而無不及，而且，我聽說還有一個叫韓香怡的小美女也一直嚷嚷著要給你做老婆，所以你今生肯定桃花無數，但是，我有信心擊敗各路美女，拿下你這個帥哥。

「所以，我對你沒有任何要求，更不想你有任何心理上的負擔，我只要求你一件事，不要拒絕我，給我和其他女人一個公平競爭的機會！你放心，我不會對你有任何過分之舉。我現在只希望在事業上能夠助你一臂之力，希望能有更多的時間和你在一起，畢竟你和曹淑慧、韓香怡是青梅竹馬，在這方面我有所欠缺，所以我要透過和你一起工作來彌補這個弱點，我相信你不會拒絕我的，是吧？」

說到這裡，秦睿婕水汪汪的大眼睛柔柔地望著柳擎宇，目光中柔情似水，感情似乎濃得化不開一般。這一刻，饒是柳擎宇心似鋼鐵，也被這濃濃的眼波感動，最難消受美人恩啊！

柳擎宇只能苦笑道：「我柳擎宇何德何能，竟然能夠讓你這樣優秀的大美女喜歡，哪個男人能夠拒絕你這種美女的要求呢？」

秦睿婕笑了，這一刻，似乎房間內的溫度都提高了好幾度。

「好，有你這句話我就放心了，來吧，柳副區長，下面我們談一談工作吧，對於招商局的工作，你有什麼具體的要求？」

聽秦睿婕突然轉換話題，柳擎宇頓時覺得心裡空落落的，剛才那種被美女倒追的感覺還讓他回味不已啊。

不過，柳擎宇是一個很豁達的人，看到秦睿婕這麼快就把情緒調整過來，他也就順勢說道：「既然談到工作，那我就不客氣了。」

柳擎宇表情嚴肅許多，沉聲道：

「再有一個半月左右的時間，在河西省即將舉行省際經濟交流大會，到時候我們白雲省也會組團參與這一次的交流會，對我們新華區，尤其是招商局來講，這次省際交流會是我們唯一能夠完成全年招商引資任務的大好機會，如果錯過這次機會，我們要想完成招商引資任務十分困難。這也是我向姜新宇書記建議招商局局長人選採用競聘的原因。

「既然你上任了，我對你有三點要求：第一，利用剩下的這一個半月的時間，整頓招商局內部的紀律和作風，讓招商局的工作走上正軌；第二，要在招商局內挖掘一批有能力、有幹勁的中層幹部，為今後的招商工作打下基礎；第三，組建一個招商引資團隊，團隊裡每一個人都要能獨當一面，以確保河西省之行我們能夠拿下一些大中型的項目。

「怎麼樣，有沒有信心完成這三個任務？」

秦睿婕淡淡一笑，說道：「沒問題，這三個要求都是我這個招商局局長應該做的，如果連這幾項最基本的工作都做不到，我這個局長就真的不稱職了。你放心吧，這些就交給我。不過，要完成這些事項，肯定會對招商局的人事進行調整，你能不能確保我的調整不受到掣肘？」

柳擎宇拍胸脯保證：「沒問題，這點我早就跟區委書記姜新宇同志說好了，姜同志會給予你全力支持的，只要在正常工作範疇內的事，沒有任何人能夠掣肘。」

說到這裡，柳擎宇嘿嘿一笑，說道：

「雖然這裡被稱為官二代的集中營，但你要是真的能夠掌控住的話，也許可以化腐朽為神奇，這些官二代裡，並不是每個都喜歡混吃混喝混日子，也有很多是有自己的理想和抱負的，只要你能夠成功激發他們的鬥志，這些人的能量一旦爆發出來，對你展開工作是一個十分巨大的助力，畢竟，這每個人的背後都站著一個不普通的人物啊，不管人物大小，能把他們運作到招商局裡來的，肯定有一定的分量，只要我們善用這股能量，一定可以成就大事的。」

秦睿婕充滿欽佩地看了柳擎宇一眼，她很佩服柳擎宇的思維如此寬廣，一般人提起官二代集中營這種地方，最深刻的印象就是不好管理，卻忽視了這些人一旦管理好了，也是一股十分強大的能量，就像柳擎宇所說的，也可以成就大事的。

這個晚上，不管對柳擎宇來講，還是對秦睿婕來講，都不是一個普通的夜晚，因為就在這個晚上，秦睿婕終於成功地走進柳擎宇的內心深處，在柳擎宇的心中留下了她的印記；而柳擎宇對待感情認真負責的態度，也讓秦睿婕十分滿意。

其實，她向柳擎宇表白，並不代表自己就要向柳擎宇獻身，她不是花癡，之所以那樣說，是在試探柳擎宇的態度。如果柳擎宇當場就要帶她去開房上床的話，她會毫不猶豫地離開。

女人，是一種十分複雜的動物，她們對待感情的執著不是一般男人可以想像的。她們執著於感情，希望獲得男人的感情，渴望轟轟烈烈的愛情，卻又不希望男人花心；她們渴望男人鍾情於自己，卻又不希望這種感情太廉價，來得太容易。

柳擎宇善於看透人性和人心，卻看不懂女人。

兩人的談話進入尾聲，桌上的飯菜也幾乎被柳擎宇一掃而光，正準備離開時，柳擎宇的手機突然響了起來。

又是熟悉的鈴聲，柳擎宇頓時頭便大了。

電話是曹淑慧打來的。

柳擎宇接通電話，笑道：「曹大小姐，怎麼想起給我打電話了？」

曹淑慧嬌哼一聲：「哼，如果再不給你打電話，沒準你就被狐狸精給勾跑了。柳擎宇，本大小姐鄭重地警告你，不許和別的美女眉來眼去，否則本小姐一定會親自趕到你的身邊，想盡一切辦法把其他的女人給趕跑。」

此刻，秦睿婕就坐在柳擎宇的身邊，把曹淑慧的話聽得一清二楚。

憑藉著女人的直覺，秦睿婕立刻就意識到曹淑慧所指的狐狸精便是自己。

她的眉頭先是一皺，隨後卻輕輕地舒展開來，對曹淑慧為何會給柳擎宇打這個電話她根本不在乎，更不會在這個時候湊到柳擎宇的身邊去和曹淑慧辯駁什麼。因為她是一個十分有心計的女人。

秦睿婕心知和曹淑慧這樣在美貌、智慧上都不遜色於自己的極品美女競爭，自己要想贏得柳擎宇的愛情，並不是打敗曹淑慧就行，最重要的是要贏得柳擎宇的好感，如果在這時候和曹淑慧在電話裡吵來吵去的，反而中了曹淑慧的奸計，讓柳擎宇對自己心生厭惡之意。

想到這裡，秦睿婕突然一陣發寒，暗道：「該不會曹淑慧知道我在柳擎宇的身邊，所以故意設計，想要讓我發飆，和她吵架，好讓柳擎宇討厭我吧？如果真是這樣的話，這個曹淑慧也太狡猾了。」

此刻，柳擎宇聽到曹淑慧的這番話，只能頻頻擦汗保持沉默。

曹淑慧又說道：「我聽說下個月河西省就要舉行經濟交流大會了，你身為主管招商局的副區長，應該會代表新華區參加這次交流會吧，到時候本大美女會親自過去給你捧場的。你請我好好吃一頓好不好？」

柳擎宇很了解曹淑慧的脾氣，就算自己拒絕，她想去也是會去的，只能苦笑著說道：「嗯，沒問題。」

曹淑慧又補了句：「到時候只准你請我一個人吃飯哦，不許帶其他的女人。」

柳擎宇再次無語，只能乾笑道：「嗯，到時候再說吧。哦，我還有事，先掛了。」直接掛斷了電話。

電話那頭，曹淑慧一直細心地留意柳擎宇那邊的動靜，發現柳擎宇竟然先掛斷了電話，氣得柳眉倒豎，杏眼圓睜，銀牙緊咬著喃喃自語道：

「也不知道今天柳擎宇是不是跟那個狐狸精在一起，真沒想到，那個狐狸精竟然為了柳擎宇放棄關山鎮鎮委書記的位置，跑到新華區招商局去當局長了，如果剛才我和柳哥哥說話的時候，秦睿婕就在他身邊的話，她能如此沉得住氣，充分說明這個女人也很有心計啊，能看出我是激將法，看來還真得好好盯著這個女人，不能讓她把柳哥哥給勾走了。」

見柳擎宇掛斷電話，秦睿婕笑道：「曹妹妹的脾氣真的很有個性啊，如果誰給她當老公的話，肯定要做個妻管嚴了！也不知道將來誰會成為她的老公，那一定會又幸福又鬱悶，柳擎宇，你說是不是？」

秦睿婕剛才沒說話，現在一開口，就直接衝著曹淑慧暗暗地捅了一刀，直接刺向曹淑慧的心臟。柳擎宇不是傻瓜，兩個女人的心思他怎麼會看不出來，心中暗嘆，兩女沒有一個是省油的燈啊！

柳擎宇和秦睿婕一起離開「鴻運酒樓」的第二天，秦睿婕正式在招商局走馬上任。

在歡迎儀式上，柳擎宇發表了重要講話，在講話裡，柳擎宇嚴肅地指出，招商局之所以換局長，主要是為了備戰一個半月之後在河西省舉行的省際交流會，如果哪個人不認真做好本職工作，那麼他絕對不會留情，該開除的開除，該處理的處理。

對柳擎宇的這番話，在場的招商局大小幹部們全部感覺到身上涼颼颼的。雖然很多人都有背景，但是他們非常清楚，柳擎宇既然能夠把前任招商局局長給整下去，要收拾他們這樣的小兵，那絕對是小菜一碟。

所以，對柳擎宇為秦睿婕站臺之舉，還真沒有幾個人敢輕視放鬆。

秦睿婕這個大美女正式入主招商局後，將她的強勢風格發揮得淋漓盡致。先是大刀闊斧地對中層幹部進行整頓，並確定了常務副局長周坤華的位置，而且將很多權力下放給周坤華，讓他放手去做，對周坤華的行動給予很大的空間。

周坤華是一個很有理想抱負的人，當他看到秦睿婕是真正地把權力放給自己之後，毫不猶豫地接過權力，大顯身手，很快，整個招商局的工作氛圍便煥然一新。

然而，秦睿婕的動作並沒有就此停止。

秦睿婕將三個副局長的分工分別進行了調整，把原來排名第三的副局長嚴順喜的很多工作分給了排名第二的邱文宇和排名最後的雷天華，嚴順喜直接被調到了老幹部活動中心，又重新提拔了一個女性副局長邵麗華上來。

嚴順喜是區長鄭曉成的人，而且嚴順喜的老爸是蒼山市的副市長嚴宏斌，所以，嚴順喜被調整的公告一發布，鄭曉成和嚴順喜的老爸得到消息後，便立刻給秦睿婕打了電話，旁敲側擊地對秦睿婕施壓，秦睿婕卻毫不留情地把兩人的施壓給頂了回去。

當兩人上下其手，想要收拾秦睿婕的時候，卻收到來自省裡的朋友的警告，告訴他們最好不要對秦睿婕動什麼腦筋，否則後果很嚴重。

這一下，不管是鄭曉成，還是嚴宏斌都嚇了一跳。直到這時候才不得不重新審視秦睿婕這個美女局長的背景。

經過多方打聽，才知道這位美女局長的後台很硬，雖然不確定秦睿婕的背景是什麼，但是經過此事之後，他們徹底死了去動秦睿婕的想法，對秦睿婕的動作只能暗氣暗憋，假裝沒看到。

鄭曉成迫於無奈地放棄招商局這塊大肥肉，隨後，嚴順喜被鄭曉成調到了環保局，擔任常務副局長一職。

環保局局長原本就是鄭曉成的人，而常務副局長以前是區委書記姜新宇的人，這一次，在鄭曉成的運作和嚴順喜的老爸嚴宏斌施壓之下，姜新宇只能把常務副局長的位置讓出來，鄭曉成徹底將環保局掌控在了手中。

秦睿婕的動作並未停止，在把嚴順喜一腳踢出招商局之後，又對招商局的中層人物，尤其是各個科室的主任、副主任進行了輪崗，經過這番大力整頓之後，整個招商局的氣氛徹底變了，很多人為了保住自己的位置，不得不小心謹慎，準時上下班，兢兢業業地工作，再也不敢鬼混了。

自從秦睿婕入主招商局之後，柳擎宇去招商局的次數便少多了，但是他的目光卻一直在注視著招商局，秦睿婕在招商局所採取的一連串舉措，他全都看在眼中。

等秦睿婕一番動作調整之後，柳擎宇不得不承認，這個秦睿婕的確是一個女強人，她所採取的那些動作和柳擎宇所設想的基本上差不多，而且秦睿婕執行起來的時候更加堅決，沒有任何顧慮。

秦睿婕的能力讓柳擎宇為之側目，並極為欣賞。

雖然他沒有想到秦睿婕會成為招商局局長，但事實證明，這絕對是**一步好棋**，這讓柳擎宇對即將舉行的河西省經濟交流會充滿了信心。他唯一擔心的，就是到時候曹淑慧和秦睿婕兩個大美女再次相遇後，會擦碰出什麼樣的火花。

第三章

日本財團

松井食人感覺到臉上傳來的火辣辣的疼痛，他怒了！他可是代表日本的大財團，南平市的領導對他們都十分禮遇，生怕煮熟的鴨子飛了，只要他們能夠把最後一個項目放在南城區，一切都好說。因而他們敢如此囂張、目無王法。

時間，一天天地過去，再有兩天，河西省舉辦的省際經濟交流會就要召開了。

整個蒼山市招商局系統已經是一片繁忙。上至分管招商引資的副市長、招商局局長，下到各個分管招商的副區長、副縣長，招商分局的局長、副局長，都在忙碌著製作各種宣傳片、宣傳資料，組織招商隊伍。

柳擎宇也沒閒著，他在忙著確認新華區招商局製作的宣傳資料，好在這次宣傳資料有秦睿婕親自把關，而秦睿婕又有翠屏區風景區的操作經驗，讓柳擎宇省了不少心。

待招商團隊一切都準備完畢，下午便隨著蒼山市的大部隊坐火車趕往河西省。

就在柳擎宇他們還在路上的時候，蒼山市市委領導團隊已經跟隨白雲省的團隊到了河西省，並且在河西省負責聯絡的官員的引導下，來到位於河西省省博物館旁邊的展覽館內，視察了一下分配給白雲省的展覽區域。

由於這次舉辦的省際經濟交流會主要是以東三省、河西、周邊三省，共計七個省分為主，所以整個展覽館被劃分成七塊展覽區域，每個省各占一塊展覽區。對於白雲省是如何分配這些展覽區域，河西省方面是不插手的。

當白雲省的官員們確定了展覽區域後，河西省的負責人便撤走了，剩下的便由省招商局局長親自負責。

黃玉龍在給各市分配展覽區域的時候，是按照各市每年招商引資的額度來進行劃分的，招商引資額度高的，劃給的區域就比較好，差一點的，分配到的就差一些，蒼山市由於招商引資在白雲省十幾個地市中排名最後，所以他們被分到的區域距離展覽區的核心區域最遠。

蒼山市負責給各個縣區劃分區域的是市招商局局長唐思凱，唐思凱和鄭曉成的關係不錯，這一次，新華區上上下下對這次招商引資都非常重視，鄭曉成更是親自前來。

在路上，唐思凱便和鄭曉成嘀咕了半天。由於區委書記姜新宇因為臨時有事沒有過來，所以唐思凱直接把最靠裡面的一塊犄角區域劃分給了新華區。

鄭曉成看到唐思凱分給新華區的區域後，非常高興。因為他知道柳擎宇和姜新宇早已勾搭到了一起，姜新宇之所以大力支持柳擎宇，就是希望柳擎宇能夠在這次的交流會上做出成績。

本來，正常情況下，鄭曉成也希望能做出成績，但是，一來他對柳擎宇十分有意見，再加上即便是出了成績，和他的關係也不大，政績都是姜新宇的，所以在嫉妒心的驅使之下，他便暗地裡讓唐思凱動了手腳，把最差的一塊地方分配給了新華區。

此刻，柳擎宇和秦睿婕、周坤華等人在火車上，正在認真地討論到了展場後，要如何佈置出具有新華區特色的展覽區域，畢竟這是新華區的門面，十分重要。

為了做好展區的佈置工作，秦睿婕甚至親自和河西省南平市的一些看板製作公司通過網路和電話進行聯繫，讓他們幫忙製作了不少宣傳牌子，準備到時候掛在現場；秦睿婕還聯繫了一些展場設備租賃公司，租借了展覽用的液晶電視、音箱等設備，準備工作可謂做得仔細入微。

只是他們還不知道，等待他們的，將是整個展場中最差的一塊地方。

數個小時後，一行人終於在傍晚趕到了河西省省會南平市。

把住的地方安頓好後，柳擎宇便把招商局這次來的包括秦睿婕、周坤華、邵麗華以及三名工作人員招呼到一起，笑道：

「各位，咱們一路奔波而來，非常辛苦，這南平市也算是我的家鄉之一，我在這邊住過好幾年，對這邊我很熟，所以今天我做東，請大家大吃一頓，吃飽喝足後，咱們回賓館好好睡一覺，明天開始備戰後天的交流大會。」

眾人立刻紛紛叫起好來。

平時，如果不是在工作場合，這些人是很願意和柳擎宇接觸的，因為柳擎宇並不像其他上了年紀的領導那樣，總是板著臉，只要不涉及工作，柳擎宇總是能很輕鬆地和大家打成一片，說說笑笑的。

尤其是這次同行的趙偉傑、李曉霞和馬海峰三人，由於年紀和柳擎宇差不多，在火車上四個人一路玩牌，很快就去掉了官位所帶來的那種束縛感。

所以柳擎宇要請客，最高興的就是他們三個。至於秦睿婕和兩個副局長周坤華和邵麗華，自然也不會拒絕。

在柳擎宇的帶領下，一行七個人出了賓館後，直奔距離賓館不到五百米的「秦海大酒店」。

「秦海大酒店」是一家中高檔次的酒店，這裡最具特色的是道地的保定菜和美味的海鮮，由於口味道地，分量又足，價格也很實惠，柳擎宇小時候，每隔兩個月，老媽柳媚煙便會帶他來這裡打打牙祭。

後來柳擎宇上了大學，依然每年都會抽時間來這裡回味一下，讓柳擎宇欣賞的是，這麼多年過去，負責做菜的幾名大廚一直都沒有換，仍然保有那種經典口味，百吃不厭。

當他們來到酒店的時候，一名穿著旗袍的服務員看到他們有七個人，便招呼道：「不好意思，現在酒店內所有的包間都已經預定出去了，要不要我幫您在大廳內找一張桌子？」

柳擎宇笑道：「不用，我們去一一〇一號包間。」

聽柳擎宇提到一一〇一號包間，服務員先是一愣，隨即臉上露出苦笑道：「這位先生，對不起，一一〇一號包間是我們為一位貴客永久保留的，並不對外開放。」

柳擎宇回道：「我是柳擎宇，帶我們去吧。」

聽柳擎宇報出自己的名字，那名服務員仔細打量了一下柳擎宇，臉上立刻露出甜美的笑容，順從道：「好的，柳先生，請大家跟我來，我馬上帶大家過去。」

說著，服務員帶著柳擎宇他們進了電梯，直奔十一樓一一〇一號包間，在包間門口，服務員拿出一張特製的磁卡刷了一下，打開房門，把一行人引了進去。

這是一間十分簡樸，卻又十分寬敞、舒適的包間，坐在包間內，可以縱覽南平市美好的夜色。

緊接著便有多名服務員立刻跟進，做點菜等服務，這才撤了出去。

秦睿婕開玩笑地看向柳擎宇說道：「柳區長，看來你在這個酒店很吃得開啊，這個包間是特意為你保留的，這是不是太誇張啦？」

「其實也沒什麼，只是幾年前我在這裡吃飯的時候，這個酒店遇到了一點麻煩事，恰好我當時在場，出面替他們解決了，避免了一場危機，酒店老闆為了感謝我，便特地給我留了這個包間，衝著這一點，我不照顧照顧他的生意也不好意思啊。」柳擎宇解釋道。

女人，不管多漂亮的女人，永遠都有八卦之心。所以，聽柳擎宇這麼說，秦睿婕心中的八卦之火立刻燃燒起來，好奇地問道：

「哦？到底是什麼事啊？」

「就是幾個日本人在這家酒店吃飯，恰好誰也沒有帶錢，他們雖然很有錢，但是都是吝嗇鬼，所以便想出一招假裝食物中毒的把戲，想要吃霸王餐。當時，這幾個日本人不僅十分囂張，不付錢，還揚言要喊來各大媒體，曝光這家酒店說他們的衛生沒有達標，由於這幾個日本人是投資商，便給當地的領導打電話，讓人派衛生局過來檢查。

「酒店老闆叫郭旭東，被這些日本人惡意誣陷，鬱悶到不行，那幾個日本人還要脅他，說給他兩個選擇，私了的話，賠償他們兩百萬，算是醫療費和精神損失費；公了的話，他們會一直鬧下去，直鬧到酒店關門為止。」

趙偉傑聽了，忍不住怒道：「這幾個日本人也太渣了吧，都投資商級別了，還玩這一手，這也太丟日本人的臉了。」

周坤華不解地問：「柳區長，按理說，這些人既然是投資商，應該很有錢才對啊，為什麼他們還要坑這家酒店老闆的錢呢？」

柳擎宇笑道：「坤華同志的這個問題算是問到重點了，當時我也不明白，我走過去摸了摸那個所謂食物中毒的日本人的脈象，發現他根本就沒有中毒，只是躺在那裡裝病而已，所以我直接踩到那個日本人的腳指頭上。

「一開始那個日本人還強力忍耐著，我再一用力，這哥們就忍不住跳了起來，對我大罵不止，被我扇了幾個嘴巴後才老實下來。這時候，員警和醫生也過來了，當著現場許多人的面，他們的把戲被活生生拆穿，不好意思再把事情鬧大，所以灰溜溜地滾蛋了。

「後來，我才聽酒店老闆說，那幾個日本人都是隸屬於日本三靈集團的，而這個三靈集團老闆奉行的宗旨，便是把所有中國人的錢賺到日本，然後用來造飛機大炮對抗中國。所以，他們根本就不在乎什麼面子，他們的目標只有一個，用盡一切手段從中國人手中賺錢，收購、併購……什麼坑蒙拐騙的手段都敢用。」

秦睿婕眉頭緊皺地說：「嗯，這個我也聽說過，據我所知，日本不僅僅是三靈集團如此，很多大的日本財團都是同樣的宗旨，只不過他們沒有三靈集團那麼囂張罷了，這些日本財團通過各種手段，控制了許多和老百姓生命財產息息相關的產業。

「尤其是在食品方面，很多不健康的屬於違禁的添加劑被用在中國生產的產品裡，或是化妝品的成分，表面上看不出問題，實際上問題更為嚴重，平時我們身體內所積存的各種食物添加劑、化妝品的殘留物質，在某些特定細菌和媒介的誘導下，便會相互結合，變成致命的病毒，甚至是瘟疫。」

趙偉傑和李曉霞都瞪大了眼睛，趙偉傑咋舌道：「秦局長，不會這麼誇張吧？我平時吃的速食麵可都是日商生產的。」

李曉霞也說道：「是啊，我用的化妝品也大部分是日本旗下公司生產的，真的有那麼危險嗎？」

柳擎宇沉聲道：「雖然現在是和平時期，這種可能性僅僅是專家的分析和推斷，但是大家仍應保持警惕才對。」

就在這時候，房間的門一開，一個四十幾歲的中年男人滿臉憤怒地走了進來。

「郭老闆，你這是怎麼了？誰惹你如此生氣啊？」柳擎宇驚道。

郭旭東噗通一聲跪倒在柳擎宇面前，滿臉悲痛地說道：「小柳啊，我知道你不是普通人，幾年前你救了我們秦海大酒店一次，現在，恐怕還得再麻煩你一次。」

柳擎宇連忙把郭老闆給扶了起來，讓他坐下後問道：「郭老闆，你這是怎麼了？你這個酒店不是生意挺好的嗎？還會有什麼危機呢？」

郭旭東滿臉苦澀說道：「唉，正是因為我們酒店生意很好，所以才有今日之劫難。小柳，你還記得幾年前被你轟走的那三名日本人嗎？」

柳擎宇點點頭：「記得啊，他們怎麼了？」

郭老闆氣憤地說道：「自從那次被你給轟走後，他們差不多老實了有兩三年，但是最近兩年，隨著他們在我們南平市投資的幾個項目接連投產，他們的底氣越來越足，去年，他們和客戶在我這裡吃飯，突然想起了幾年前的那件事，便向我提出要收購這家酒店的要求。小柳，我雖然只是一個小老闆，但是也是中國人啊，我怎麼可能答應這三個日本人收購我酒店的要求呢，所以我堅決不同意。

「這三個日本人一怒之下，便在我們對面收購了一家『天源酒樓』，用低價戰術，想要把我的生意給搞垮，但是我們的定價不是太高，所以這一招沒有奏效。後來他們又用高薪挖走了我們一個大廚，好在我特別注重後備廚師的培養，所以也沒有對我的生意造成太大的影響。

「由於我和南城區劉區長關係挺好的，所以他們拿我也沒有辦法，但是五個月前，南城區區長換人了，新任區長是以前劉區長的對手，所以我們酒店的日子越來越難過了。

「今天，那三個日本人和南城區區長的兒子馬華磊一起過來，馬華磊直接跟我攤牌，說如果我今天不把這家酒店賣給那三個日本人，他將會動用各種手段讓我直接關門，現在區衛生局、工商局、稅務局的人就在樓下大廳裡坐著呢。」

聽完這番話，柳擎宇的臉色一下暗沉下來，堂堂區長的兒子竟然和日本人攪和到一起，還和他們聯手欺壓自己的同胞，柳擎宇毫不猶豫地站起身來說道：

「走，我跟你過去，我倒要看看，在我們中國的地盤上，這三個日本人為何敢如此囂張！」

柳擎宇轉身對秦睿婕道：「秦局長，你們幾個先吃，不用等我，我一會兒就回來，有什麼事電話聯繫。」

秦睿婕點點頭。她很了解柳擎宇骨子裡充滿了正義感，像他這樣的人，走到哪裡都不會安生，不過，她並不擔心，她知道他不會輕易吃虧的。

柳擎宇跟著郭旭東向十二樓走去，十二樓是他的辦公室。

剛才他之所以能找到柳擎宇，是因為他的手機接到服務臺自動發來的訊息。

自從上一次柳擎宇救了他之後，他對柳擎宇感恩戴德，專門讓人給柳擎宇永久留了一個包間，而且他從柳擎宇的氣質中已看出柳擎宇的不凡，所以，他賭早晚會用到柳擎宇。便找軟體公司開發了一個軟體，只要一一〇一號包間被啟用，就讓服務臺第一時間通知他，他好親自接待。

當時，他正在和三個日本人：三靈扯雞、松井食人、小野吹豬以及馬華磊四人談判，看到這條訊息，便藉著上廁所先溜了出來，然後找到柳擎宇。

其實對柳擎宇會不會幫他，他並不確定，然而，他已經沒有任何退路了，要麼把酒樓以超低價賣給對方，要麼等著倒閉，於是抱著姑且一試的心態。沒想到，柳擎宇竟然毫不猶豫地幫他，這讓郭旭東心中充滿感激之外，同時也暗自慶幸自己留了柳擎宇這個後手是多麼明智的決定。

柳擎宇跟著郭旭東來到位於十二樓的會議室時，會議室裡三個日本人正在發飆。

三靈扯雞狠狠地把面前的菸灰缸丟在地上，衝著酒店經理怒聲喝道：

「八嘎，你們老闆到底跑哪裡去了，居然把我們晾在這裡半天都不出現，如果他再不出現的話，就別怪我們三靈集團不客氣了。」

小野吹豬也在旁邊使勁地拍著桌子吼道：「郭旭東呢？他到底在哪裡？如果再不出現，我們將找人砸了你們這個破酒店。」

在三個日本人旁邊，坐著一個二十三四歲左右的男人，身上穿著一身日系品牌的服裝，手上還拿著一部日本生產的手機，渾身上下全是日本牌，就連髮膠也是日本的。

知道他底細的人便曉得這哥們還曾經在日本留學兩年，可以說一口流利的日本話。此人正是馬華磊。

在三個日本人在那裡發飆的時候，馬華磊十分淡定地坐在那裡，手中擺弄著眼前的水杯，神色平淡。

酒店經理徐蓉蓉則是一臉委屈，快被這三個日本人給罵哭了，她向馬華磊發出求助的眼神，但是馬華磊卻好像根本沒看到一樣，坐在那裡無動於衷。

柳擎宇跟著郭旭東走進了會議室。

看到老闆過來，徐蓉蓉連忙一邊流著眼淚一邊跑過來，抽泣著說道：「郭總，您總算來了，這三個日本人太欺負人了……嗚嗚嗚……」

徐蓉蓉感覺自己委屈極了，尤其是剛才那個松井食人竟然還利用說話的機會，故意用手去摸她的胸部，她極力躲閃，大聲尖叫，把外面的服務員給喊了進來，松井食人這才放手。

柳擎宇看到徐蓉蓉蒼白的臉色和用手緊捂衣襟，眉頭不由得一皺，不悅地問道：「這是怎麼回事？」

徐蓉蓉不認識柳擎宇，所以沒有回答。

看到徐蓉蓉梨花帶雨，郭旭東心疼地問道：「蓉蓉，怎麼了？」

徐蓉蓉把剛才松井食人的舉動斷斷續續地說了出來，郭旭東聽完，再也忍耐不住，邁步向松井食人衝了過去，怒道：

「你他媽的小日本，居然敢動老子的女人，老子跟你拼了！」

這時候，一直坐在那裡的馬華磊冷冷說道：「郭旭東，你不想傾家蕩產、鋃鐺入獄，最好給我老實一點！警察就在樓下等著呢！」

正衝向松井食人的郭旭東，身體一下子僵直在那裡，眼中怒火熊熊燃燒，他很想過去狠狠地揍松井食人一頓，但是馬華磊的話卻猶如一道緊箍咒一般，狠狠地箍在他的頭上，讓他進退不得。

雖然他想為自己的女人出一口惡氣，但是他是商人，面對馬華磊這種人，面對他強大的背景，他不得不有所顧慮。

郭旭東站在那裡，大口大口地喘著粗氣，他憤怒，幾乎瞪裂了眼角，但是面對眼神冰冷的馬華磊，面對著他那充滿了威脅的話語，郭旭東猶豫了。

民不和官鬥，歷來如此。

徐蓉蓉站在那裡抽泣著，她能感受到郭旭東那滿腔的怒火，也理解郭旭東不敢輕舉妄動的理由。她的心在滴血！

淚，一串一串地往下淌，心在一點點地變得冰涼。

絕望的眼神變得越來越暗淡，她掩著衣襟的手無力地垂了下來。**在強權面前，一切都是那麼綿軟無力**。

郭旭東的腿在顫抖，他的拳頭緊握，渾身力氣凝聚著，但是這一拳卻不敢打出去。因為他只是一名普通的老百姓，他也有家庭、孩子，還有年邁的父母。他們都需要他這個頂梁柱來支撐，他不能出事。

這時候，就見柳擎宇邁步走到松井食人的面前，一伸手，劈里啪啦地抽了松井食人十個大嘴巴，然後命令道：

「去，去跪在她的面前給她道歉！否則別怪我不客氣。」

這一刻，會議室內所有人的目光都呆滯了。

呼吸，在這一刻幾乎全都停止了。

馬華磊沒有想到跟著郭旭東進來的這個年輕人動作那麼快，更沒有想到，他竟然出手毆打日本人。

郭旭東也呆住了。他知道柳擎宇很有正義感，但是他不敢相信，柳擎宇明知樓下有警察等著的時候，還為自己，為自己的女人出面。

徐蓉蓉也呆住了。這個年輕人是誰？怎麼敢讓日本人跪在自己面前向自己道歉！這三個日本人可是連市裡的領導都十分禮遇的人物啊，畢竟他們在南平市投資了好幾個項目！

松井食人感覺到臉上傳來火辣辣的疼痛，也看到眼前比自己高出整整一個頭的柳擎宇，他怒了！

他可是代表日本的大財團，南平市的領導對他們都十分禮遇，生怕煮熟的鴨子飛了。至於南城區的區長馬嘯天，就更是如此了，為了能夠讓他們把最後一個項目放在南城區，不僅派出專業公關團隊對他們進行公關，還派出他曾在日本留學的兒子馬華磊來為自己解決各種要求，不管是要美女也好，要土地也罷，只要他們能夠把最後一個項目放在南城區，一切都好說。因而他們敢如此囂張、目無王法。

所以，柳擎宇竟然讓松井食人去跪著向一個女人道歉，松井食人怎麼可能會答應呢！

松井食人憤怒地吼道：「八格牙路，我不可能去道歉，你必須立刻向我道歉，跪在地下向我道歉，立刻，馬上！」

在松井食人看來，整個南平市，尤其是在南城區，還沒有馬華磊擺不平的人和事。

馬華磊看向柳擎宇，恐嚇道：「年輕人，你最好立刻跪在地上向松井先生道歉，否則的話，你會後悔莫及的。」

然而，柳擎宇再次掄起手臂，又是十個大嘴巴，直打得松井食人眼前金星亂冒，整個臉腫得跟豬頭一般。

柳擎宇回敬道：「你奶奶的小日本，在中國的地盤上敢罵我柳擎宇，你算是第一個！還八格牙路？我踹你一臉鞋印！」說著，柳擎宇猛的抬起腿來，衝著松井食人便踢出一腿。

這一腿正踢在松井食人的臉上，在上面留下了一個鮮明的鞋印。

松井食人的身體一下子飛了出去，朝馬華磊砸了過去。

馬華磊倒是很機靈，見勢不妙，輕輕一閃，松井食人摔到會議室牆角放著的魚缸上，把魚缸撞破，滿滿一大魚缸的水連同裡面的金魚，正好落在松井食人的腦袋上，給他澆了一個透心涼，還有一條金魚竟然鑽進松井食人張著的嘴裡，在裡面蹦來蹦去的。

這一下，旁邊的三靈扯雞、小野吹豬全都急眼了，兩個人立刻捋胳膊挽袖子，向柳擎宇衝了過來。

柳擎宇眼睛一瞪，冷冷說道：「你們要是敢過來，下場和他一樣。」

馬華磊身為中國人，對中國功夫還是有所瞭解的，看柳擎宇所表現出來的那種速度和力度，別說是眼前這三個日本鬼子了，就算是軍中的精英，恐怕給這個年輕人擦鞋都不配。

而馬華磊平時最喜歡的一句話是：「和不如自己武力強的人比拼武力，和不如自己智商高的人比拼智商。」所以，看到柳擎宇武力強大，立刻對三靈扯雞和小野吹豬說了幾句日語，讓他們不要輕舉妄動，說由他來收拾柳擎宇，他保證會為松井食人報仇。

聽馬華磊這樣說，三靈扯雞和小野吹豬這才停下腳步，緩緩退回到松井食人旁邊，把他給攙扶起來。

三靈扯雞用日語對馬華磊說，一定要玩死柳擎宇，否則他們三靈集團絕不會善罷甘休。

柳擎宇站在旁邊，臉上充滿不屑地望著用日語交談的幾人。

他們以為說日語就只有他們幾個人聽得懂呢，他們哪裡知道，柳擎宇在狼牙特戰大隊的時候，因為要經常和來自日本的頂尖網路駭客以及特工進行殊死搏鬥，特別花了將近半年的時間學習日語，把日語搞得十分精通，目的就是避免和那些日本駭客和特工交手的時候不至於吃虧。

現在，這三人竟然當著柳擎宇的面商量對策，簡直和關公面前耍大刀沒有什麼兩樣。

這時，馬華磊向柳擎宇的方向前進了兩步，滿臉含笑地說道：「不知道兄弟你怎麼稱呼？你和郭旭東是什麼關係？」

馬華磊這是在套柳擎宇的話。

柳擎宇淡淡說道：「我只不過是一個在這裡吃飯的客人而已，你有必要知道我的身分嗎？你是警察嗎？難道還想查我的戶口不成？」

馬華磊的話一下子被柳擎宇給堵了，不過這小子倒是很有一股日本人的忍勁，再次嘿嘿一笑，說道：

「這位兄弟，你不要多心，我只是想要奉勸你一句，我們和郭旭東之間的事，你一個過路的，最好不要插手，否則對你沒有什麼好處。

「我也不怕告訴你，我爸是南城區區長，這三位是日本三靈集團投資部的巨頭，就算是市長都得對他們恭敬十分，禮讓三分，跟我們作對，你是不會有好果子吃的。如果你現在就向松井先生道個歉，並且離開的話，今天的事我們可以當做沒有發生過。」

柳擎宇淡淡一笑：「不好意思啊，我這個人脾氣不太好，那個小日本竟敢對著我罵八格牙路，這是我絕對不能容忍的，所以，今天這件事我還真是管定了。而且我剛才說過了，那個小日本鬼子必須向這位女士跪地道歉，不然這件事情沒完。」

柳擎宇這番話，令馬華磊臉色立馬陰沉下來，語氣也變得強硬起來：「這麼說，你是一點面子都不打算給我了？」

柳擎宇回嗆道：「面子？你也不撒泡尿照照自己，你有面子可言嗎？身為中國人，卻做日本人的狗腿，你讓我給你面子，你配嗎？」

打人別打臉！罵人別罵短！現在，柳擎宇偏偏說到了馬華磊的痛處！

馬華磊怒視著柳擎宇道：「孫子，你知道這裡是什麼地方嗎？這裡是南平市南城區！是我的地盤，你不給我面子？你有這個資格嗎？信不信我一個電話，就有人過來把你直接抓進公安局？」

柳擎宇笑了，這種威脅，他見得太多了。他向馬華磊走去，邊冷冷說道：「你怎麼做我不管，但是你剛才罵我是孫子，這筆帳我得跟你好好算算！」

見柳擎宇走來，馬華磊嚇得連連後退，恐懼地道：「喂，我告訴你，你最好不要輕舉妄動，我爸可是區長，打了我，絕對沒有你好果子吃的。」

誰知馬華磊話音剛落，柳擎宇便猛的伸出左手抓住他的脖子，右手狠狠地抽了下去，接連十個大嘴巴，把這小子抽得嗷嗷直叫，嘴角滲血。

抽完之後，柳擎宇輕輕地拍了拍他的臉頰，說道：「小子，記住，我不管你是誰，你罵了我，我打的就是你！區長的兒子又怎麼樣？你犯了錯，難道就可以逍遙法外嗎？難道只許你欺負別人，就不許別人欺負你嗎？」

別說，馬華磊還真被柳擎宇這種囂張的氣勢給鎮住了。見柳擎宇聽自己說老爸是區長後還敢對自己動手，這讓他對柳擎宇的背景產生了懷疑，所以，馬華磊的心冷靜下來，伸手抹了下嘴角的血跡，說道：「這位朋友，現在你打也打了，我罵也罵了，咱們是不是可以算扯平了？」

馬華磊開始退讓。只不過在他心裡，已經給柳擎宇貼上了必死的標籤，只不過他現在在試探柳擎宇。

「好，扯平了，我們可以坐下來好好談一談了。」說著，柳擎宇大馬金刀地坐在椅子上，等著馬華磊。

「既然你是代表郭旭東出面的，那麼我們先談一談這家酒店的收購問題，現在，我的三位日本朋友，也是我們南平市的三位高級投資人，他們看上了這家酒店，想要收購這裡，你可以代表郭旭東來進行談判嗎？」馬華磊出言道。

柳擎宇看向郭旭東。

郭旭東看到柳擎宇剛才這一連串的動作後，心中暗暗叫爽，柳擎宇做了他想做卻不敢做的事情，不僅給徐蓉蓉報了仇，更給自己出了氣，所以，見柳擎宇看向自己，毫不猶豫地說道：「沒問題，柳先生，你可以代表我做出任何決定。」

柳擎宇點點頭，看向馬華磊道：「說吧，你們到底想要怎麼樣？出價多少？」

馬華磊沉聲道：「三靈扯雞先生打算出價兩百萬，收購這家酒店以及酒店裡的所有廚師。只要你們答應，我們立刻可以付款。」

「你這家酒店值多少錢?」柳擎宇問郭旭東。

郭旭東滿臉憤怒地說:「柳先生,這家酒店是我自己花錢買下來的房產,不算裝修和各種設備,僅僅是房子就值兩千多萬,如果加上裝修和設備至少要三千萬。更不用說酒店每年的利潤就有五百多萬!」

聽了郭旭東的話,柳擎宇看向馬華磊的目光中多了幾分森森寒意:「價值最少三千萬的酒店,你的日本朋友出兩百多萬就想收購?難道你就沒有告訴他們這家酒店的真正價值?還是說你是在助紂為虐?」

馬華磊厚著臉皮道:「是,這家酒店是值這麼多錢,但是,在這個社會上,還有很多東西是金錢無法衡量的,比如自由,比如生命,這些是無價的,如果郭旭東不把這家酒店賣給我這三位日本朋友的話,那麼他們會非常不高興,我們南平市幾億的投資也將會付諸東流。你認為在這種情況下,有誰會在意一個小小的酒店老闆的死活?

「郭旭東,我可以明著告訴你,今天你雖然吃虧了,但是也許未來會占得更大的便宜,如果你今天不肯吃虧,那麼你未來必定吃大虧。我早就說過了,警察、衛生局、工商局的人都在下面待命呢,我一聲令下,他們就會上來查封你這個酒店,到時候你就會被抓進警局,甚至鋃鐺入獄,到那個時候,你即便想要再反悔也來不及了。」

郭旭東臉色一陣紅一陣白,顯得十分難看,他的內心在激烈地天人交戰中。

對馬華磊所說的,他並不懷疑,他聽說馬華磊以及這三個日本人曾經在一個棚戶區的拆遷上強行出手，不僅強拆了整個棚戶區，更暗中教唆上百名黑社會毆打並驅散那些不肯搬遷的居民，很多人被打斷手腳，住進醫院，事後，卻沒有任何人對這次事件負責。

他該怎麼辦？

柳擎宇一直在等郭旭東的答案。

人必須自立自強，才能真正保護屬於自己的權益，如果他們失去鬥志，那麼即便是自己幫助他們也沒有什麼用。

郭旭東沉思了一會兒之後，彷彿下定決心一般，堅毅地說道：「一切由柳先生負責，我聽柳先生的。」

柳擎宇點點頭，對馬華磊說道：「我的決定是不賣！郭旭東在這裡經營得好好的，為什麼要賣呢？再說了，就算是要賣，也絕對不會賣給日本人！而且你們想用兩百萬就買走這裡，這明顯是欺壓盤剝啊！身為中國人，我們怎麼能向小日本鬼子屈服呢？」

說到這裡，柳擎宇用手點指著馬華磊說道：

「姓馬的，你老爸好歹也是區長啊，你竟然幫日本人來欺壓同胞，你說，你的這種行為是什麼？漢奸？傀儡？還是什麼？」

馬華磊的臉色再次變得難看起來，柳擎宇一而再，再而三地攻擊自己，挑戰自己的耐性，他終於暴怒了，狠狠地一拍桌子，怒聲道：「姓柳的，既然你不知好歹，那可就別怪我不客氣了。」

說著，他拿出手機，撥通了一個電話，道：「范隊長，你們上來吧，到十二樓會議室來抓幾個人，有人對我們尊貴的日本投資商大打出手，請你們把他們帶回去調查，嚴肅處理。」

郭旭東一聽，雙腿都顫抖起來，連忙走到柳擎宇身邊，低聲道：「柳先生，要不我賣了吧，不然的話，恐怕連你也給連累了。」

柳擎宇拍了拍郭旭東的肩膀，安撫道：「沒事，就他一個漢奸想要動我，門都沒有！」

聽柳擎宇這樣說，郭旭東雖然心中恐懼，但是柳擎宇說沒事，他也不好多說什麼，只能默默地站在一旁等待著。

過了一會兒，五名員警推開門走了進來，為首的一名警察進來後，立刻滿臉含笑地對馬華磊巴結道：「馬總，是誰對日本客人大打出手啊，我們保證把他們給抓進去，他們這是破壞我們南平市和諧穩定的大局，破壞我們的投資環境啊！」

柳擎宇依然大馬金刀地坐在那裡，淡淡地說道：「是我打的，怎麼了？你們想要抓我？」

那名警官看柳擎宇竟然自己承認了，立刻帶人走了過來，從腰間拿出閃亮的手銬，就要往柳擎宇的手腕上戴。

柳擎宇眼神犀利地看著那名警官，道：「叫你們局長過來，想要銬我，你還不夠資格！」

「你以為你是誰啊！我不夠資格？老子銬定你了！」說著，硬是把手銬往柳擎宇的手腕上銬。

柳擎宇連屁股都沒抬，直接抓住對方的手腕猛的往後一推，這傢伙直接噗通一聲摔倒在地上。

其他幾個員警看到後大怒，紛紛向柳擎宇衝了過來。

柳擎宇猛的站起身來，瞪眼說道：「你們要是再亂來，可別怪我柳擎宇出手不留情了。據我所知，南平市的員警同志大部分都是十分認真負責的，你們幾個算什麼？你們真的是警察嗎？你們是在履行警察的職責嗎？」

被柳擎宇這麼一問，這幾名員警的臉色全都不太好看。柳擎宇身上的氣勢十分驚人，他們衝到一半就停住了腳步，然後轉身去把隊長給扶了起來。

這個隊長也是一個聰明人，他發現柳擎宇開口閉口讓他們局長過來，甚至連馬華磊都不在乎，猜想到柳擎宇可能不是一般人，畢竟這裡是省會城市，比區長公子更狂的衙內多了去了，所以，那個隊長苦著臉對馬華磊說道：

「馬總，我看您還是給我們局長打個電話吧，我感覺這個人不簡單。」

這時，一直隱忍不發的三個日本人徹底怒了。

尤其是三靈扯雞，身為三靈集團在河西省的總負責人，他什麼時候受過這種羞辱，立即對馬華磊怒喝道：

「馬華磊，你告訴你父親，如果你們不能把這個人繩之以法，我們絕對不會在你們南城區進行投資的，就連之前已經確定要在南平市投資的兩個項目我們也會重新考慮的。你們連我們投資商的安全都無法保證，我們怎麼能放心在這裡投資呢？」

三靈扯雞說話的時候，高傲地仰著頭，挺著胸脯，顯出一副趾高氣揚的樣子。在他想來，自己身為投資商，在南平市就應該是上帝，就應該被供著、捧著。

三靈扯雞說完，馬華磊立刻感覺到壓力很大，本來，他還不想和柳擎宇撕破臉，因為他對柳擎宇還是有些顧忌的，但是現在三靈扯雞都把話說到這種地步了，他知道自己不能再有任何猶豫，不然得罪了這三個小日本，老爸的政績可就要泡湯了。

所以，馬華磊衝著那名隊長大聲喊道：「范隊長，你聽到三靈總裁說的話了嗎？你們現在要是不立刻把這個姓柳的給銬起來，他們萬一不在我們南平市投資的話，這種責任你們承擔得起嗎？」

范隊長一聽，頭也大了，只好對幾個手下說道：「上，把這小子給我制服了。」說著，帶著四名手下便向柳擎宇衝了上來。

此刻，柳擎宇也怒了。

他怒的是馬華磊這個堂堂的區長兒子竟然因為這個小日本的一番威脅恫嚇，就嚇得失去了方寸，強行讓范隊長他們對自己動手！投資商就可以為所欲為嗎？

再看范隊長這幾個，根本不問青紅皂白，一上來就要抓人，這哪裡還有文明執法的樣子?!

柳擎宇十分不爽。

范隊長幾個上來想要把柳擎宇給按倒，柳擎宇怎麼可能讓他們如願。

柳擎宇動了。

五秒鐘！

五秒鐘後，五個人全都躺在了地上，捂著肚子哎喲媽呀地叫個不停。

范隊長呆住了。

馬華磊呆住了。

三個日本鬼子也呆住了。

柳擎宇竟然對范隊長他們動手，這個姓柳的也太猛了吧？

此刻，就連徐蓉蓉和郭旭東也都震驚地看向柳擎宇。

在眾人的驚詫眼神中，柳擎宇走到三靈扯雞的面前，冷聲教訓道：

「你以為你是投資商就可以在中國的土地上耀武揚威，為所欲為了嗎？我告訴你，你太高看自己了！」

說到這裡，柳擎宇猛的又是十個大嘴巴狠狠地抽了過去。

抽完，柳擎宇拍著三靈扯雞的嘴巴子說道：

「小鬼子，今天打你，是為了讓你記住一點，那就是，在中國的土地上，如果你老老實實，本本分分地投資做生意，中國的官員絕對會熱烈歡迎，但是，如果你繼續像今天這樣，以投資商的身分胡做非為，欺壓老百姓，我告訴你，我見你一次打你一次！滾！給我滾出這家酒店！立刻！馬上！否則，我還接著抽你！奶奶的，有錢就了不起啊！」

看到三靈扯雞被打，小野吹豬用手指著柳擎宇的鼻子罵道：

「八格，竟然連我們三靈總裁都敢打，我這就給南平市市長打電話，不收拾了你，我們就不是日本人！」

然而，在小野吹豬還在掏電話的時候，柳擎宇便以迅雷不及掩耳的速度，給小野吹豬十個大嘴巴，把小野吹豬給打懵了。

小野吹豬三個這段時間在南平市因為有馬華磊的為虎作倀，可謂春風得意，做什麼都順風順水，幾乎把自己當成了中國的特權階層了。他們認為整個南平市沒有人敢招惹他們。現在，柳擎宇十個大嘴巴直接把他打醒了。

打完，柳擎宇拿起桌上的餐巾紙擦了下手，搖頭嘆道：

「奶奶的，你們這些小日本！滾！立刻給我滾！想打電話，滾出酒店以後再打，有什麼本事你儘管使，我柳擎宇會讓你們知道，我們中國人，永遠不缺錚錚鐵骨的男子漢，永遠不缺錚錚鐵骨的官員！」

馬華磊看到三靈扯雞和小野吹豬接連被柳擎宇扇了大嘴巴，這才發現這個姓柳的什麼都不怕，他決定這件事情從長計議，畢竟好漢不吃眼前虧。

所以他用日語對三靈扯雞說道：「三靈先生，這個姓柳的實在是太猛了，我們不能力敵，只能智取，咱們先出酒店，我立刻給南城區公安局打電話，讓他們多派些人過來，我保證把這小子給收拾了，給大家報仇。」

三靈扯雞臉色陰沉著，充滿怨毒地說道：「行，記住，絕對不能讓他好過，我要他四肢全斷！他第三條腿也得給我打斷了！奶奶的，竟然敢瞧不起我們日本人，老子廢了他！」

松井食人和小野吹豬也表示必須嚴懲柳擎宇。馬華磊全都答應了下來。

柳擎宇站在那裡，冷冷地看著幾個人在那裡對話，嘴角充滿了不屑的冷笑。

等他們快要走到門口的時候，柳擎宇突然對馬華磊說道：

「馬華磊，記住我剛才的話，不要以為我在和你開玩笑，否則，我見你一次揍你一次！給日本人當狗腿子，真不知道你那個區長老爸是怎麼教育你的！」

馬華磊氣得差點沒暈倒！

他轉過身來，狠狠地瞪了柳擎宇一眼，隨後向外走去，心中暗道：「姓柳的，你就狂吧，等會兒老子的援兵來了，看老子怎麼收拾你！」

對馬華磊那充滿怨毒的目光，柳擎宇根本不在意。

等這夥人離開後，郭旭東擔心歉疚地說道：

「柳先生，真是對不起，這次恐怕要牽連你了，要不你趕快走吧，以馬華磊的性格，他是絕對不會善罷甘休的，萬一他再找人殺個回馬槍，你想走都走不了了。反正我是跟他們槓上了，我寧可把我這個產業捐出去，也絕不能如此低價賣給那三個日本人！我不能容忍日本人如此欺負我！」

柳擎宇反而安慰他說道：「沒事，老郭，你放心吧，就這幾塊廢料，沒什麼大不了的，根本不在我的眼中。好了，你該忙啥忙啥去吧，我先回包間去了。哦，對了，一會兒他們可能會派更多的警察過來，你不用擔心，只要我柳擎宇在，保你平安。」

就在這時，招商局副局長邵麗華一臉焦急地跑了過來，看到柳擎宇，立刻聲音帶著幾分悲淒道：「柳區長，不好了，剛才秦局長被幾個男人給強行拉進他們包間裡去了，他們人很多，那些人也很兇，周副局長和小趙他們守在那個包間附近觀察著，您快去看看吧，不然秦局長就要被人給欺負了。」

「什麼？」柳擎宇臉色陡地驟變，面寒如冰，眼中寒芒四射，邵麗華都感覺到身上有些發冷。

自從上回秦睿婕對他表白之後，柳擎宇對秦睿婕的態度已經在悄然間發生了轉變。以前，他對待秦睿婕就是普通的同事，沒有任何私人情感可言，但是自那天之後，柳擎宇對秦睿婕開始有一絲特別的感覺，在他心中，秦睿婕已被劃入和曹淑慧一樣重要的位置。

因而此刻聽到秦睿婕竟然被人脅迫挾持，他徹底怒了。

「前面帶路，簡單給我說到底是怎麼回事。」柳擎宇命道。

邵麗華一邊在前面帶路，一邊向柳擎宇說明當時的情況。

原來柳擎宇離開之後，幾個人邊聊著天邊等待著柳擎宇。一會兒，秦睿婕的手機響了，她便到外面去接電話，沒多久就聽到秦睿婕的尖叫聲，大夥兒連忙跑出去看，發現秦睿婕被幾個人強行拖進了離他們包間不遠處的一一〇八號包間內，門口外面還有兩個彪形大漢守著。

周坤華他們想要救人，卻被那兩個彪形大漢給踹了出來，這兩個人還從身後抽出砍刀示威，叫周坤華他們不想死就離遠一點。

這種情況下，周坤華果斷地讓邵麗華趕緊去尋找柳擎宇，他們則在附近守著，同時打一一〇報警。

誰知那兩個保鏢聽到他們報警，根本就不屑一顧，其中一個還說：「報吧，你們電話打爆了都沒有用！南城區有誰不知道一一〇八號房是我們八爺的專用包間，沒有人會理你們的。」

這時，他們已經到了一一〇八號包間外面，看到柳擎宇直衝過來，那兩個身高一米八的彪形大漢抽出砍刀，喝阻道：「站住，再往前砍死你！」

柳擎宇沒有理會，繼續向前走去，兩人一看，頓時大怒，揮舞著砍刀向柳擎宇砍了過來。

柳擎宇無視即將而來的威脅，當那兩人靠近的時候，接連踢出兩腳，踢飛兩人手中的砍刀，隨後一人一拳，把兩人打倒在地，接著一腳踹開房門，直接走了進去。

此刻，包間內，秦睿婕坐在一個四十歲左右，光頭，滿身是紋身的男人身邊，她的面前放著一大杯白酒，身後站著三名女孩，擋住秦睿婕可以逃走的路線。紋身光頭身後，還站著六名保鑣一樣的大漢。

「我說妹妹啊，你最好聽八爺的話，乖乖把這杯酒喝了，否則後果十分嚴重。我告訴你，在整個南平市，沒有人敢不給八爺面子，喝了這杯酒，大家便是朋友了，八爺也不會為難你。」其中一個衣著暴露、胳膊上紋著一條毒蛇的女孩嗲聲說道。

三個女孩已經輪流勸秦睿婕半天了，但是秦睿婕一直冷冷地坐在那裡，一句話都不說。

光頭男見秦睿婕始終不為所動，怒道：「臭婊子，我告訴你，這杯酒，你喝也得喝，不喝也得喝，告訴你，今天八爺我玩定你了！」

他剛說完，就見柳擎宇滿身殺氣的向他走來。

看到柳擎宇衝了進來，那三個女人立刻怒斥道：「你誰啊，滾出去！不知道這裡是八爺的包間嗎？」

此刻柳擎宇早已怒髮衝冠，這三個女孩一看就是那種混黑社會，不學好的女孩，柳擎宇直接一把把三人推到了一邊，衝向秦睿婕。

這時，光頭男身後的六名彪形大漢動了，他們飛快地把柳擎宇包圍在當中。

光頭男站起身來，注視著柳擎宇，說道：「這位兄弟，你可知道這是我郭老八的地方？在我的地盤上這麼囂張，你可知道後果？」

柳擎宇冷笑道：「她是我的女人，敢打我女人的主意，後果更嚴重。」

郭老八拍拍手，頓時，圍住柳擎宇的六個人紛紛揮拳衝了上來。

第四章

招商引資

柳擎宇開始調兵遣將，展開行動。雖然大家都有些半信半疑，也只好照做，冒險一搏。

距離他們不遠的蒼山市的其他展區看到新華區的攤位後，都得意地笑了起來，認定這次招商引資，新華區絕對會是最後一名。

這六個人都是郭老八的鐵桿手下，在南平市黑道上，人稱「郭門六猛」，他們平時打架十分兇悍，一般的人都不願意和他們對拼。

在郭老八看來，柳擎宇才一個人，六個手下收拾他不過是小菜一碟。哪知道郭老八拍完手後還不到三十秒，他這六個手下全都被柳擎宇打倒在地。

看到這種情況，郭老八急眼了。他看出來這個年輕人身手極其厲害，而且身上帶著令人恐懼的殺氣。

他是黑道梟雄，做事狠辣，見柳擎宇向他走過來，便一把將秦睿婕給抓了起來，伸手掐住秦睿婕的脖子，同時從身上摸出一把軍刀抵在秦睿婕的咽喉處，威嚇道：

「年輕人，你很厲害，但是我郭老八也不是好惹的，你立刻滾出這個房間，我可以把這個女人給你送出去，否則，我一刀下去，這個絕代佳人就立刻沒命了。」

柳擎宇並沒有被嚇到，仍一步步向郭老八走去，沉著臉道：

「你敢劃破她一點肉皮，我斷你兩條腿；你敢讓她見血，我就斷你四肢，不要以為你拿著刀就可以威脅我，我有絕對的信心能在你傷害她之前直接滅了你！現在我給你十秒鐘的時間，立刻放開她，否則，明年的今日就是你的忌日！」

說話間，柳擎宇身上殺氣瀰漫，雙眼盯著郭老八，就像是在看一個死人一般。

郭老八雖然見慣黑道上的血拼，但是當他和柳擎宇對視的時候，卻不敢直視對方的眼神，郭老八的手在顫抖，腿也在顫抖。他咬著牙說道：「我再說一遍，你立刻滾出房

於放下心，立即圍攏過來。

隨後，眾人再次回到一一〇一號包間，繼續吃著美食。

此時，酒店外面，郭老八的小弟和馬華磊正忙著打電話呼叫援兵呢。郭老八手腕紅腫，疼得齜牙咧嘴，在一旁等待救護車；馬華磊和三個日本人則是摸著紅腫的臉，臉上指印清晰可見。

郭老八和馬華磊認識，所以兩人便在外面聊了起來，很快便確認對他們下手的是同一個人，名叫柳擎宇。

這兩個難兄難弟一聽對方的遭遇，心中稍微舒服了些。兩人決定聯手收拾柳擎宇。商量好方案後，郭老八便被救護車拉走了。

馬華磊和三個日本人雖然滿臉紅腫，但是復仇心切，就在酒店外等著。想要第一時間看到柳擎宇被收拾的慘狀，只有這樣，才能緩解他們心中的那股恨意。

最先趕到的是郭老八的手下和朋友！整整四十多人，手中拎著各式各樣的武器，砍刀、鐵棍、鋼管，頭上纏著黑色綁帶，氣勢洶洶地衝進酒店內柳擎宇所在的包間。

當他們踹開房門後，只見包間內的桌椅全都撤走了，只有柳擎宇一個人靜靜地坐在沙發上，面前擺放著一個茶几，茶几上有一壺水，一隻水杯，柳擎宇坐在那裡抽著鑽石軟中國紅香菸，一臉淡然地看著衝進來的這些人。

之前跟在郭老八身後的一個彪形大漢用手一指柳擎宇，說道：「就是他傷了八爺，大家一起上，廢了他！」

隨著這人的一聲令下，四十多人揮舞著手中的武器衝了上來。

柳擎宇猛的站起身，一腳把面前的茶几踢飛，朝衝過來的打手們砸了過去，緊接著從一個打手手中搶過一根鋼管，舞動著鋼管殺入這些打手之中。

柳擎宇能夠成為狼牙特戰大隊的大隊長，其彪悍自然毋庸諱言。此刻，沒有任何後顧之憂，柳擎宇終於可以酣暢淋漓地打一場了。

爽！非常爽！他已經很久沒有像今天這樣打得這麼爽了。

對方雖然人數眾多，但是在柳擎宇看來，只是一群小狼，想和他這隻猛虎較量，無異於螳臂當車。

柳擎宇用了五分鐘的時間，把這些人全部搞定！

一時間，整個包間內密密麻麻地躺了一地的人！

而且柳擎宇只要看誰想站起來，便一腳踢過去，把對方踢倒在地，起來一個踢倒一個，踢了幾個之後，就再也沒有人敢起來了，全都乖乖地躺在地上。

這些人原本以為勢在必得，結果沒想到遇到這樣一個猛人，只能咬牙忍著。讓他們想不明白的是，這哥們為什麼不讓他們離開呢？

擺平這些人後，柳擎宇拍了拍手，立刻有兩名服務員抬著一個小茶几、拿著茶水走了進來。

兩個服務員看到滿地的傷患，嚇得趕快把茶几放下，將茶水給倒上便匆匆離去。

柳擎宇再拿出一根鑽石中國紅香菸點上，喝著茶，悠閒地等待著。

五分鐘後，房間外面傳來一陣腳步聲，馬華磊和三個日本人的聲音傳了過來。

馬華磊得意地對三靈扯雞說道：「三靈先生，我猜那個姓柳的肯定被砍死了。」

「嗯，那麼多人圍攻之下想要活命，實在是太難了。」三靈扯雞露出奸笑。

在馬華磊的身後，還跟著十二名從區公安局趕來支援的員警。

然而，馬華磊來到包間門口，往裡面一看，頓時瞪大了雙眼。屋子內竟橫七豎八地倒了一地的人，而本應死翹翹的柳擎宇反而安然無恙地坐在沙發上抽菸喝茶，十分逍遙自在。

這怎麼可能呢！那可是四十多個打手啊，這麼多人竟連柳擎宇的衣角都沒有傷到，難道柳擎宇這小子不是人嗎？

三個小日本也有些傻眼，原以為柳擎宇一定寡不敵眾，絕對慘敗的下場，房內的場景卻讓他們大失所望。

馬華磊見柳擎宇沒事，立刻對旁邊的南城區公安局副局長吳志峰說道：

「吳局長，你看看，這個姓柳的實在是太囂張了，在南城區的地面上竟敢隨意打傷他人，更將我們的投資商暴打一頓，這是破壞我們投資環境的惡劣行為，像他這樣的人，必須受到法律的制裁才行。」

吳志峰配合地說道：「嗯，馬總說得對，看這滿屋子的傷患，就知道柳擎宇是個十分兇殘的人。來人啊，先將這個姓柳的給我銬起來，帶回局裡好好審問審問。」

柳擎宇絲毫無懼地說：「這位局長同志，給你個建議，你如果不想烏紗帽不保的話，最好按照流程辦事，如果不按照流程辦事，只聽信某些違法亂紀的漢奸胡亂之言，到時候後果不是你所能夠承受的。」

接著，看向馬華磊說：「馬華磊，還記得我之前說過的話嗎？你還敢在我面前出現的話，我見你一次打你一次！」

說著，柳擎宇便站起身來向馬華磊走去。

馬華磊嚇得連忙閃躲在吳志峰的身後，大聲道：

「吳局長，你看看，這個柳擎宇多麼囂張，竟然當著你們警察的面想打我，他也太無法無天了，這樣的人，不快把他抓起來做什麼？而且剛才三位日本友人也向你們警方舉報過他了，你們抓住他完全是為民除害啊！再者，我爸是區長，我爸不說要動你的烏紗帽，誰敢動?!」

吳志峰心中正盤算著利害得失，這傢伙一個人能放倒這麼多人，這絕不是一般人辦得到的，而且，還敢如此囂張地坐在這兒喝茶抽菸，說明對方已經料到他們會出現，換句話說，對方肯定有底牌。所以，吳志峰對柳擎宇有些忌憚。

但是聽到馬華磊提到他的父親後，吳志峰又釋然了，不管這個柳擎宇有啥背景，縣官不如現管啊，馬華磊的老爸可是區長，要想收拾或者提拔自己，還是很輕鬆的。所以，在馬華磊這背景強大的衙內面前，他也只能無視柳擎宇的警告了。

他心一橫，大手一揮道：「來人啊，給我上，先把這個柳擎宇給銬起來。該怎麼執法，我吳志峰心中有數。」

員警們聽到命令，走向柳擎宇準備採取行動。馬華磊和三個小日本都露出得意的笑容。

這時候，只見柳擎宇拿出手機撥了一個電話。

「胡叔叔，我現在秦海大酒店裡，我發現你們南平市的社會治安真的很讓人揪心啊，先是我的女同事被一群黑社會的人強行拉去他們房間，想要欺負她，隨後又有區長的兒子帶著三個日本人想要強行以低價收購我朋友的酒店，現在，他們又帶著公安局一個叫吳志峰的局長以及十多名員警想要把我抓走，胡叔叔，現在得你來救我了，不然我怕要死無葬身之地啊！」柳擎宇委屈地說。

電話那頭，南平市市委書記、河西省省委常委胡海波正在辦公室加班呢，聽到柳擎宇的話，腦門上的汗一下就冒了出來。

別人不知道柳擎宇的身分，他可是知道的，這可是劉飛的兒子啊！柳氏家族的唯一繼承人柳大少啊！胡海波曾經是劉飛的秘書，對柳擎宇自然十分熟悉。現在柳擎宇竟然告訴他，有人想要讓他死無葬身之地?!這不是開玩笑嘛！

就算拋開柳擎宇的身分，能夠讓他死無葬身之地的人恐怕還沒出現呢！一個小小的衙內就想要收拾他，你以為你是誰啊，胡說八道就可以了啊！

胡海波立刻對柳擎宇說道：「你把手機給那個局長，我跟他說。」

柳擎宇把手機遞給吳志峰：「接下電話吧，你們南平市領導的電話。」

吳志峰接過柳擎宇的手機，看到上面「胡海波」三個字的時候，腦袋便嗡的一下，像被鐵錘狠狠敲擊一般，徹底驚呆了。

可是他不禁又有些懷疑，一個認識市委書記的人怎麼可能被自己堵在這裡呢，早就應該出手了。

吳志峰把手機放在耳邊，沉聲道：「您好，我是南城區公安局副局長吳志峰。」

胡海波的聲音從電話那頭傳了出來：「吳同志，我是南平市市委書記胡海波，聽柳擎宇同志說，你們要在沒經過任何調查，沒有走任何法律流程的情況下強行把他給帶走？」

吳志峰的臉色綠了。這絕對是市委書記胡海波的聲音，錯不了。

此刻，吳志峰拿著手機的手和雙腿都開始顫抖起來。

尤其是聽到胡海波的質問，他不知道該如何回應才好，他終於想起了柳擎宇的警告，內心後悔不已。

怎麼辦？吳志峰的大腦在飛快地轉著，汗水順著腦門劈里啪啦地往下掉。

這時，胡海波又說話了：「吳同志，我讓你接這個電話沒有別的意思，只是想要告訴你，我希望我們南平市的警方在任何時候都要文明執法，按照流程執法，絕不能做出影響我們警方形象的事情，這件事我會關注的。」

吳志峰連忙說道：「胡書記，請您放心，我們一定會文明執法的，我會馬上把事情的經過調查清楚，及時向您彙報。」

吳志峰說完，胡海波便掛斷了電話。

吳志峰把手機還給柳擎宇，這時他看向柳擎宇的目光可不一樣了。隨隨便便一個電話便能請得動市委書記，這絕不是一般人能夠做到的。

要知道，在**官場上，越是高級的領導，越是愛惜羽毛**，不會輕易捲入任何事件中去，即便是打招呼，也會先瞭解清楚，現在，胡海波只是聽柳擎宇說兩句話就讓自己文明執法，這說明胡海波對柳擎宇十分信任！

直到此刻，他才意識到，眼前的這位不是一般人啊！

吳志峰滿臉含笑，對柳擎宇說道：「這位同志，你看這屋子裡面到底是什麼情況，還請你解釋一下啊。」

柳擎宇淡淡地說：「我剛才不是說了嗎，我正在喝茶，這些人衝進來就要砍我，我被迫正當防衛，所以才出現這種情況。」

吳志峰使勁地點頭說道：「嗯，好，我明白了。」說著，他大手一揮，對手下的人說道：「你們呼叫一下區分局，讓局裡再增派一些人手，把現場這些惡勢力全都給我抓起來，帶回局裡好好審問審問。另外，你們兩個給這位同志做個筆錄，把流程走好。」

聽吳志峰這樣說，小日本不幹了，小野吹豬猛的一踹房門，怒道：「八格，你們中國人這不是官官相護嗎？一個電話，公安局的人就改變立場了，如果不給我們一個交代，我們三靈集團立刻撤資！」

馬華磊也皺著眉頭看向吳志峰，質疑道：「吳局長，剛才是誰的電話啊？你之前不是答應我要把柳擎宇給抓起來嗎？」

吳志峰翻臉道：「馬總，我的確答應你過來處理這件事，但是，我們警方會依據調查流程公平公正地處理此事。」

說完，吳志峰便不再理會馬華磊，直接指揮現場的員警給那些倒在地上的人一一戴上手銬，做筆錄。

馬華磊心道：「不知道這柳擎宇到底找了誰出面，還管對方叫胡書記？不管了，既然有人想要插手此事，那我就逼你把手縮回去。」

他立刻對三靈扯雞說道：「不好意思啊，三靈總裁，這件事情我真的無能為力了，你們該怎麼辦就怎麼辦吧。」

馬華磊相信，只要自己撒手不管，這些日本人肯定會想辦法把事情鬧大的。

馬華磊猜得沒錯，他一說完，三靈扯雞便立即撥通南平市主管經濟的常務副市長姜樹森的電話，吼道：「姜副市長，由於你們警方不能公平公正執法，我們三靈集團三位主要負責人在秦海大酒店被人打了沒有人管，我們決定暫停一切投資，現在我給你們三個小時的時間，如果三個小時內不能收到滿意的答覆，我們明天就會宣布全面停止與你們南平市的合作。」

電話那頭，南平市主管經濟的常務副市長姜樹森接到電話後，臉色一下暗沉下來，他沒有想到，三靈扯雞竟然會被人給打了，還提出要撤資，這絕對是南平市的大事。

所以，接到這個電話後，姜樹森立刻向市長謝曉輝彙報。謝曉輝立刻向市委書記胡海波彙報。

胡海波鎮定如常地說：

「謝同志，這件事我比你知道得還要早，當時那些日本人並沒有提出這個要求，而且，我認為這件事絕對不如表面上看起來那麼簡單。這樣吧，市委、市政府各出一個人與市公安局的同志們組成共同調查小組，前往秦海大酒店，把這件事情的前因後果仔細調查清楚，我對調查過程和處理只有一個要求，那就是公平、公正！

「對任何投資商的合法權益，我們都會給予保護，但是，同樣也要顧及中國同胞的權益，絕不能容忍任何人、任何勢力，打著各種旗號，侵犯和掠奪我們南平市老百姓的權益。我會派出我的秘書袁磊同志出面負責此事，一會兒我會讓他和你聯繫。」

謝曉輝聽到胡海波的話，便是心頭一驚。

謝曉輝是靠著自己的才幹和政績，一步一步累積升遷才幹到南平市市長的，官場智慧十分深厚。胡海波的話讓他意識到秦海大酒店的事沒有想像中的那麼簡單，恐怕還有自己不知道的隱情。

所以，為了掌握主動權，謝曉輝也毫不猶豫地派出了自己的秘書姬建華，和胡海波的秘書袁磊一起率領市公安局的人前往秦海大酒店調查此事。

其實，這件事情調查起來十分簡單，因為當事人都在場，秦海大酒店更是準備得十分充分。秦海大酒店老闆郭旭東是個十分聰明的人，這哥們自從接到馬華磊的電話，說是要帶著三靈集團來進行收購談判，便悄悄啟動安裝在會議室內的視頻監控系統，對整個談判過程進行了錄影、錄音。

這裡是他的主場。他早已下定決心，他們要是把自己逼得走投無路了，他就把視頻和錄音公佈出來，就算拼了這條老命，他也要為自己尋求一個公道。

當聯合調查小組過來調查的時候，他便拿出監控視頻，放給調查小組的成員，錄影中十分清楚地將當時發生的事呈現在眾人面前。

有了這強有力的證據，三個日本人當場傻眼。他們沒有想到，郭旭東竟然玩這麼一手。

由於有胡海波的授意，聯合調查小組很快就得出結論，事件真正的責任人應該是馬華磊以及三個日本人，他們依仗權勢，想要非法強行收購郭旭東的酒店，至於柳擎宇打人雖然不對，但是情有可原。

三靈扯雞聽到袁磊代表調查小組給出的調查結論後，立即變臉道：

「我不管你們的調查結論如何，我們三靈集團的要求是，如果柳擎宇不能被嚴肅處理的話，我們三靈集團將會毫不猶豫地從南平市撤資，請你們向你們市委領導回覆，這就是三靈集團的態度。

「我說過，給你們三個小時的時間考慮，現在已經過去一個半小時了，如果一個半小時後我們不能得到滿意的答覆，我們會在明天召開記者會，宣布停止一切和南平市的合作項目。」

說完，三靈扯雞和松井食人、小野吹豬坐下來，翹起二郎腿，滿臉不屑地冷笑著。

袁磊等人一看，只好給自己的領導打電話彙報此事。

整個過程中，柳擎宇一直冷眼旁觀，什麼都沒有說，他要看看，南平市方面最終會如何處理。

胡海波得到袁磊的彙報後，立刻召開緊急常委會，討論該如何解決三靈集團的問題。

在三靈扯雞等人想來，自己提出最後的警告後，南平市肯定會做出讓步的。事關幾億的項目，絕對是一筆天大的政績，就算某些領導想要維護所謂的民族尊嚴，其他人未必會同意，畢竟，在政績面前，沒有人的骨頭可以硬起來。

南平市市委會議室內，緊急常委會正在召開。

市委書記胡海波坐在主持席上，表情嚴肅地說道：

「各位，就在不久前，三靈集團向我們發出了最後通牒，要求我們必須在一個半小時後，給他們一個滿意的答覆，事情的經過，大家可以先看一下存證錄影……」

說完，會務組立刻在投影幕布上調放出在秦海大酒店的實況錄影。日本人的囂張、狂傲，馬華磊依仗父勢的肆無忌憚，郭旭東的無奈，柳擎宇的強勢、正義，所有的一切都透過視頻清晰地展現出來。

播放完，胡海波沉聲道：「各位，大家都看到了，這就是整個事件發生的經過，大家說說，在這種情況下，我們南平市市委市政府應該如何回應三靈集團？對柳擎宇應該如何處理？」

寂靜！沉默！一時間，整個會議室內鴉雀無聲。

視頻所涉及的議題十分敏感，所有人不得不仔細思考一下自己的立場。

常委副市長費鵬程的臉色則顯得十分嚴峻。因為項目一開始是他負責和日本三靈集團接洽的，為了這個項目，他付出了很多心血，眼看就要塵埃落定了，政績馬上就要到手，他不希望因為一個自己並不認識的叫柳擎宇的人，以及一個小小的酒店老闆而影響到自己的績效。

所以，看到沒有人說話，他出聲道：

「胡書記，我認為這件事我們必須慎重考慮。雖然日方的確有缺失，我們可以和三靈集團溝通，讓他們改正。但是，柳擎宇無辜毆打日本友人的行為，嚴重影響到了我們和三靈集團的合作，為了我們南平市的長遠利益，我認為應該嚴肅處理柳擎宇，以化解三靈集團的怒火，只有這樣，才能確保既定的合作案順利進行下去。」

胡海波聽了，反問道：「那麼我想問一下費副市長，如果三靈扯雞他們以後在其他事情上繼續要求我們退讓，那我們該怎麼辦？」

費鵬程立刻說道：「這一點，我相信日方應該不會做得太過分的，只要有利於我們南平市的發展，適當的讓步我認為並不是問題。」

「啪！」

胡海波猛的一拍桌子，拿起面前一份資料，狠狠地摔到會議桌上，怒聲道：

「讓步！讓步！費鵬程，為什麼你的腦袋裡想的總是讓步呢？你自己看看這份資料！這個三靈集團打著和我們南平市合作的幌子，在南平市圈下了多少土地？併購了多少家企業？這些幾乎全都是你簽字和支持的。你看看上面統計部門做出的統計！

「六億！整整六億啊！這就是你所謂的讓步！為了區區三四億的投資，你所讓出去的國營企業和私人產業、土地利益，已經足足超過六億了！

「費鵬程，這就是你所謂的讓步嗎？拿著國家利益、人民利益去換取價值三四億的項目，還讓這三個日本人不斷地拿捏著，囂張著，這裡還是不是中國的國土？這裡還是不是南平市的地盤？難道國家利益就不是利益？人民利益就可以不顧？

「為了三四億的項目損失這麼多的國家利益，到底是賺了還是虧了？這個帳，難道你算不清楚嗎？之前常委會上，我有沒有多次提醒你，暗示你，做事要以國家利益和人民利益為重，絕不能為了個人的政績和仕途去犧牲國家和人民的利益，可是你是怎麼做的？」

此刻，胡海波怒髮衝冠，雙眼怒視著費鵬程。

費鵬程腦門開始冒汗了，不過他早就有心理準備，辯解道：

「胡書記，你這份統計資料統計得根本不合理，這上面的企業大部分都倒閉了，還有許多已經資不抵債，我同意把它們讓出去，對於盤活這些企業、創造就業機會是很有好處的。」

「盤活這些企業？創造就業機會？費鵬程同志，我倒是想要問問你，就這家製藥公司而言，蕭氏集團的副總經理劉小飛有沒有找過你，要求收購這家企業？劉小飛給出的價格是不是高出三靈集團十倍？但是你為什麼要把一家價值兩億的製藥企業以區區不到五百萬的價格轉讓給三靈集團？為什麼劉小飛出資五千萬想要盤活這家瀕臨倒閉的企業你不同意？」胡海波質問。

費鵬程回道：「胡書記，三靈集團擁有豐富的管理和企業運作經驗，而蕭氏集團只是一家以房地產為主的綜合性企業，他們根本無法把這家企業運作好，萬一運作失敗，這家製藥公司上千名員工怎麼辦？如何安置？」

胡海波怒極反笑：「費同志，你真是會找理由啊。照你的意思，是不是南平市所有瀕臨倒閉的企業全都該以超低價交給三靈集團去挽救啊？

「難道你不知道，就算這家製藥公司瀕臨倒閉，哪怕是把設備賣一賣，也足以抵償那些債務?!難道你不知道這家製藥公司土地價值至少兩三億？如果開發成房地產，價值將會成倍增長！

「難道你不知道蕭氏集團最近兩年在南平市所做出的業績嗎？劉小飛在這兩年接手了四家瀕臨倒閉的產業，不到一年便全部扭虧為盈，這四家公司每年光是營業稅就高達上億！

「你不是讓下面的人公開競標嗎？為什麼公開競標卻是超低價得標？」

這一下，費鵬程突然卡住了。他不知道該怎麼回答胡海波一連串的問題。

他沒有想到胡海波對這些事竟然瞭解得如此清楚，尤其是在這家製藥公司的操作上，他自認是天衣無縫，不可能被到任何破綻。難道背後是劉小飛在搗鬼？是劉小飛為了報復自己，所以向胡海波投訴？

就在費鵬程思考懷疑的時候，胡海波再次說話了。

「費同志，我想問問你，去年八月，你兒子的美國帳戶上突然多出來的四百萬美元是怎麼回事？為什麼這筆錢是從三靈集團的帳戶上支付的？四百萬美元，合兩千多萬人民幣呢，真是大手筆啊！後面又陸陸續續有大小不同的款項從三靈集團匯出，費同志，你能夠解釋一下這到底是怎麼回事嗎？」

費鵬程傻住了，腦門上的汗珠直往下掉，胡海波是怎麼知道這些的？

就在這時候，會議室的房門突然一開，三名省紀委的工作人員走了進來，為首的是省紀委的一名處長，叫魏鵬飛。

魏鵬飛手中拿著一份文件放在費鵬程面前，說道：

「費鵬程同志，你涉嫌嚴重違紀行為，現在請你跟我們去一趟省紀委，茶水我們都給你準備好了，咱們得好好聊一聊了。」

這下，費鵬程的臉色刷的一下慘白無比，手腳不自覺得顫抖起來。

胡海波冷冷地說道：「去吧，不要幻想還有誰可以救你，你和南城區區長馬嘯天配合日本三靈集團，上下其手，大肆侵吞、掠奪南平市國有資產以及老百姓財產的事早已證據確鑿，現在，市紀委的工作人員也應該已經把馬嘯天給雙規了。天網恢恢，疏而不漏，任何為了私利不把國家和人民利益放在眼中的官員，都遲早會受到法律的制裁的。」

費鵬程似乎明白了什麼，用顫抖的手拿起筆來，在文件上簽了字，隨後跟隨省紀委的工作人員向外走去。

臨到門口的時候，費鵬程猛的回過頭來，對胡海波道：

「胡書記，我想問，這一切是不是劉小飛在幕後操控的？」

胡海波沒有說話，只拿起水杯來默默地喝了一口，但是他也沒有否認。

看到胡海波這種表態，費鵬程長嘆一聲：

「唉，我費鵬程英雄一世，自詡智謀無雙，沒想到竟然敗給一個初出茅廬的小娃娃，劉小飛他才多大啊，竟然有這麼深的心機，能夠憑一己之力將我這個堂堂的市委常委、副市長扳倒，厲害，真是厲害！」

說完，費鵬程垂頭喪氣地跟著省紀委的工作人員走了。

等費鵬程離開後，胡海波沉聲道：

「好了，各位，現在我們繼續開會，繼續討論三靈集團所提的這個要求，大家可以發表自己的觀點。」

市長謝曉輝首先發言：

「胡書記，我先說說我的看法。我認為，不管費鵬程有沒有被雙規，有一個原則我們南平市市委常委絕對不能忘記，那就是，凡是涉及中國人尊嚴、人民利益的事，我們絕對不能向任何惡勢力退步、低頭。

「剛才那些視頻大家也都看過了，這三個日本人哪裡是什麼正經商人，根本就是一群貪得無厭的吸血鬼，利用手中掌握的資金和項目，巧立名目，到我們南平市肆意掠奪、坑騙老百姓的資產，甚至還敢威脅我們南平市市委市政府，對這種財團，我們南平市絕對不能有一絲一毫的後退和妥協。

「至於柳擎宇打人，我看打得很好，打得讓人提氣！身為中國人，就該有這種不畏強權的氣勢和膽量，日本人怎麼了？日本人在中國的土地上就可以胡作非為嗎？投資商又怎麼樣？投資商就可以肆意踐踏中國的法律和民族尊嚴嗎？

「我的意見是，對柳擎宇，我們可以給予一些口頭上的批評，實際上，我們應該對他的這種英雄行為給予表揚！據我所知，柳擎宇是這次前來參加我們所舉行的省際交流會的新華區代表，在這種時候可以做出這種見義勇為的事，我認為值得肯定。

「所以，我建議授予柳擎宇榮譽市民的稱號，以表彰他為了保護我們南平市老百姓免於受日本人壓迫所做出的努力！」

「我同意！」

常務副市長姜樹森第一個表態，隨後，其他常委們也紛紛附議表示贊同。

在大義面前，南平市市委班子空前團結，日本人的無恥囂張行為，引起了市委班子成員的強烈反感和憤怒，所有成員意見統一。

看大家紛紛表態，胡海波的眼神中露出欣賞之色，發言道：

「謝曉輝同志的意見提得非常好，小日本竟然敢到我們南平市作威作福，肆意踐踏我們南平市老百姓的尊嚴和利益，我們必須給他們一個教訓！我決定，今天晚上，我們市委市政府就召開記者會，宣布放棄和三靈集團的一切合作，並且向三靈集團方面追討我們的正當權益，所有被日本人以非法手段侵佔的產業，重新統計和清點，歸還給原業主：同時，三靈集團和費鵬程所簽訂的合約，由於沒有按照正規的流程辦理，全部作廢！重新爭取合適的、有能力的投資商，提高我們南平市的經濟與就業率。」

掌聲雷動！大家聽完胡海波的話後，都熱烈地鼓掌！

胡海波不愧為南平市市委的掌舵人，他的果斷與強勢，讓所有常委們都十分欽服！

掌聲落下，胡海波臉色再次嚴肅起來，沉聲道：

「我相信大家在剛才的錄影中也看到，黑社會勢力竟敢在酒店內公然擄走貌美女子、手持各種武器砍人，這些黑道分子實在是太囂張了，我建議，從現在起，由南平市公安局立刻實施掃黑行動，對所有惡勢力進行強力清掃，以保證在經濟交流會期間，治安上不會出現任何問題！」

現場再次響起一片贊同之聲。

隨後，南平市市委秘書長親自給三靈扯雞打了個電話，把市委的決定嚴肅地傳達給對方。

三靈扯雞聽了，徹底傻眼，不敢相信南平市市委班子竟是這樣的回覆。

錚錚傲骨可擎天，外域宵小群膽寒！

中國人最厲害的在於個人智慧，弱點在於群體智慧。經常有人說，一個中國人是條龍，一群中國人就是一群蟲，因為中國人慣於內鬥。

現在，中國人團結起來了。尤其是南平市市委常委決定，竟然要對他們進行法律上的追索。三靈扯雞害怕了。

與此同時，在南城區區長馬嘯天的家裡。馬嘯天被雙規，馬嘯天之子馬華磊被捕。黑勢力頭領郭老八在醫院直接被警方控制，他的黑勢力被一掃而空。

柳擎宇也接到了胡海波親自打來的電話，胡海波將他們的決定跟柳擎宇說了，柳擎宇聽後，連忙表示感謝。

「擎宇啊，你也不用謝我，說起來，我還應該感謝你，本來我們省紀委一直想對費鵬程下手，卻苦於找不到合適的機會，這次你給我們創造了機會。加上蕭氏集團劉小飛的配合，費鵬程這個敗類終於被掃出官員隊伍。」胡海波笑道。

劉小飛?!這個名字怎麼這麼耳熟呢？柳擎宇聽到胡海波提到劉小飛的時候，心頭便是一動，一時間卻又想不起來在哪裡聽過。

「胡叔叔，這個劉小飛到底是什麼人？我怎麼感覺這個名字很熟。」

「劉小飛是我們南平市蕭氏集團的投資總監，年紀不大，但是非常厲害，據說他用了不到兩年的時間，就從一名普通員工變成了投資總監，掌握數十億的投資戰略，現在是蕭氏集團的頂梁柱。

「這個人雖然脾氣不太好，但是為人十分正義，古道熱腸，朋友很多。對了，這次的省際交流會他也會參加，如果你們白雲省想要爭取投資項目，你可以和他接觸一下。」

「好的，謝謝胡叔叔提供的消息，等展會開始後，我一定會和他好好聊一聊。」柳擎宇答謝道。

掛斷電話，柳擎宇有些興奮。自己一定要找機會和這個劉小飛接觸一下，如果能夠談成合作的話，對雙方都很有利。

第二天，柳擎宇帶著新華區的同志們前往展覽館查看場地。

整個展覽館的面積非常大，各區展臺早已搭建起來，規劃十分整齊。

柳擎宇心中十分興奮，這是他上任副區長後，第一次正式參加這種交流會，他雄心勃勃，希望能夠在這次展會上大有斬獲。

跟在柳擎宇身邊的秦睿婕、周坤華等人也非常興奮，他們和柳擎宇一樣，都希望能夠憑藉自己的實力在這次展會上一炮打響。

然而，當他們在展覽館內轉悠了半天，終於找到他們展位的時候，才鬱悶地發現他們的攤位是整個展覽館內位置最差的地方，甚至根本就不能被稱之為展覽區域。

因為是處在最裡面的位置，要想進入他們的攤位，必須走過一個用木板搭建起來的半米多高的臺階才行，而且攤位前還有一道牆柱恰恰擋住他們，是個視線死角。

雖然上面掛著新華區的牌子，但實際上，這應該是一個臨時倉庫，雖然收拾了一下，但是地上依然可以看到零散遺棄的各種邊角廢料。

看到這種情形，柳擎宇不由得眉頭一皺。秦睿婕等人的臉色也十分難看。

趙偉傑憤怒地說道：「柳區長，我們的位置也太差了吧，會務組的工作人員竟然把一個廢棄的工具庫分配給我們，這明顯是對我們新華區的嚴重歧視啊，我看我們應該找會務組的人談一談，他們這樣太不公平了，你們看，就連招商引資成績不如我們的東臺縣分到的位置都比我們好。」

說著，趙偉傑用手一指他們不遠處的一個地方。那裡雖然也很偏遠，但畢竟處於整個展場的臨時道路上，只要多走兩步，還是可以看得到。

柳擎宇順著趙偉傑手指的方向看去，眉頭皺得更緊了。

柳擎宇相信，河西省會務組是不會故意把這個地方分配給新華區的，因為對他們來說，完全沒有必要這樣做，畢竟自己也沒有得罪過他們。

而且**官場中人一向是以不得罪人為原則**，而且柳擎宇曾經研究過這次交流會的相關資料，知道會務組只是負責給每個省劃分區域，然後各個省市再自行劃分下去。也就是說，新華區是由蒼山市的有關負責人劃分的。

想到這裡，柳擎宇沉聲道：「小趙，這不干會務組的事，和他們沒有關係。」

說完，柳擎宇立刻拿出手機撥通了市招商局局長唐思凱的電話。

「唐局長，我想問一下，市裡在劃分各區縣的攤位時，到底是按照什麼原則來分配的？為什麼我們新華區的攤位是所有縣區中最差的？我們招商引資的成績雖然不怎麼樣，卻沒有在所有縣區中墊底吧？至少比東臺縣的要強，可是我們的攤位為什麼卻在一個根本沒有路可以通行的工具庫呢？」

唐思凱接到柳擎宇的詢問電話後，不冷不熱地說道：

「柳副區長啊，你看你這話說的，好像我對你們新華區的分配有多不公平似的。你這是在雞蛋裡挑骨頭啊，你自己看看，東臺縣的展區才多大？不到十平米吧，你們新華區呢？將近三十平米，這在整個展覽館內都算是中等偏上的了，我之所以給你們這麼大的面積，就是考慮到這次你們來的人比較多，這是對你們重點照顧了。」

聽唐思凱這樣說，柳擎宇怒氣更濃了：

「唐局長，你這完全是胡說八道。是，你分給我們的面積不小，但是我們這個展區幾乎沒有路可以進來，又是視線死角，一般人根本就看不到我們的攤位，唐局長，我們強烈要求更換地方，我們不需要太大的面積，只需要一個正常的位置，可以嗎？」

唐思凱冷冷地回道：「柳同志，現在不是在我們白雲省，更不是在蒼山市或是你們新華區，我們是在人家河西省，既然上級把攤位分配給你們了，你們就不要再挑肥揀瘦了。全省這麼多地方，要都像你們這樣，省裡還怎麼協調分配？嗯，我還有事，先掛了。」說完，唐思凱便自行掛斷了電話。

聽著電話裡傳來的忙音，柳擎宇臉色變得十分嚴峻，他沒有想到唐思凱的態度竟然如此惡劣。他的大腦開始飛快地運轉起來。

照理說，自己並沒有得罪這位唐局長，而且新華區如果在招商引資上做出成績，對他這個局長也是有利的，可是對方卻偏偏在分配展區的時候做了手腳，這說明，肯定有人在背後使壞。這個使壞的人目的十分明確，那就是不希望自己在這次省際交流會上做出成績。

那麼，在南平市，到底誰最不希望自己做出成績呢？

想到這裡，雖然問題的根源找出來了，但是要想鎖定目標，卻沒有那麼容易。韓明強的哥哥韓明輝、鄒海鵬、董浩，以及新華區區長鄭曉成等都對自己十分不滿，所以這些人都有可能，想從這點線索中分析出來，恐怕很難。

柳擎宇嘴角不由露出一絲冷笑，心中暗道：「看來，自己讓很多人不爽啊，竟然在招商引資中給自己下絆子！哼，越是這樣，我越是要想辦法做出成績來，狠狠地打你們的臉！我就不信我柳擎宇鬥不過你們！」

柳擎宇陷入思考，想在條件如此惡劣的情況下做出成績，到底該如何操作呢？

時間，一分一秒地過去，柳擎宇一直想不出一個可行的辦法。

秦睿婕見狀說道：「柳區長，我看這個地方恐怕市裡是不會給我們換了，既然這樣，我們只能以這個地方為我們的根據地，我看大家可以集思廣益，都好好想一想，然後說說自己的意見，沒準能夠想出什麼好辦法。」

「好，那咱們就來一個腦力激盪，大家一起想辦法。」柳擎宇點點頭道。

不得不說，眾人的力量大，隨著大家你一言我一句地表達各自的觀點，柳擎宇的腦中突然靈光乍現，一個絕妙的點子出現了。

隨後，柳擎宇開始調兵遣將，展開行動。雖然大家都有些半信半疑，也只好照做，冒險一搏。

距離他們不遠的蒼山市的其他展區看到新華區的攤位後，都得意地笑了起來，認定這次招商引資，新華區絕對會是最後一名。

第五章

神秘老人

眾人看著這位神秘老人和女孩的背影都目瞪口呆，一個神秘的老人，竟然過來要給柳擎宇當老師，還送給他一張名片作為禮物，這該不會是騙子吧？

柳擎宇看著手中的名片，上面只有一個電話，一個名字。

此刻，在展覽館旁的五星級酒店大廳內，蒼山市招商局局長唐思凱、新華區區長鄭曉成兩人正坐在沙發上輕輕地品著茶。

唐思凱看向鄭曉成道：「老鄭啊，你這樣對待柳擎宇真的好嗎？如果這次他做不出成績，對你這個區長不是也很不利嗎？」

鄭曉成苦笑道：「我又何嘗不知道這一點呢，但是，你想想看，我上面那位現在對柳擎宇早已經恨之入骨，我如果不抓緊機會表現一下，我的位置能穩固嗎？**在官場上，是領悟領導的心思重要？還是做出成績重要？**」

作為老朋友，鄭曉成在唐思凱的面前沒有任何避諱，毫不猶豫地說出了內心的真實想法。

「這還用說嘛！當然是領導的心思和指示重要，身為官場中人，做不出成績是很正常的，畢竟官場中人才濟濟，想要做出成績不是一朝一夕的事，即便做不出成績也未必不能升遷；但是如果不能揣摩出上意，按照領導的喜好做事，就算做出再多的成績，也照樣無法升遷，甚至被打入冷宮。」唐思凱長嘆一聲道：

「就像柳擎宇，雖然非常努力想要做出成績，卻得罪了你這個領導，不照樣被你想盡一切辦法收拾?!我看這一次，柳擎宇想做出成績比登天還難。」

「唉，**身在官場，身不由己啊**。不過，我還是有些不太放心，一會兒我再去展區看看，柳擎宇這小子一向以不按常理出牌而聞名咱們蒼山市，還真不能對他掉以輕心。」鄭曉心中隱隱有一絲不安。

「好，過一會兒我陪你去看看。」唐思凱道。

兩人又聊了半個多小時，到了十點左右，步行到展覽館內，走上顫巍巍的臺階，來到柳擎宇他們的攤位。

攤位上只有趙偉傑和李曉霞兩人正在打掃環境，見鄭曉成和唐思凱來了，連忙向兩人問好。

客套完，鄭曉成問：「柳擎宇和秦睿婕呢？怎麼沒有看到他們啊？」

李曉霞臉上露出一副委屈的表情道：「鄭區長，我們只是小兵，領導去哪裡了我們哪知道啊，我們只知道我們跟著柳副區長和秦局長來了之後，柳副區長對這個攤位很不滿意，打了一個電話，又對著我們發了通脾氣，然後責令我們把攤位內外打掃一番，便帶著秦局長出去了。」

「他們去哪裡了？」鄭曉成又問。

「他們好像是去逛街……」李曉霞嘴直口快地說道。

李曉霞後面的話還沒有說完呢，趙偉傑便制止道：

「李曉霞，不要瞎說，柳副區長他們只說去南平市的街道上轉一轉，看看有沒有辦法把我們的攤位再裝飾裝飾。」還故意給李曉霞使了個眼色。

李曉霞看到趙偉傑的眼色，連忙改口道：「嗯，對，柳副區長說是去街上看看。」

看到趙偉傑和李曉霞兩人的對話和表情，以鄭曉成和唐思凱兩個老狐狸多年混跡官場的經驗，怎麼會看不出來到底是怎麼回事，很顯然，這個李曉霞說的應該是真的，是柳擎宇想要泡秦睿婕這個大美女，所以帶著她出去逛街了。

同樣身為男人，這兩個老傢伙自然明白上級帶著美女下屬出來辦事時心中的那點鬼心思。

至於這個趙偉傑，很明顯想要幫柳擎宇打馬虎眼，他給李曉霞使眼色的小動作早就被鄭曉成和唐思凱看在眼中了。

在他們面前玩這一套，純屬是聖人門前賣字畫啊！

兩人稍微停留了一會，對趙偉傑和李曉霞堅守工作給予了口頭肯定，同時側面抨擊了柳擎宇的行為，告訴他們，柳擎宇如果有什麼指示和行動，可以及時向他們彙報，對兩人進行了一番拉攏之後，鄭曉成和唐思凱這才心滿意足地離去。

他們這是在給柳擎宇挖坑，利用這兩人對柳擎宇的不滿，狠狠地離間一下柳擎宇的團隊。

走出攤位後，唐思凱譏諷道：「我還以為柳擎宇有多大本事呢，沒想到他也是一個見色起意之輩啊。」

鄭曉成嘿嘿笑道：「老唐啊，這你還真是說對了，跟你說實話吧，別說是柳擎宇這種年輕人了，就算是我，每次看到秦睿婕，下面都會起反應啊，那個秦睿婕長得真是太美了，我可以毫不誇張地說，秦睿婕絕對是我們新華區的第一美女，恐怕就算放在整個蒼山市，也沒有幾個比她漂亮的女人。有機會，我也得好好琢磨琢磨，把她調到我們新華區政府辦來工作。」

聽鄭曉成這樣說，唐思凱有些無語地用手指著鄭曉成的臉說道：「老鄭啊，你真的有些墮落了。」

鄭曉成哈哈笑道：「墮落？啥叫墮落？有權不用，過期作廢啊！趁著現在身體還強壯，該享受就要享受，等以後退休了，就算你想要享受，又有誰會理你呢！」

兩人一邊聊著，一邊漸漸遠去。

此刻，展區內，趙偉傑假裝清理攤位外部，負責放哨，攤位裡面，李曉霞則拿出手機撥通了柳擎宇的電話，跟柳擎宇詳細報告了鄭曉成和他們的對話。

柳擎宇聽完，臉色一沉，心中暗道：

「真沒有想到，鄭曉成這個王八蛋都把我逼到這種程度了，竟然還想落井下石，過來看看我有沒有其他的手段，幸好我早有安排，否則又得被這個王八蛋算計了。哼哼，鄭曉成、唐思凱，等著吧，明天我會給你們所有人一個天大的驚喜！」

展會前一天，柳擎宇帶著團隊整整忙到了凌晨兩點，這才算把相關的宣傳工作搞定，但是他們卻並不覺得累，對第二天就要舉辦的交流會充滿了期待。

第二天上午，展覽館八點半準時開放。

八點左右的時候，展覽館外面便等候了一大群人，這些人手中全都拿著一份報紙，報紙上面有半個版面的位置刊登著一條廣告，廣告的背景是蒼山市新華區內著名的新華公園的照片，照片上，顯著的位置寫著一行字——南平市新華區展覽區到底在哪裡？找到有驚喜哦！

很簡短的一行字，很有創意的廣告設計，很多拿到《南平都市報》和《南平晚報》的市民，以及一些對展會有興趣的人看了這條廣告，立刻對蒼山市新華區充滿了興趣。一是因為新華公園這張作為廣告背景的圖片拍攝得非常漂亮，二是這個展區到底在哪裡的問題頗能勾起人們的好奇，通常展區的位置都是一目瞭然的，沒有什麼難找。新華區卻偏偏刊登了這樣一條廣告，還說有驚喜，到底是什麼驚喜呢？

好奇心殺死貓！不管是多淡定的人，都有好奇心。

在展館的大門口外面，秦睿婕親自帶隊，與李曉霞、趙偉傑負責在外面發送宣傳彩頁，所有等候在外面的人都接到了他們發的宣傳品。

展覽館內，柳擎宇則帶著周坤華、邵麗華和馬海峰負責接待。

柳擎宇、周坤華帶著比宣傳彩頁更豐富的宣傳資料，逐個展位進行拜訪，並遞上自己的名片和宣傳品，尤其是各個省的公司攤位，柳擎宇更是簡單地交流一番，給對方留下深刻的印象。

他們可是在七點半便過來了，整整忙碌了將近一個小時，這才初步完成目標。

隨著展場開放，參觀的人陸續進入，展覽館內熱鬧起來。

讓其他參展商十分納悶的一件事，就是參觀人潮進來後的第一件事，就是打聽蒼山市新華區的攤位在哪裡？

由於新華區的攤位實在是太偏僻了，看了報紙廣告以及宣傳彩頁後進來的人都震驚地發現，打聽了半天，竟然沒有幾個人知道新華區的攤位在哪裡。這一下，群眾的興趣立刻被激發出來。

開玩笑，一個區的攤位竟然沒有人知道，這是怎麼回事？

於是，有人拿著宣傳品去找秦睿婕等人打聽，秦睿婕便十分詳盡地為眾人解答，告訴對方攤位的位置。

隨著時間的推移，越來越多的參觀民眾忙著尋找新華區的攤位，使得展會才剛剛開始，新華區便在整個展覽館內聲名鵲起。

而柳擎宇他們的攤位和昨天相比，也煥然一新，不僅經過精心佈置，攤位外面，也進行了裝飾，根本看不出之前這是一個倉庫。

更讓人感到意想不到的是，原來顫危危的木質臺階早已不見，取而代之的是鋪上紅毯的全新臺階，而且臺階兩側都設置了扶手，民眾踩上去感覺很穩，完全沒有晃動的感覺。

攤位內，兩臺四十二寸的液晶電視正在從不同角度播放著新華區的宣傳視頻，柳擎宇、周坤華等人也認真詳細地為參觀攤位的民眾講解各種資訊。

原本應該無人問津、沒有人發現的攤位，竟成了整個展覽館內最為耀眼的焦點，更有電視臺和報紙、網路等媒體記者進入採訪，使攤位人氣更加爆棚。

一直到中午吃飯的時候，柳擎宇他們展區內一直都是人流不斷，尤其是在十點到十一點左右的巔峰期，展區外面更是排起了一條足足有上百米的長龍，這讓很多媒體記者都嘆為觀止，大感新華區的創意實在是太獨特了。

尤其是秦睿婕在回到攤位後，更是讓不少男性趨之若鶩。只要提出的是有關新華區和招商引資的問題，她都會滿臉微笑地解答，而且名片上寫的「新華區招商局局長」的頭銜更是讓人吃驚，這樣一個大美女，能夠如此認真地為你解答各種問題，誰還能挑出毛病來呢。

與秦睿婕相互呼應的是柳擎宇幽默風趣的談吐，給參觀民眾留下好評。還有一位河西省非常知名的作家也來參觀時，和柳擎宇聊起文壇現狀，柳擎宇也能夠和對方談得十分開心，這位作家立即在社群網站上給予他高度的評價，一時間，更是把柳擎宇的名氣推到了頂點。

甚至前來採訪的記者和柳擎宇談起新聞領域的種種現象時，都被柳擎宇獨特且一針見血的評論所折服。

秦睿婕的美貌、柳擎宇的才氣，成為參觀群眾熱門討論的對象，甚至還有其他省分的參展商聞訊也跑來觀看，柳擎宇和秦睿婕亦是熱情歡迎，和對方交換名片，讓兩人的人氣值再次被推到了一個新的高度。

上午的高峰過去了，中午吃飯的時候，柳擎宇、秦睿婕根本沒有休息，輪流帶隊在現場值班，因為展覽館雖然有休息時間，依然有民眾趁著中午過來瞧看。柳擎宇他們的做法，和一些攤位一到午飯時間工作人員就全部撤走，空無一人的狀態，形成了鮮明的對比。

十二點半左右，柳擎宇和秦睿婕吃完飯，坐在展場內交流著上午的情況。

就在這時候，大門口處走進來一個七十歲左右、頭髮花白的老人，穿著一身休閒裝。老人雖然頭髮花白，但是精神卻十分矍鑠，在老人身邊還陪著一個十五六歲的女孩。女孩長得十分漂亮，梳著一條馬尾，穿著校服。

看來兩人和普通的市民沒有什麼兩樣，就是祖孫倆吃完飯，相伴過來溜達溜達。祖孫倆一路隨意地看著，小女孩用手一指，說道：「爺爺，這裡好像也有一個攤位啊，要不要去看看？」

老人聽孫女這樣說，便笑著說道：「好啊，那咱們就去看看。」老人便在女孩的攙扶下走上臺階。

柳擎宇聽到有人踩著臺階上來，立刻走了出來，看到一位老人和女孩正在上臺階，柳擎宇毫不猶豫地快步走上前，伸手攙扶著老爺子的另外一隻胳膊，關切地說道：「老爺子，要不我背您吧？這個臺階雖然已經經過加固，但還是不夠穩固。」

老人笑著搖搖頭說道：「沒事，沒事，我雖然老胳膊老腿的，但是身體還行。」

隨後，老人便在柳擎宇的攙扶下走進他們的攤位。

看到有客人來，秦睿婕等也紛紛招呼著祖孫倆。

「老人家，您看您是自己隨便看看，還是需要我們幫您介紹一下我們新華區的相關資訊？有什麼需要，您都可以提出來。」柳擎宇親切地對老人說道。

老人家抬起眼皮，看了柳擎宇一眼，問道：「年輕人，你叫什麼名字？」

「老人家，我叫柳擎宇。」柳擎宇回答。

「哦，今年多大了？有女朋友了嗎？」老人家又問。

一旁的秦睿婕、李曉霞臉上都露出笑容，老人家問的這些問題，好像是想要給柳擎宇介紹對象似的。

柳擎宇依然認真地回道：「老人家，我今年廿三歲，暫時沒有女朋友。」

隨後，老人家又問了好幾個問題，然後說道：「小柳啊，我也是看了今天報紙上你們刊登的廣告才過來看看的，你們的廣告很有創意，不知道是誰想出來的？」

柳擎宇笑道：「這是大家集思廣益的結果。」

「小柳，近年來，國內外有關中國經濟減速的討論十分激烈，你可知道，這些討論主要有那些依據？」

老人這個問題一拋出來，眾人都呆住了，原本老人像是閒話家常地問話，突然間問了一個如此尖銳的問題，不禁讓人有些錯愕，一時間很難回答，即便是秦睿婕也回答不上來。

柳擎宇也覺得有些驚訝，不過仍是淡定地說道：

「據我所知，有一個摩根史坦利的研究人員提出，按照購買力計算，在人均ＧＤＰ達到七千美元這個數字時，高速增長的經濟體通常開始減速；另外一個是美國國民經濟研究局的一篇論文認為，當人均ＧＤＰ達到一萬七千美元時，高速增長的經濟體會開始減速。」

聽柳擎宇竟然沒有任何猶豫，便回答出自己的問題，老人看向柳擎宇的目光多了幾分欣賞，又問出一個十分專業的問題：

「小柳啊，現在的人口紅利（**編按：指生育率下降，需要撫養的兒童比例下降，這種人口結構的變化帶來的經濟增長稱為「人口紅利」**）問題你怎麼看待？你認為面對目前複雜嚴峻的經濟形象，中國應該如何應對？」

柳擎宇回道：「我認為對中國而言，經濟發展的持續性，不能靠土地、資源、資本以及勞動力的低廉，而是要靠勞動生產率的提高，包括產業的區域轉移，勞動力密集型產業應加快向中西部轉移。提高技術效率，政府要淘汰部分產能落後、低效的企業，提供良好宏觀的經濟環境。現在國家正在就這些展開大力整頓和改革，我相信，未來一定會成功的。」

老人臉上露出震驚之色，不過很快恢復了正常，道：「小柳，你認為你們新華區在承接一些高科技產業上，有什麼優勢？你們對待招商引資時的汙染問題持什麼態度？」

雖然柳擎宇依然面不改色，但是他的內心卻是波瀾起伏，因為柳擎宇從老人家的問題和目光中感受到，老人是在用一種審視、評判的眼光看待自己，他對自己能夠回答出這些問題雖然吃驚，卻並不震撼，這說明老人對自己的答案其實不怎麼滿意。

所以，當老人問出最後這兩個問題的時候，柳擎宇更為謹慎地道：

「我認為，我們蒼山市在承接勞動密集型產業的時候，和其他地區相比，尤其是和中西部地區相比，並沒有任何優勢。至於對待汙染問題，我們新華區的態度是，寧可不引入項目，也絕不能讓我們的土地遭受汙染！

「項目和資金的引入都是可以選擇的，然而土地一旦被汙染了，想要恢復卻是難上加難，所以，我們不會盲目引入資金和項目，而會考慮那些汙染較小，並且配備良好汙水處理系統，甚至沒有汙染的項目。我們不是為了績效而引入資金和項目的。」

老人臉色舒緩了些，微微點頭道：「嗯，不錯，看來這些年來你還是很用功的，怪不得你的老師徐子風對你那麼欣賞呢，你的確是一個可造之材。」

聽到老人提到自己大學時教經濟學的教授徐子風，立時一愣。

徐子風是經濟學的泰斗級人物，他在大學期間跟著徐子風學到了很多東西，而這位老人竟然認識徐子風，說明這位老人也很不簡單啊。

柳擎宇對老人更加尊重了，連忙說道：「老人家，您認識徐教授？」

老人道：「怎麼不認識！當年我們可是大學同學啊！這次他聽說你要來我們南平市參加交流會，向我推薦你，說是想讓你跟我學習。不過我沒有答應，我告訴他，我得先過來考察考察，看看你夠不夠資格當我的學生。」

聽到老人的話，柳擎宇頓時瞪大了眼睛，前幾天他才和徐子風通過電話，向他請教一些問題，當時徐子風並沒有透露這件事。

老人笑道：「不用吃驚，估計過一會你的老師就會給你電話了，到時候你告訴他，你這個學生我收啦。」

這時，女孩從口袋中拿出一張紙條遞給柳擎宇，說道：「柳哥哥，這是我們家的地址和電話，有時間你可以過來。」

柳擎宇接過紙條，老人又從口袋中摸出一張名片，遞給柳擎宇，說道：「我這個當老師的既然收了你這個徒弟，怎麼也得給點見面禮，否則徐子風那個老傢伙又該說我小氣了。這張名片你收好，有時間給名片上的人打個電話，能不能獲得好處就看你自己了。」

說完，老人便帶著女孩轉身離去。

眾人看著這位神秘老人和女孩的背影，都目瞪口呆，竟然會發生這樣一件匪夷所思的事。一個神秘的老人，竟然過來要給柳擎宇當老師，還送給他一張名片作為禮物，這該不會是騙子吧？

柳擎宇看著手中的名片，上面只有一個電話，一個名字。

就在這時候，柳擎宇的手機響了。

一看電話號碼，果真是徐子風打來的，柳擎宇連忙接通電話，恭敬地說道：「老師，您好，我是擎宇。」

電話那頭，已經高齡七十多歲的徐老聲音十分爽朗地說道：

「擎宇啊，我剛剛接到陳建嶸的電話，他說已經考察過你，收你為徒了，你可有福了！我跟你說啊，我這位老同學，雖然名氣並不是很大，但是在體制內威望非常高，有些高層經濟論壇以及大領導進修，都會請他過去講課。

「我研究的主要是國內經濟學，他研究的方向則是國內外互動經濟學，對於國際經濟形勢有非常獨到的見解。在這方面，他的水準比我要高很多，我曾經向他推薦了三個和你一樣的天才，但是只有你通過了他的考察，你也是他唯一的入門弟子。」

聽到老師的說明後，柳擎宇才知道那位老人有這麼厲害。

更讓柳擎宇感到意外的，是徐老的態度。自己這位教授的性子，柳擎宇可是非常清楚，他是一個性格十分孤傲的人，很多國內和國際的知名經濟學家，甚至獲得諾貝爾獎的外國經濟專家，他都看不上眼。

因為他認為那些所謂的專家，其實就是為美國利益而鼓吹奔走的棋子，他們的經濟理論觀點，都是為了美國的利益，尤其是為美國那些大財團的利益服務。他們的很多理論，實際上不過是遙控美國以及歐洲諸多國家的幕後大財團為了更好地掠奪、盤剝世界其他國家的手段而已。

徐老又給柳擎宇介紹了一下陳老的輝煌案例，柳擎宇聽完，對自己這位新的經濟學導師充滿了欽佩和崇敬。

身為官員，要想在官場上有所作為，不僅僅要學會政治鬥爭的種種手段，學會運用陽謀和陰謀，更需要不斷充實自己，確保自己具有發展經濟的能力，畢竟，只有經濟發展了，國家才能更加強大，老百姓才能得到更多的實惠。

掛斷電話後，柳擎宇毫不猶豫地撥通了陳老爺子的電話，和陳老爺子約好晚上前往陳老家正式拜師，陳老十分爽快地答應了。

之後，柳擎宇沉思了一下，決定撥打陳老給自己的那張名片上的電話。

電話通了，那邊傳來一個十分公式化的聲音：

「你好，我是河西環保集團的陳龍斌。」

聽到對方報上家門，柳擎宇立刻說道：「陳總，您好，我是白雲省蒼山市新華區的副區長柳擎宇，目前正在河西省參加省際經濟交流會，不知道陳總有沒有興趣聊聊。」

柳擎宇是個聰明人，聽到對方報上來歷之後，再結合之前陳老問自己的那些問題，便猜到老爺子說的要送給自己的那份大禮，很可能是陳龍斌背後的河西環保集團想要向外發展，尤其是往東北地區發展。

至於陳龍斌，柳擎宇猜想對方應該是老闆或者董事長，否則，陳老根本沒有必要給自己這張名片。

電話那頭，陳龍斌聽到柳擎宇的自我介紹後先是一愣。

柳擎宇猜得不錯，陳龍斌就是河西環保集團的董事長，也是最大的股東，他一直在思考如何把自己旗下的這家環保集團做大做強。他意外的是，柳擎宇竟然知道他的這支手機號碼。

因為這支手機號碼只有他的家人才知道，是一個專線，任何人都不知道，柳擎宇卻會知道，那麼可以肯定，號碼是從家人那裡傳出去的。

陳龍斌也是一個聰明的人。聰明人之間說話就省事多了，於是爽快地說道：「柳副區長，你好，我現在就在展覽館內，我們公司也參加了這次展會，你們的攤位在哪裡，我去找你聊聊。」

「這樣吧，我去拜訪你吧。」柳擎宇笑道。

「好的，我們在B28攤位。」

掛斷電話，柳擎宇向秦睿婕交代了一下，便直奔B28展區。

來到B28展區，展區內坐著幾個工作人員，其中一位西裝革履，大約四十多歲的男人，也坐在展區內和大家一起吃著飯盒。

看到這個男人，柳擎宇立即確定他就是陳龍斌。因為他長得和陳老爺子非常像，一看就知是父子。

見有人上門，工作人員，包括陳龍斌，都放下手中的筷子，站起身熱情地迎了上來。

柳擎宇笑著看向陳龍斌，說道：「陳總，我是柳擎宇。」

看到柳擎宇本人，陳龍斌大吃一驚，心想對方這麼年輕竟然就當上了副區長，這樣的人絕對不簡單啊。

雙方落座之後，話題很快圍繞著環保等相關議題聊了起來，讓陳龍斌震驚的是，柳擎宇年紀雖輕，但是環保方面的知識十分豐富，尤其是聽到柳擎宇對白雲省環保設備的市場分析後，更加震驚不已。

兩人一聊就是整整一個小時，越聊越投機，最後，陳龍斌當場拍板說道：

「好，柳副區長，就衝著你這個人的見識和能力，我認為我們河西環保集團可以考慮去你們新華區投資，建分廠，不知道你們對我們這樣的企業有沒有什麼優惠政策？比如說在土地、稅收方面？」

在陳龍斌看來，柳擎宇應該毫不猶豫地答應自己很多優惠措施，想盡一切辦法吸引自己過去。因為之前也有不少別的省分的人過來和他洽談投資事宜，陳龍斌也用投資和項目進行試探，一般招商局的人一聽到他要投資，都是十分大方地做出各種承諾。

陳龍斌用審視的目光看著柳擎宇，他同樣是在試探柳擎宇，想要看看柳擎宇如何回答。

柳擎宇聽到陳龍斌的提問後，老實地說道：

「陳總，對於優惠措施，我現在只能向你承諾，在我們新華區招商引資政策規定的框架下，該有的優惠政策都會有，但是，我們絕不會因為某個項目而開特殊的綠燈，我們招商引資的主要目的，是增加地方的稅收，給老百姓增加就業機會，而不是為了招商引資而招商引資，我希望大家都能夠雙贏，但是……」

說到這裡，柳擎宇頓了頓，臉色變得嚴肅許多：

「陳總，有一點我可以向你保證，那就是，只要是我柳擎宇引進的項目，我可以確保你們的企業在我們新華區不會受到各種各樣的事後刁難，不會讓投資商變成一些權力部門砧板上的肥肉。如果真的有人這樣做，我保證會還你們一個公平，我能夠承諾的只有這麼多。」

柳擎宇的回答讓陳龍斌有些意外，沒有過多的優惠，沒有過多的承諾，可以說，沒有任何的實質性的內容，有的只是一個認真的態度。

陳龍斌開始沉思起來。

柳擎宇靜靜地坐在那裡，默默地等待著。

陳龍斌雖然看起來處於沉思之中，其實眼角的餘光一直在默默觀察著柳擎宇的一舉一動，他發現整整三分鐘過去了，柳擎宇還是十分淡定地坐在那裡，他可以感受到眼前這個年輕人是一個十分有主見，意志很堅定的人，是不會輕易改變主意的。

恰恰是這種淡定和堅持，讓陳龍斌十分欣賞。

對他這樣一個想要去外地投資建廠的企業家而言，對方有優惠政策對於初期投資是非常好的，可以節省很多資金和麻煩，但是，陳龍斌在經營企業的過程中，見過各種各樣讓他匪夷所思，甚至憤怒之極的事。

有些地方，在一開始招商引資的時候，把投資商當成大爺一樣供著，各種優惠措施說得天花亂墜，讓投資商心動不已。但是，一旦資金和項目落地之後，便有官員開始頻繁視察，蹭吃蹭喝，甚至吃拿卡要，這時候，企業面臨著兩條路，要麼為了顧全大局，只好忍耐，要麼收拾東西走人。

甚至有些官員更是厲害，他們會想辦法直接把投資商的項目和資金給坑下來，讓投資商血本無歸，引恨離場，這樣的事屢屢見諸報端。

正因為如此，陳龍斌所看重的並不僅僅是一些優惠政策，而是對方的態度。

柳擎宇的誠懇態度與堅持讓他十分欣賞，透過剛才的談話，陳龍斌對柳擎宇的能力和才氣更是充滿了欣賞，他不再猶豫，直接說道：

「好，柳副區長，你的表現我非常滿意，我決定了，我這個項目就放在你們蒼山市新華區了，咱們簽訂合同吧！」

柳擎宇卻搖搖頭道：「陳總，不急，咱們可以先簽訂一個意向性的合同，然後我馬上派人把我們新華區的合同樣本拿過來，你們先找律師看一下，有不同意見都可以提出來，我們再商量，必須確保雙方的合法利益都得到保證。尤其是你們投資商的利益。」

陳龍斌再次震撼了。從這個細節上，他已經完全確認，柳擎宇的的確確是一個認真的幹部。他剛才之所以那樣說，也是對柳擎宇的最後試探，如果柳擎宇十分興奮地表示要馬上簽約，那麼他會找理由拖延一下，然後讓這件事不了了之。

身為商人，為了保護自己的利益，他必須動很多腦筋。柳擎宇的表現讓他十分滿意。

很快，秦睿婕便把意向性合同以及正規合同的樣本都拿了過來，陳龍斌看了一下意向性合同後，毫不猶豫地在上面簽了字。

之後，陳龍斌給集團的專用律師打電話，讓律師團隊立刻趕過來，審查正規合同樣本。柳擎宇便向陳龍斌告辭，先回去繼續工作。

看著柳擎宇和秦睿婕離去的背影，陳龍斌頻頻點頭，隨後撥通了老爸陳建嶸的電話。

柳擎宇和秦睿婕剛回到自己的攤位外面，便聽到鄭曉成憤怒的聲音從裡面傳了出來。

鄭曉成正在訓話：

「我說你們到底是怎麼回事？竟然在報紙上刊登廣告，這得花多少錢啊？你們向我這個當區長的請示了嗎？讓我審批了嗎？你們眼裡還有沒有我這個區長？柳擎宇和秦睿婕到底去哪裡了？身為團隊的主要負責人，竟然到現在還沒有出現，難道談情說愛重要，工作就不重要了？身為幹部，怎麼能夠為了私人的欲望就耽誤了工作呢！真是太過分，太不靠譜了！」

聽到鄭曉成的怒吼聲，尤其是聽到鄭曉成說他們是在談情說愛的時候，柳擎宇不禁看了一眼旁邊的秦睿婕，發現秦睿婕也含情脈脈地看著他，秦睿婕冰冷的臉上，竟然多了幾分紅暈，看起來十分動人。

這一刻，兩人忽然感覺心似乎離得很近。

當柳擎宇和秦睿婕的身影出現時，鄭曉成看到兩人，頓時狠狠地一拍面前的桌子，怒道：「你們……」

鄭曉成的話還沒有說完呢，柳擎宇便阻止道：

「鄭區長，你不用往下說了，你說的話我在外面都聽到了，現在我可以對你的疑問一一為你解答，你仔細聽著。

「鄭同志，雖然你是區長，但是請你弄清楚一件事，那就是，我們來之前曾經向你申請過這次招商行動的預算，你給我們批下來的只有區區兩千塊錢，恐怕除了讓我們吃喝以外，其他的我們什麼也幹不了！

「鄭區長，我不是傻瓜，我很清楚你之所以這樣做，目的很簡單，就是不希望我和招商局做出成績來。」

鄭曉成聽了，立刻反駁道：「柳擎宇，你不要胡說八道，我怎麼可能不希望你們做出成績來呢？」

「鄭區長，到底你是怎麼想的，你自己心裡清楚，關於這一點，我不想和你爭論什麼，大家的眼睛是雪亮的，嘴上雖然不說，但是心中都有數。

「你說得沒錯，我們的確是在報紙上做廣告了，而且還把整個攤位重新裝修了一下，的確花了一筆錢。但是，鄭區長，請你聽清楚，這些錢並不是你鄭區長批的，而是我們自籌的。這筆資金有一半是區委姜書記從他的書記基金中特別批給我們的，還有一半是招商局出的，所以，這筆錢如何使用不需要向你請示，我們有運用的自由。

「雖然你不想我們做出成績，但是，身為新華區主管和負責招商引資的官員，我們都非常想做出成績，因為我們不希望新華區今年依然在招商引資評比中墊底。當然了，你如果不想我們出成績的話，可以找人把這個地方接手過去，我們啥話也不說。

「但是，既然我們在認真的做事，請你不要再指手畫腳，如果我們做得不好，你可以動用你區長的權力來處罰我們，現在我希望你不要站在這裡影響我們做事。因為等下就會有客戶過來了。」

聽到柳擎宇這番話，鄭曉成氣得鼻子都快歪了。他憤怒地瞪著柳擎宇，差點一口氣沒有喘上來。

心神稍定之後，鄭曉成眼中的寒意越發濃了，目光在柳擎宇和秦睿婕身上掃了一眼，陰險地道：「柳擎宇，既然你口口聲聲說你和秦睿婕都想要把事情做好，那麼我問你，為什麼你和秦睿婕現在才回來？這是認真做事的態度嗎？難道你們不是在談情說愛、因私廢公嗎？」

柳擎宇忍不住哈哈大笑起來，不屑地看了鄭曉成一眼，說道：

「鄭同志，說句實話，你這是在雞蛋裡挑骨頭。別說我和秦睿婕出去是為了工作，就算我們真的是在談情說愛，那又怎麼樣呢！我未婚，她未嫁，我們想要做什麼和你有半點關係嗎？」

鄭曉成立刻抓住柳擎宇話中他自認為是漏洞的地方，反問道：

「為了工作？難道談情說愛對你們來說也是工作？這就是你的工作態度？就你們這個樣子還想做出成績，恐怕只有做夢吧。」

「啪！」柳擎宇把手中的意向性合同狠狠地摔在桌上，用手指了指說道：「鄭同志，鄭區長，請您瞪大您的雙眼，仔細看看這是什麼。」

鄭曉成拿起意向性合同看了幾眼後，瞪大了眼睛，沒有想到交流會才剛開始，柳擎宇和秦睿婕就簽到了一家大公司，投資額竟然高達五千萬，要知道，新華區上半年招商引資的總額也沒有達到五千萬啊。

不過，鄭曉成心想，這只不過是一份意向性合同，自己都可以用意向性合同充政績了，柳擎宇和秦睿婕為什麼不敢呢？

所以，鄭曉成把合同丟在桌上，不屑地說道：

「柳擎宇，這不過是一份意向性合同而已，根本算不了什麼！只有真正的合同才算得上成績。要知道，每年這種意向性合同不在少數，但是最終能夠落實的卻有限，我不是三歲小孩，拿這個糊弄我沒有什麼意義。」

柳擎宇聳聳肩，做出一副無所謂的樣子，道：

「鄭區長，你怎麼認定都無所謂，我只是想告訴你，我們並沒有因私費公，中午，我們為了不耽誤工作，連吃飯都是輪流的，剛才我們不在攤位，就是因為我們是去和這家企業進行洽談去了。

「至於正式的合約，應該也就在這一兩天便會簽訂，所以，鄭區長，你無需擔心正式合約的問題。鄭區長，我希望你以後在說話，尤其是批評人的時候，最好先搞清楚狀況，你這樣胡亂下結論，只會讓我們這些認真工作的下屬寒心啊！」

柳擎宇的每一句話，聽在鄭曉成的耳朵裡，都好像是在打他的臉啊！而且打得還啪啪響。鄭曉成臉色一下子黑了下來，看向柳擎宇的眼神也變得陰鬱起來。

尤其是聽到柳擎宇說簽訂合同就在這一兩天的時候，鄭曉成的臉色更加難看了。

如果柳擎宇一上任就帶著招商局拿下這樣一個大案子的話，那就說明柳擎宇的能力非常強，也說明秦睿婕比上任招商局局長姚占峰要強得多，這等於是說自己用人不當，這對自己威望的打擊是十分重啊。

而最讓他不爽的是，柳擎宇他們拿下了這個項目，新華區和招商局就有了政績，但是這政績和他沒有半毛錢的關係，因為這政績主要是區委書記姜新宇和招商局的。

鄭曉成冷冷地看了柳擎宇一眼，口是心非地說：「好，如果能夠簽訂正式合同，那就最好不過了，你們好好努力，我先走了。」

鄭曉成一轉身，他身後的李曉霞立刻不滿地衝鄭曉成做了一個鬼臉，將她對鄭曉成的不滿淋漓盡致地表現出來；趙偉傑更直接了，直接對著鄭曉成的背影豎起了中指。

柳擎宇他們這個攤位重新裝修過，尤其是門口的地方，玻璃擦得油光晶亮，明鑒照人，鄭曉成離去的時候，不巧正好從玻璃上瞥到兩人的小動作，氣得他腳下一陣踉蹌，差點摔倒。

太氣人了，這些人居然對自己如此大不敬，他暗暗記下兩人的長相，決定等以後找機會好好收拾收拾兩人。

看到李曉霞和趙偉傑兩人的動作，柳擎宇提醒道：「你們兩個啊，小心點，要是鄭區長看到了你們的動作，小心他記恨你們。」

李曉霞咯咯一笑道：「柳區長，這個鄭曉成真是很討厭啊，他一來就找我們麻煩，不僅給我們製造了很多障礙，還胡亂罵人，真沒有一點區長的樣子，他愛怎麼辦就怎麼辦吧，我不怕他。」

趙偉傑也附和道：「是啊，這傢伙根本就沒有一點區長的心胸和氣度，想要讓我們尊重他，他做夢去吧！」

柳擎宇笑笑，沒有說話，因為他也對鄭曉成的所作所為十分不爽。從李曉霞和趙偉傑的回答看來，這兩人肯定也有些背景，不然一般的下屬是絕不敢這樣對待上級領導的。

只是他們不知道，鄭曉成心中的怒火早已熊熊燃燒起來。

鄭曉成邁步走出新華區攤位不久，看到路北區的攤位，此刻，路北區區長陸振豐正坐在裡面發呆呢。

鄭曉成眼珠一轉，計上心來，嘴角浮現一抹冷笑，暗道：「柳擎宇啊，沒有我鄭曉成的支持，你想做出成績？門都沒有！」

鄭曉成並沒有走進路北區攤位，而是快步向外走去。等出了展覽館以後，這才拿出手機撥通陸振豐的電話。

電話裡，鄭曉成得意地說：「老陸啊，怎麼樣，你們路北區可是咱們蒼山市五個區最厲害的啊，現在出成績了嗎？」

陸振豐聽到鄭曉成的話，頓時有些不爽，因為以往，他們路北區這時候都出成績了，這一次卻偏偏掛零，他正鬱悶呢，再聽鄭曉成的語氣明顯帶著幾分揶揄之意，頓時就怒了，心說你們新華區年年排名墊底，現在居然好意思來奚落我?!立刻不悅地回道：

「怎麼？老鄭，你們新華區年年墊底，難道今年還能翻身不成？」

鄭曉成得意地笑道：「當然，你別忘了，今年我們招商局可是大換血啊，我們的柳區長非常厲害，展會剛開始，才半天，人家就跟河西省環保集團簽訂意向性合同了，五千萬的大項目啊，而且柳擎宇跟我說，很有可能這一兩天對方就會和我們簽訂正式的投資合同，我怎麼能不高興呢！老陸，這次恐怕你們路北區要輸給我們新華區了，哈哈哈哈！」

得意地狂笑幾聲後，鄭曉成直接掛斷了電話。

鄭曉成對陸振豐的性格非常瞭解，他是一個十分強勢的傢伙，做起事來十分瘋狂，為了出成績，什麼手段都敢用。尤其是現在自己這麼一刺激他，相信他肯定會想辦法去找河西省環保集團談判，只要他給出的條件比新華區更優惠，河西省環保集團沒有理由選擇新華區啊。如此一來，柳擎宇他們最終就會功敗垂成。

鄭曉成猜得沒錯，聽著電話裡傳來嘟嘟嘟的忙音，陸振豐氣得狠狠地一拍桌子，怒聲道：「好你個鄭曉成，居然敢在我面前囂張，看老子怎麼收拾你。」

隨即，陸振豐拿出參展商資料冊，翻閱起來。

很快，他便在第二頁找到這家公司的攤位位置，便邁步向河西省環保集團的攤位走去。他下定決心，一定要把這個項目從新華區的手中撬下來。

陸振豐一邊走著，一邊思考著自己該如何和對方談，要給出什麼樣的優惠條件才有可能把這個項目給搶過來。

走了一會兒，陸振豐突然停住了腳步，站在角落沉思起來。

他突然發現這件事十分蹊蹺。以往如果有利益之爭，以鄭曉成的性格，肯定會想盡一切辦法把消息掩蓋掉，根本不可能向自己炫耀，但是今天鄭曉成卻偏偏故意打電話刺激自己，甚至指出柳擎宇只是剛和對方簽訂意向性合同，這不明擺著把商業機密洩露給自己嗎？

鄭曉成為什麼會把這麼重要的消息告訴自己呢？難道僅僅是為了炫耀？

不！絕對不可能！**官場上，有利益的時候，人們往往都是十分低調的，尤其是在利益還沒有吃到嘴裡的時候，更是需要低調再低調。**

鄭曉成偏偏如此高調，很明顯，是根本不在意這次的利益，這樣說來，這次就算柳擎宇拿下這份合同，恐怕也沒有鄭曉成的政績，鄭曉成給自己打這個電話的真正目的，不過是想讓自己去攪了這個項目。

陰險，這個鄭曉成真是太陰險了。好在鄭曉成的陰謀針對的不是自己，這種送上門的大禮自己怎麼可能拒絕呢！

想到這兒，陸振豐一邊鄙視鄭曉成沒有節操，一邊快步向河西省環保集團攤位走去。

……

第六章

政治博奕

聽了老爺子的這番話後，柳擎宇似乎突然領悟到了一些東西。雖然今天是第一次見到陳老，但是陳老卻借著這盤棋點撥了一下自己。棋如人生，人生處處都存在著博奕之機。政治如圍棋，圍棋之道可以用於政治博奕。

對柳擎宇和秦睿婕來講，這又是一個十分辛苦的下午，由於他們策劃的這次廣告效果出人意料地好，找到攤位來的民眾越來越多，柳擎宇拿出了廣告單上讓大眾十分驚喜的東西——免費的白雲省蒼山市翠屏山風景區之旅。

第一名、第五十名、第一百名……來到攤位的客人，都將獲得免費旅行的機會，新華區將會在十月中集合這些拿到資格的人前往翠屏山風景區旅行，所有費用由翠屏山風景區贊助。

雖然到了晚上閉館的時候，他們並沒有再談到任何其他的合作案，但是，他們向每一個前來參觀的民眾展現了新華區的真誠和熱情，也發現不少有興趣投資的潛在性客人。

晚上，柳擎宇帶著辛苦了一天的工作人員找了家十分有特色的飯館爽爽地吃了一頓，吃完後，柳擎宇和秦睿婕則搭了輛計程車前往國貿大酒店，參加由市長李德林負責主持的每日總結會。

柳擎宇他們到達的時間是晚上八點，距離會議開始還有十分鐘左右。此刻，會議室已經有一些其他縣市的人坐在那裡等候了。

柳擎宇和秦睿婕找到了寫著自己名牌的位置坐下後，便默默地等待。

八點十分，各區負責帶隊的區長、區委書記以及主管副區長、招商局局長等與會人員全部到齊，市長李德林也走進了會議室。

落座後，李德林目光在會議室掃視了一圈，當他的目光掃過柳擎宇的時候，微微皺了下眉頭，隨後繼續往下看。

然而，李德林這個不經意的動作被很多人看在眼裡。

畢竟大家都是官場中人，**察言觀色是基本功**，從李德林這個細微的動作看得出來，李德林對柳擎宇似乎有一些意見。所以眾人看向柳擎宇的時候，眼中也多了一絲曖昧不明的東西。

掃視完眾人後，李德林拉過麥克風沉聲道：

「好了，我們現在正式開會，我先強調一下會場紀律，雖然在座不少同志都參加過這種會議，但是，也有一小部分同志沒有參加過，不知道會議紀律。」

說這句話的時候，李德林的目光再次向柳擎宇的方向看了一眼，接著宣讀了一大串的會議紀律。

等宣讀完，李德林言歸正傳，說道：「好了，下面我們依照去年各個區縣招商引資額度排名來開始彙報工作，談一談每個區在今天展會上的收穫情況。第一個就從路北區開始吧。」

李德林說完，路北區區長陸振豐便開始彙報起來。

陸振豐的發言十分公式化，前面是一套感謝領導之類的話，說完官話後，才切入主題。

他目光中帶著幾分不屑向柳擎宇的方向看了一眼，這才十分得意地說道：

「李市長，在一天的忙碌後，我們路北區遇到六名對我們路北區感興趣的企業家，其中最著名的是河西省環保集團，今天下午，我和該集團的董事長陳龍斌先生相談甚歡，據我和他談話中瞭解到的情況，他們準備在我們白雲省投資五千萬，興建一個分廠，同時，也將建立一個銷售總部。

「我們會在明天或者後天簽訂正式的合同。合同樣本雙方已經敲定好，現在就差最後簽字蓋章了。」

陸振豐說完，李德林臉上露出滿意之色，讚許道：「嗯，非常好，五千萬的大項目，如果你們路北區能夠拿下來的話，我給你們記一大功。」

坐在柳擎宇旁邊的鄭曉成臉色顯得十分平靜，心中卻是暗爽不已，暗道：「柳擎宇啊柳擎宇，我叫你狂，我叫你跟我作對，看我不玩死你！坑死你！」

柳擎宇和秦睿婕聽了，臉色不禁大變。

明明河西省環保集團已經和他們簽訂了意向性合同了，怎麼可能再和陸振豐談呢？而且，最重要的是，陸振豐怎麼會找到河西省環保集團呢？河西省環保集團要到蒼山市投資的消息，只有自己和整個團隊的人知道啊，這個消息到目前為止還處於對外保密狀態呢，為什麼陸振豐會知道呢？

柳擎宇的腦袋瓜轉得很快，一想到洩密之事，立刻猜到一個危險人物，那就是坐在自己身邊的區長鄭曉成。

柳擎宇一直和團隊的隊員們在一起忙碌著，絕不可能有人洩密，唯一知道這個消息，不屬於他們團隊的人就是鄭曉成。

想到此處，柳擎宇向鄭曉成看了過去，正好這時候，鄭曉成也向柳擎宇看了過來。鄭曉成看似冷靜如常，但是他的表情中，卻帶著一絲蔑視和不屑，甚至還有幾分嘲弄之色。

柳擎宇的怒火噌的一下就冒了起來，他已經可以百分之百肯定，這個消息絕對是鄭曉成洩露出去的。

柳擎宇怎麼都沒有想到，身為新華區的區長，竟然為了對付一個下屬，將這麼重要的資訊洩露給競爭對手，這簡直沒有一點節操和底限啊！

這時，鄭曉成偏偏不滿地故意質問道：「柳擎宇，你不是說你們馬上就要和河西省環保集團簽訂合同了嗎？怎麼被路北區給搶走了？」

柳擎宇的拳頭緩緩地提了起來。但是，他又緩緩地放下了。

鄭曉成如此刺激自己，是存著陰險的目的，自己不能上了他的當。當著這麼多人的面，又是李德林主持會議，恐怕自己討不到什麼好處。

柳擎宇冷冷地掃了鄭曉成一眼，回道：

「鄭區長，如果一個官員連自己主管領域、主政地區的利益都不能維護，你說這樣的人是不是很無恥、很無能呢?!」

說完，柳擎宇做出一副認真聽取其他區縣幹部講話的姿態。

鄭曉成聽了，心中暴怒不已，柳擎宇竟敢當著他的面說出這種話來，雖然沒有直接點出他，但是已經暗示得非常清楚了，這簡直就是在罵自己啊！

現在的問題在於正在開會，自己根本拿柳擎宇沒有任何辦法，就算是想要高聲駁斥他都不能！

惱火！非常惱火！

再看看柳擎宇那種仰著頭認真聽取發言的樣子，鄭曉成恨不得一拳打過去。

這個柳擎宇真是太囂張，太目中無人了，自己好歹也算是你的直接領導吧，你居然沒有一點尊重領導的概念，還向自己挑釁，太過分了！

時間，就在柳擎宇和鄭曉成兩人暗暗較勁中一分一秒地過去。

很快，其他區縣的區長、區委書記都報告完，輪到新華區彙報了。

鄭曉成陰狠地看了柳擎宇一眼，隨後和其他幹部一樣，先是說了一大堆套話，這才切入主題：

「嗯，我們新華區在今天的會上沒有什麼收穫，不過請領導放心，我們會繼續努力的，一定會想辦法做出成績。」

正常情況下，在這種會議上，每個區縣發言的只能有一個人，要麼是區委書記，要麼是區長，至於主管副區長則是列席會議，是沒有發言權的。鄭曉成就是看準了這一點，想要狠狠地捅柳擎宇一刀。

如果是別人，在這種情況下，也只能暗氣暗憋，畢竟主持會議的是市長，如果給市長留下不好的印象，以後想要升遷就難了。

然而，鄭曉成卻漏算了一點，那就是柳擎宇這哥們根本就不是一般人。

鄭曉成剛說完，柳擎宇便猛的一拍桌子，站起身來，滿臉憤怒地看著鄭曉成說道：

「鄭同志，你雖然對我柳擎宇不滿，但是也不能瞪著眼睛說瞎話啊！難道你忘了今天中午，我和秦睿婕同志曾經向你彙報過我們已經與河西省環保集團簽訂了五千萬的投資意向性合同？」

「鄭同志，我有一點想不明白，為什麼路北區會找上河西省環保集團呢？而且還是在我們已經與他們簽訂了意向性合同的情況下。」

聽到柳擎宇突然拍桌子發言，會議室內所有人都驚呆了，包括李德林。

更為震驚的是鄭曉成，他憤怒地看著柳擎宇，想要說什麼，一時間卻找不出合適的話去反擊柳擎宇。

這時候，柳擎宇又說話了：

「鄭曉成同志，你不用說了，我知道你想辯解說，不是你故意把這個消息告訴路北區的，是，雖然我沒有證據可以證明是你故意將消息透露給路北區的，所以，我無法指責你故意洩露如此機密的情報。但是，鄭同志，你就算對我十分不滿，想要陰我柳擎宇，也不能這樣做吧？你知不知道你這樣做，會讓我們參加這次招商引資的團隊人員十分寒心？我們辛辛苦苦一整天，不僅簽到了一個合同，還談了好幾個對我們新華區感興趣的投資商，你卻轉眼就把我們給賣了！」

柳擎宇又看向市長李德林，說道：

「李市長，請您一定要給我們招商引資團隊做主啊！您看，這是我們和河西省環保集團董事長陳龍斌簽訂的意向性合同，路北區那邊雖然口口聲聲說他們簽訂了正式合同，但是有任何資料可以證明嗎？空口白牙，大話誰不會說啊！我還可以說我跟某某公司簽訂了一億的合約呢！」

說著，柳擎宇從手提包內拿出了一份意向性的合同原件，親自送到李德林的手上。

這一下，整個會議室頓時安靜了下來。所有人的目光全都在柳擎宇、鄭曉成和李德林之間遊弋著。

此刻，最為鬱悶的要屬鄭曉成了。

柳擎宇的每一句話都在暗示著一件事，那就是路北區說的業績，其實是搶了新華區的單子，最重要的是，在場的眾人沒有一個是傻瓜，從柳擎宇的話中，眾人可以容易地判斷出，是鄭曉成向路北區的人透露了這個消息。

如果真是這樣的話，鄭曉成這個人的人品和官德大有問題，竟然為了收拾柳擎宇，而把自己區獲得的巨大成績故意送出去。

官場中人，做人做事也都是有底限有原則的，就算是當官撈錢，也要講究誠信原則，甚至有人總結出了官場「四不收（錢）原則」：領導交辦的事情不收，怕領導對自己有看法，影響個人升遷；兩個人一起送的不收，怕有證人或用公款記帳；自己不願辦、不能辦的事情不收，想當正人君子；辦不好的事情不收，怕給自己帶來麻煩，引火焚身。

當官撈錢尚且如此，更何況是涉及政績呢。

當官的，誰不想出政績？誰不想自己的區做出成績？眼前鄭曉成做的事情明顯是損人不利己，這樣的人，要麼是腦袋有問題，要麼就是太過於瘋狂，不管是哪種，和這樣的人共事很危險啊。

一時間，眾人看向鄭曉成的目光都有些變了。現在的鄭曉成是黃泥巴掉褲襠，不是屎也是屎了。

尤其是看到柳擎宇把意向性合同書放在李德林面前的時候，眾人對柳擎宇的印象也立馬改觀，很是佩服這個年紀輕輕的副區長的能力。

目前為止，有簽訂合作意向書的也才三個區，而且還都是排名比較靠前的區縣簽訂的，甚至其中兩個是在展會開始前就已經聯繫好的，項目金額也不過幾百萬而已。所以，柳擎宇的這份合作意向書的分量就可想而知了。

李德林看著這份合作意向書，不禁皺起了眉頭，這件事該如何解決，讓他有些為難。因為他不想支持柳擎宇，更希望鄭曉成能夠狠狠地壓制住柳擎宇，尤其是路北區區長是自己人，他出了成績，自己臉上有光，自己該怎麼做呢？

李德林還在猶豫。路北區的區長陸振豐可不爽了。對他而言，已經叼到嘴裡的肉是絕不可能再鬆口的，哪怕這塊肉本來就不屬於自己。**官場本來就和大自然生態一樣，同樣是一個弱肉強食的世界。**

就在李德林猶豫的時候，陸振豐猛的一拍桌子，冷冷地看向柳擎宇，說道：「柳擎宇，不要認為你有一個意向性合同就了不起，我們路北區馬上就要和河西省環保集團簽訂正式合同了，我希望你們新華區立刻撤出這件事，以免傷了我們兩個區的和氣。」

強勢！囂張！盡在這幾句話之中。有李德林作為靠山，陸振豐無所畏懼。

柳擎宇聽了，淡淡一笑道：

「陸區長，你這話說得太客氣了，也太虛偽了，到如今這種地步，我們兩個區哪裡還有和氣可言？你們路北區在某些沒有人品、沒有官德之人的配合下，十分無恥地挖走本來屬於我們新華區的單子，你卻要我們撤走，這根本就是惡人先告狀啊！

「是，我們新華區某些人沒有能力，甚至沒有骨氣，不願意讓新華區出成績，但是新華區卻不只他一個區委領導，我相信，在這件事情上，我們新華區大多數區委班子成員都會支持我的。某些人做事不檢點，吃裡扒外，並不代表新華區其他的幹部都是這樣，我們都希望能夠做出成績，造福新華區的老百姓。

「而且，這個單子本來就是我們的，一兩天馬上就要和對方簽訂正式合同了，你憑什麼讓我們退出呢？這根本就沒有道理嘛。」

柳擎宇這番話夾槍帶棒，不僅對陸振豐進行了強勢反擊，連帶著再次狠狠地損了鄭曉成一頓。

鄭曉成氣得臉都白了，雙拳緊握著，惡狠狠地盯著柳擎宇，恨不得衝上去狠狠地揍柳擎宇一頓，才能緩解他心中對柳擎宇的憎恨。

此刻，陸振豐臉色也十分難看，他沒有想到一個小小的副區長竟然敢跟自己叫板！真是豈有此理！

陸振豐怒視著柳擎宇，帶著不容質疑的語氣說道：

「柳同志，請你聽清楚了，招商引資沒有先後之分，有的只有最終的結果！不是說你們新華區先和對方聯繫上，這個單子就是你們的了，如果和你競爭的不是我們路北區，而是別的地市呢？你難道還要衝過去告訴他們這個單子是你的，你已經和對方簽訂了意向性合同？

「這樣做有用嗎？沒有用！現在是競爭的社會，做什麼都需要競爭，不論從哪個角度上講，你們新華區在競爭力上比起我們路北區差了不止一個檔次，我讓你們退出也是為你們好，省得你們到時候失敗了，又丟人又耽誤工夫，有這個時間，你們還不如再去找其他項目呢！」

陸振豐說完，柳擎宇立刻毫不猶豫地反擊道：

「陸區長，你的話我部分贊同。你有一點說得沒錯，那就是任何項目都是有競爭的，既然有競爭，在事情的結果出來之前，沒有任何人有百分之百的把握，所以，你也不要自信心那麼滿，也許最終和河西省環保集團簽訂合同的不是你們路北區呢！

「所以，陸區長，我給你一個建議，話不要說得這麼滿，我們新華區是絕對不會有絲毫退縮的！不管是面對你們路北區，還是面對別的地市的強勁對手，我們都會毫不猶豫地堅持下去，想盡辦法把項目拿下來。當然，你要是害怕競爭，也可以繼續找我們內部某些人做做工作，讓他們直接命令我立刻撤出！」

柳擎宇講到這兒，還意有所指地看了旁邊的鄭曉成一眼。

看到柳擎宇和陸振豐之間的爭辯言辭越來越激烈，李德林知道，自己不能再沉默下去了，必須有一個明確的態度。

李德林看向柳擎宇，聲音中充滿了威嚴，說道：

「柳同志，你的這份意向性合同我看了，雖然這份合同沒有什麼問題，但是，我想在座的很多同志都知道，意向性合同只能作為參考，並不能作為真正的合作憑證，所以，從原則上來說，新華區和路北區之間是可以存在競爭關係的。

「但是，整個蒼山市是一個整體，是一個團隊，必須以蒼山市的整體利益為重，為了避免惡性競爭的出現，我認為，這個項目還是由路北區來負責，新華區退出這個項目。當然，柳擎宇和新華區的同志們能夠提前找到這個項目，我們還是要表揚的，柳同志幹得很不錯。」

李德林毫無懸念地把這個項目給了自己的嫡系人馬陸振豐。

在李德林看來，自己出面協調此事，柳擎宇就算有意見也得憋著。

然而，李德林還是輕敵了。

如果柳擎宇是一般人，只能忍著，畢竟，他的級別和市長差得太多了。而且為了長遠考慮，一個小小的副區長也不能和市長對著幹啊。

然而，柳擎宇不是一般人，這哥們做事一向有一說一，絕對不肯吃暗虧。

所以，李德林說完後，柳擎宇立刻用不滿的眼神看向李德林，聲音中帶著憤怒，說道：「李市長，對您協調我們兩區以避免惡性競爭的提議，我非常支持，但是，我認為您讓我們新華區退出是非常不公平的。既然是協調，那麼就應該給大家一個合理的理由，為什麼非得要我們新華區退出呢？

「尤其是李市長剛才也說了，協調的目的是避免惡性競爭，是為了我們蒼山市的整體利益。如果我們新華區和路北區對河西省環保集團承諾的合作條件完全一樣的情況下，李市長選擇路北區去和對方談判，我也沒有任何意見。但是，如果路北區是以付出極大的代價才能談下這個項目，那麼我認為，李市長很有必要重新考慮一下到底是應該派我們新華區出面，還是派路北區出面了。否則的話，我真的要懷疑李市長為什麼非得把這個項目交給路北區了。

「因此，為了確保蒼山市的整體利益，李市長可以讓我們雙方拿著同樣的條件去和對方談，看看哪個區能夠談下這個項目，如果在同樣條件下我們新華區輸了的話，我沒有任何意見。但是如果是在不明不白的情況下就要我們退出，我柳擎宇不甘心，我們新華區招商引資團隊也不甘心！李市長，希望您能夠給我們一個公平的說法。」

李德林臉色鐵青。柳擎宇咄咄逼人的言辭很是讓他下不來臺。

在場的眾人也都面帶震驚之色，這個柳擎宇實在是太囂張了！竟然敢當著這麼多人的面向市長叫板！他這樣搞下去，就算能夠拿下這個項目，恐怕回去後李德林也會想辦法收拾他的。

這時，還沒有等李德林發話呢，陸振豐再次一拍桌子，怒道：

「柳擎宇，你知道你在跟誰說話嗎？有這樣跟市長說話的嗎？市委領導的指示你都敢違抗，你眼中還有沒有領導？」

柳擎宇冷哼道：「陸區長，你說我眼裡沒有領導，難道你眼中就有領導嗎？我在和李市長說話，你插什麼嘴，搶什麼話？難道你認為李市長回答的不如你好嗎？還是說你想要藉此把你的意思強行施加給李市長，讓李市長不得不按照你的意思辦？」

陸振豐被氣得吹鬍子瞪眼，卻偏偏說不出話來，因為不管他說什麼，都會落入柳擎宇的圈套中，作為久混官場的老狐狸，這種文字遊戲他可是非常清楚，所以，他只能保持沉默。

李德林怒道：「好了，都別吵了。」接著冷冷地看著柳擎宇說道：

「柳擎宇，你這樣做是缺乏大局意識，要不得，必須好好改一改啊，蒼山市是一個整體，新華區和路北區對我們市委來說，手心手背都是肉，我之所以讓路北區去談，是為了讓資源利用最大化，至於你所說的那些理由，不過是以小人之心度君子之腹罷了。我希望你以後要把視野放寬一些……」

接下來，李德林說了一大筐話，大部分都是在批評柳擎宇，並沒有對柳擎宇剛才所提的質疑給予正面回答，只用一句「缺乏大局意識」便給否定了。

這就是官話的力量。能夠把你氣死，能夠說得你啞口無言，讓你得不到真正的回答！

然而，柳擎宇再次打斷李德林的話：

「李市長，您用這種官話來推脫應該回答的問題，這種小手段，由您這樣一位堂堂的市長用出來，讓人十分失望，畢竟，您是市長啊，您口口聲聲說我柳擎宇缺乏大局意識，太小雞肚腸，難道您就沒有嗎？

「如果沒有，您又怎麼會非得把這個項目交給路北區去談判呢？李市長，我希望路北區和我們新華區現在當著大家的面，同時把向河西省環保集團承諾的那些優惠條件擺出來，讓大家看看什麼叫為了政績不擇手段，甚至是犧牲國家和人民的利益！讓大家看看，某些人為了拿下項目，讓蒼山市付出了什麼代價，這樣的代價到底值不值！」

眾人再次驚呆。這柳擎宇太猛了，竟然直接向李德林叫板，這小子真的活膩了。

李德林雙眼瞇縫起來，心裡氣得七竅生煙，恨不能一把掐死柳擎宇。

官場上當官做事，沒有人會直接把人往死裡得罪，就算有時候大家明知道某個領導講的是假話、套話、官話，也得在表面上表示贊同；就算內心極度不滿，也得忍著，**你可以陽奉陰違，絕不能當面頂撞，這是潛規則**。

然而，柳擎宇這小子根本就不理這一套，屢屢觸犯官場潛規則，這小子實在是太可惡了。

現在柳擎宇把話說到這份上，李德林要是不給他一個明確的答覆，恐怕他不會善罷甘休，最要命的是，這小子是市委書記王中山的人，如果他把王中山給引出來，那這件事還真的有些麻煩。

所以，李德林只好冷著臉說：「好，那你們就把各自和河西省環保集團談的優惠條件全都寫出來，讓大家看一看。」

隨後，柳擎宇和陸振豐各拿了一張Ａ４紙在上面寫了起來。

在說話時，李德林默默地看了陸振豐一眼，陸振豐立刻會意。

寫的時候，陸振豐只把自己向河西省環保集團承諾的條件寫了不到五分之一，他相信，這些條件是每個區在招商引資的時候都會承諾的。

陸振豐寫得很快，用了不到五分鐘便寫完了。

而柳擎宇依然在那裡寫著。這一下，眾人便將目光都聚焦到柳擎宇的身上。

這柳擎宇看起來已經洋洋灑灑地寫了半天了，到現在還沒有寫完，這得承諾多少優惠條件啊。

很多人心充滿了憐憫。心說這小子是不是太傻了啊。按照正常的邏輯思維，以新華區那麼差的環境，要想真正吸引投資是很難的。

此刻，李德林看柳擎宇依然一絲不苟地寫著，嘴角不由得露出一絲不屑的笑容，心中暗道：「柳擎宇啊，就你這樣還跟我鬥，你不是找死嗎？」

過了足足有十分鐘，柳擎宇寫了一整張後，這才停筆，然後看向陸振豐，發現陸振豐早已停筆了，立刻故意露出一副震驚的樣子說道：「哇，陸區長，你真是神速啊，佩服，佩服。」

說完，便把自己寫的那張紙遞給李德林。陸振豐也把他寫的那張紙交給李德林。

李德林接過兩個人寫的紙，看完後，臉色一下變得古怪起來，嘴角微微有些抽搐，看向柳擎宇的目光中充滿了不滿和憎惡。

看到李德林的表情，陸振豐立時有種不祥的感覺，以他對李德林的瞭解，要是自己贏的話，李德林就會立刻宣布，然而他到目前為止一直沒有宣布，那麼很有可能是自己輸了。

但是他怎麼想都不可能啊，自己只寫了五分之一的承諾條件，而柳擎宇寫的時間那麼長，難道這樣還會輸？

這時，柳擎宇淡淡地看向李德林，說道：「李市長，您要不要把我們雙方所寫的條件給大家看一下呢？讓大家心中有數。」

李德林掃了柳擎宇一眼，只好把紙傳遞下去。

眾人看完後，神情也變得古怪起來，看向柳擎宇的目光中多了幾分忌憚、欽佩甚至是嘲諷。

當兩張紙同時傳到陸振豐手中時，陸振豐拿起柳擎宇的那張紙看了看，臉色刷的一下暗沉下來！柳擎宇那張紙上寫的，竟是他完全沒有想到的東西！

這個柳擎宇，真是太可惡了。竟然敢耍我！

當陸振豐所寫的那張紙傳到柳擎宇手中時，柳擎宇看了眼，毫不留情地質問陸振豐道：「陸區長，你確定你向河西省環保集團承諾的條件只有這些嗎？」

陸振豐怒道：「當然，你以為我陸振豐和你一樣，就會裝神弄鬼，弄虛作假？」

柳擎宇一笑：「陸區長，你憑什麼說我弄虛作假？」

「就憑你那張紙上所寫的。我不相信你只向陳龍斌承諾了那麼一點條件，這是絕對不可能的。如果是那樣的話，陳龍斌和他的河西省環保集團是絕對不可能和你簽訂意向性合同的。」陸振豐打死不相信地說。

陸振豐底氣很足，在他看來，柳擎宇紙上所寫的絕對是假的，雖然柳擎宇看起來寫了滿滿一張紙，但實際上，上面真正有意義的只有一句話，那就是：「我所承諾的條件，完全是按照市裡的招商引資相關條例所規定的條件。」

其他的，是柳擎宇直接把這句話抄寫了三十遍。這也是李德林和眾人的臉色那麼古怪的原因。

柳擎宇聽到陸振豐叫板，看向李德林：「李市長，您認為我和陸振豐在紙上所寫的內容到底誰的是真的？」

叫板！又是叫板！

此刻，所有在場的人再次被柳擎宇的囂張和強勢給鎮住了。

這哥們也太囂張了吧，竟然敢一而再，再而三地向李市長叫板，這小子腦袋是不是被驢給踢了啊。難道他不知道讓堂堂的市長記恨上的後果嗎？

此刻，就連陸振豐都開始有些暗暗佩服柳擎宇了，暗道：「柳擎宇，就你這樣還想混官場，找死吧你，早晚你會死得很慘的。」

柳擎宇多聰明的一個人啊，目光只在會議室內掃了一眼，就看出眾人表情下所蘊含的意思。他的心中也在暗笑：哼，就算我不向李德林叫板，他也會想辦法收拾我的，而且，今天李德林竟然在我都已經拿出了意向性合約的情況下，仍然要把這個項目的主導權交給陸振豐，這說明李德林絕對是帶著有色眼鏡來看待我的。

既然這樣，他越是表現得軟弱，李德林就越會得寸進尺，就越會欺負他。因此，他只有強勢叫板，利用在眾人面前的機會，以公平公正之名來獲取自己應該獲得的利益，而不能有任何妥協。

很多人看待問題，往往會從主觀意識出發，從表面上簡單的利害關係去判斷事情，他們所看到的往往是表象的東西。如果這些人能夠換位思考一下的話，也許會發現很多新的東西。

雖然李德林是市長，城府極深，但是他心中的怒火已經有些壓制不住了，冷聲問：「柳擎宇同志，你想要聽到我給你什麼答案？」

很簡單的一句話，甚至這句話裡沒有一絲火藥味，但是，會議室內卻頓時安靜下來，所有人都可以從這句十分簡單的話中，感受到李德林所蘊含的滔天怒意。

每個人都低下了頭，要麼看著面前的水杯，要麼看著桌子，生怕被李德林的眼神給盯上。

然而，柳擎宇卻像根本不知道李德林的怒意一般，無懼地道：

「李市長，我只想要一個公平的結果。我只想為我們新華區的老百姓多爭取一些就業機會，更何況，這個案子本來就是我先和對方談的。我絕不會退縮的。」

「好，好，好一個為了老百姓的副區長啊！我現在就告訴你，我不相信你寫在紙上的這些承諾條件。所以，我依然堅持我之前所說的那個原則，由路北區負責這個案子，好了，就這樣決定了。散會。」

說著，李德林站起身來，轉身就準備要走。

這時，柳擎宇拿出手機，撥通了陳龍斌的電話：

「陳總，我是白雲省蒼山市新華區的柳擎宇，我想問問你，是不是蒼山市路北區的陸振豐區長也找你談過了？」

撥通電話的瞬間，柳擎宇打開了免持鍵，讓所有人都能聽到對話內容。

電話那頭，陳龍斌呵呵笑道：

「是啊，你和我談過之後不到半個小時他便來了，他向我承諾了不少極其優惠的條件，比你們新華區的條件可多太多了。我非常動心啊！」

「哦？他們都向你承諾了什麼條件，能不能說出來聽聽？」

陳龍斌此刻就在家裡的書房內，手邊放著一份陸振豐親自寫的優惠條件確認書，另外一邊則是和柳擎宇所簽訂的意向性合同書，聽到柳擎宇提出想要知道陸振豐的優惠條件，他認為這沒有什麼，作為商人，他更希望柳擎宇能夠給出更加優厚的條件，這樣對他最有利。

所以，陳龍斌便把陸振豐的優惠條件一字不漏地念了出來。

本來李德林準備要走，但是聽到柳擎宇竟然當眾撥通了陳龍斌的電話，也只能停住腳步，靜靜地聽著。

當他聽到陸振豐所提的條件後，臉色立即沉了下來。陸振豐的臉色則是蒼白不已，雙腿顫抖起來。

柳擎宇笑道：「陳總，還記得我當時向你承諾的優惠條件嗎？」

陳龍斌有些不爽地說道：「當然，柳擎宇啊，你看看人家陸區長，毫不猶豫地給了我們這麼多優惠條件，你卻告訴我，除了市裡所規定的那些優惠條件外，其他什麼優惠都沒有，這樣是不是顯得你太沒有誠意了啊？」

當陳龍斌說出這句話，在場眾人臉色再變，尤其是李德林和陸振豐，臉色更加難看了。

「陳總，我不管別人給出你什麼優惠條件，我們新華區依然堅持合同意向書中所承諾的這些最基本的條件，你看你現在能不能做出一個選擇？」柳擎宇問。

就聽陳龍斌苦笑道：「柳擎宇啊，你這個臭小子是不是吃定我啦？好，你贏了，我現在就可以告訴你，路北區給出的條件再優厚，我陳龍斌依然會選擇和你們新華區合作！我們河西省環保集團想要找的是適合我們立足東北地區全面發展的土壤，是可以讓我們無憂無慮，正常展開生產，不受任何干擾的土壤。

「雖然你們新華區承諾的條件很一般，但是我相信，以你的眼光、膽識、魄力，我們集團在你們新華區發展將會獲得更加長遠的經濟利益。身為一個商人，我相信我的感覺和眼光，我的選擇不會錯的。對了，別忘了今晚到我家來坐坐啊，咱們順便把合同簽了吧。」

說完，陳龍斌便掛斷了電話，自言自語道：

「柳擎宇啊柳擎宇，你這個臭小子還真夠奸猾的，竟然通過打電話來利用我，呵呵，別以為我猜不到你那邊有其他人，以為我不知道你是想要藉著對話提取證據，好對付陸振豐。不過，你小子的確是個人才，在我看來，你是一個前途遠大的人才，所以我不介意讓你當槍使。

「我也相信老爺子的眼光，你小子能夠成為老爺子的入門弟子，而且這麼年輕就做到了副處級，你的前途難道還會差嗎？嘿嘿，商人投資官場一定要趁早啊，胡雪巖的投資經我可是非常欽佩和熟悉的！」

柳擎宇也很聰明，當他聽陳龍斌提到別忘了讓他去家裡坐坐時，便知道他和陳老爺子接觸過了，這樣一來，對方肯定會猜到自己打這個電話的真正目的，但是依然把陸振豐的承諾內容告訴自己，這就說明對方是在賣自己人情。

只一瞬間，柳擎宇便把所有事情想清楚了。

這時候，會議室內再次安靜下來。

所有人都十分詫異，陸振豐承諾了那麼多的優惠條件，可人家河西省環保集團的老闆根本不理他，依然選擇與柳擎宇合作，更提出晚上直接簽約。這簡直是赤裸裸地打臉啊！不僅把陸振豐的臉給打了，連帶著把李德林的臉也給打了。

李德林也鬱悶到不行。

他沒有想到，這個河西省環保集團的老闆竟然如此個性，寧可選擇新華區，也不選擇路北區。

他沒有想到，陸振豐承諾的條件竟然如此之多，讓步竟然如此之大。

他沒有想到，自己一心支持路北區，支持陸振豐，現在，竟然敗給了柳擎宇。

李德林拉開房門，邁步走了出去，把房門狠狠地關上。

會議室內，一片沉寂。

這時候，柳擎宇的手機響了起來，電話鈴打破了會議室的沉悶。

柳擎宇接通電話，電話那頭，招商局常務副局長周坤華興奮的聲音從電話那頭傳了出來：「柳區長，我剛剛得到消息，說是蕭氏集團的投資部總監劉小飛明天將會過來參加展會，據說他手中掌握著數十億資金的投資主導權，這對我們新華區來說是一個天大的好機會啊。」

由於周坤華非常興奮，以至於忽略了柳擎宇現在正在開會。

柳擎宇的手機仍在免持狀態，所以周坤華的話一字不漏地響在會議室中，很多人聽了都面露驚喜，同時也露出貪婪之色。

好傢伙，數十億資金的投資主導權，哪怕是能夠啃下來十分之一，也絕對是個不小的政績啊！

眾人的鬥志都被周坤華這通電話激發起來，紛紛站起身來，快速向外走去佈置去了。

開玩笑，早一分做準備，就多一分拿下這個項目的機會。誰也不想在明天劉小飛到來的時候顆粒無收。

等眾人離開後，柳擎宇才站起身來，不緊不慢地向外走去。

眾人的心態，柳擎宇看得十分清楚，但是他根本就不怎麼在意。對柳擎宇來說，政績並沒有太大的吸引力，他所在意的是如何為自己主管區域內的老百姓做些實事，讓老百姓能夠真正受益，就算對方手握數百億資金，如果他們的項目無法讓老百姓受益，柳擎宇根本就不會考慮。

離開後，柳擎宇沒有立刻回去向周坤華瞭解情況，而是先找了家商場，買了兩瓶酒以及一些營養品、水果等禮品，然後按照陳老爺子提供的地址，搭車前往位於城角街上的上元社區。

上元社區原來是河西省社科院的員工宿舍，配套設施齊全，古典大氣，而且樓內有電梯。但是因為建於上世紀九〇年代，略顯陳舊。

當柳擎宇來到陳老爺子位於三樓的家門口，按響門鈴後，房門一開，陳龍斌滿臉含笑出現在門口，他主動伸出手來，說道：

「柳擎宇，我們又見面了。」

柳擎宇也笑著伸出手，說道：「是啊，陳總，我們又見面了，如果我沒有猜錯的話，你應該是陳老師的家屬吧？」

陳龍斌一笑：「沒錯，你口中的陳老師就是我爸。」

這時，客廳內傳來陳老爺子爽朗的笑聲：「擎宇來了吧，趕快進來，過來陪我下會兒棋。」

柳擎宇邁步走了進去，把禮物放在客廳後，也不見外，便坐在老爺子對面笑著說道：「老爺子，您怎麼知道我會下圍棋？該不會是徐老告訴您的吧？」

老爺子笑道：「正是，老徐說你的圍棋水準比他都要高，所以，這場對弈我非常期待。當年在我們班，會下圍棋的有十多人，我排第二，老徐排第三，和老徐下棋沒有什麼壓力，現在你比他厲害，我很是興奮啊。這年頭，想要找個好對手實在是太難了。」

自己老師的圍棋水準，柳擎宇自然是知道的，自己剛進入大學的時候，和老師下棋是輸多贏少，後來在老師的調教下，他的水準飛速發展，最終超過了老師。而現在陳老竟然說老師的水準排名第三，他排名第二，一個大大的疑問出現在柳擎宇的腦海中。

不過柳擎宇卻並沒有立時提問。

柳擎宇拿起棋子，恭敬地道：「您先請。」

老爺子也不客氣，拿起棋子開始落子。陳龍斌搬了把椅子，默默地看著兩人對弈。時間，一分一秒地過去。

雙方的棋局十分膠著。柳擎宇的棋風大開大合，攻勢凌厲，老爺子的棋風佈局深遠，環環相扣，酣暢淋漓。

過了一個半小時，這盤棋才算結束，柳擎宇以半目險勝。

老爺子放下棋子，滿臉含笑道：

「擎宇，看來老陳對你的調教真是非常用心啊，就連你的棋風都帶著一絲他的風格，雖然你只以半目險勝，表面上看不出任何放水的跡象，但是我卻看出來你是放水了，以你的棋力，勝我兩目半應該沒有問題的。」

柳擎宇不好意思地嘿嘿一笑：「您也太直接了，我就這麼點小心思都被您給看出來了，怎麼說您也是我的老師嘛，而且您年紀這麼大了。我的確可以贏您，但是如果您和我一樣年紀的話，恐怕咱們誰勝誰負還真不一定呢。我是占了年紀的便宜。

「老師啊，我有一個問題，以您和老師的棋力，在當時應該非常厲害，但是竟然有比你們還厲害的人，以這個人的水準，就算是走職業棋手的那條路也是很輕鬆的啊。」

老爺子哈哈大笑：「好，很不錯，我之前之所以埋了這個引子，就是希望你能夠問出這個問題，你記住，不管是做學問也好，搞政治也好，都要多問幾個為什麼，每件事的背後往往都有一隻無形的大手在操控著。

「你既然問出這個問題，就說明你敢於提出自己的質疑，我要的就是這種態度。你剛才說的沒錯，圍棋水準比我和老徐還要強的那個人，如果是真的走職業棋手那條路，的確會成為圍棋界的泰斗，而且當時還真有圍棋界的領導過來挖角，但是他最終選擇的並不是圍棋，而是從政。他立志要幫助國內的老百姓過上更富裕的生活。現在，他人在中南海。」

聽了老爺子的這番話後，柳擎宇似乎突然領悟到了一些東西。

雖然今天是自己第一次見到陳老，但是陳老卻借著這盤圍棋，點撥了一下自己的從政之路。

棋如人生，人生處處都存在著博奕之機。政治如圍棋，圍棋之道可以用於政治博奕。

柳擎宇站起身來，向陳老爺子深深一躬：「老師，謝謝您的點撥。」

陳老爺子笑了，從棋盤下拿出一疊手稿遞給柳擎宇，說道：

「小柳，這是我近十年來通過自己的觀察思考，寫出來的一份有關世界經濟與中國經濟種種關聯、佈局的手稿。你有時間幫我整理一下，幫我打成電子版的，一份你自己看，另一份交給我。」

老師竟然把數十年的心血交給自己，柳擎宇的心有些激動，也很感動，他對自己的關懷真的讓自己無法報答。

老爺子看出柳擎宇的情緒，笑著拍了拍他的肩膀，說道：

「擎宇啊，你也不用多想什麼，我之所以如此關心你，是因為我認為你是一個有前途，可以為老百姓做事的官員，我希望你能夠通過自己的學習和努力，為中國的老百姓多做一些好事，讓中國的老百姓能夠過得更幸福一些。」

聽到陳老爺子的這番話，柳擎宇釋然了。

他手中拿著這些珍貴的手稿十分恭敬地說道：「老師，您放心吧，我會用我的所學、我的人生來闡釋為官一任，造福一方這個原則的。」

陳老爺子笑道：「好了，時間不早了，你也趕快回去吧，看完這些手稿後，有什麼問題直接打電話問我，有時間也可以過來當面向我請教。我雖然掛名是你的老師，卻未必能夠教你太多的東西，我的整個理論體系都在這些手稿之中，很多東西還是得靠你自己去領悟。」

柳擎宇點點頭，向老師和陳龍斌告辭離開。

此刻，南平市，蕭氏集團總部，投資總監辦公室內。

投資部總監劉小飛和美女總裁蕭夢雪、投資部副總監張德勇正圍坐在一起，商量著明天省際經濟交流會的事。

劉小飛身上穿著一身得體的藏青色西裝，十分悠閒地靠在沙發上。

在他旁邊，美女總裁兼蕭氏集團大老闆的女兒蕭夢雪，看到劉小飛那副吊兒郎當的樣子，狠狠地剜了劉小飛一眼，卻又無可奈何。雖然在整個蕭氏集團，她是除了老爸以外最有權力和權威的人物，但是這個劉小飛卻偏偏是整個集團內的一個異類。

進入蕭氏集團才一年多的劉小飛，憑藉著自身的實力，衝破了層層勢力的圍堵和殺傷，以一種無以阻擋的氣勢衝到了投資部總監的位置，深得老爸的器重，就連她，在很多地方都不得不十分倚重劉小飛。

現在，蕭氏集團內並不平靜。內部有諸多敵對勢力安插的間諜和棋子，這些人都位置顯赫，不能輕易去動；外則強敵環繞，甚至還有諸多政治力量也在對他們這個財富龐大的私營集團虎視眈眈，一旦蕭氏集團內部出現問題，有些勢力絕對會通過種種手段把他們龐大的財富據為己有。

所以，此刻的蕭氏集團雖然看起來風光無限，但是實際上卻是危機四伏。

這個時候，劉小飛這個由美女總裁蕭夢雪親自引進的人才，奇蹟一般地崛起，並且通過考驗，成為蕭氏家族的救命稻草。也只有他這種殺伐果斷之人，才有可能穩住整個蕭氏集團的大局。

所以，在這個蕭氏集團風雨飄搖的時刻，蕭氏集團的大老闆在蕭夢雪的勸說和建議下，最終下定決心把劉小飛提拔到了投資部總監的位置上，掌管整個蕭氏集團的對外投資。

很多人都意識到，蕭氏集團在河西省的發展已經到了瓶頸期，想要再次突破很難很難，所以，不管是從降低風險的角度考慮，還是從發展機遇上考慮，「走出去」已經成為蕭氏家族的共識。

當然，整個戰略的發起者和制定者是劉小飛。劉小飛為了讓蕭氏家族接受這個方案，可是接連做出了過五關斬六將的舉動，最終才打動蕭氏家族，讓蕭氏家族接受了他的建議。

蕭夢雪一如既往地板著臉，冷冷地看了劉小飛一眼，說道：

「劉小飛，你認為明天我們蕭氏集團應該如何操作，才能找到最適合我們的合作夥伴呢？為什麼我們明明可以直接在展會上獲得一個攤位，好獲得更多的機會，你卻偏偏放棄了呢？」

劉小飛淡淡一笑，說道：

「蕭總，你說得沒錯，如果我們真的在展會上設置攤位，以我們蕭氏集團的聲望，只需要放出風去，就會有很多的地方政府招商部門主動找過來，但是，在這個時候，我們經不起任何風險，而且現階段，我們要投資的項目至少都是兩億以上的大項目，一旦找錯了合作夥伴，所引起的連鎖反應很有可能導致我們蕭氏集團崩潰。所以，我們要找的必須是那種可以讓我們放心投資，對我們真正負責的。我有一個想法……」

接著，劉小飛把他的想法說了出來。

眾人聽後都瞪大了眼睛。

尤其是蕭夢雪，更是驚訝於劉小飛竟然會提出這樣一個匪夷所思的想法。不過，劉小飛做事從來都是特立獨行，總是做出讓人意想不到的事，偏偏他所做的事又十分有效果，所以，雖然劉小飛的想法獨特，她並沒有反對。

柳擎宇從老爺子那裡回來後，先把手稿放好，這才走到旁邊的房間，敲響了新華區招商局常務副局長周坤華的房門。

周坤華沒有睡，他一直在等柳擎宇，他知道柳擎宇肯定會來找他瞭解情況的。房門敲響，周坤華便從床上起來，打開了房門。

「周同志，抱歉讓你久等了，劉小飛的情況，你詳細地給我說明一下吧。」柳擎宇道歉說。

周坤華立刻把所瞭解到的情況詳細地向柳擎宇報告了。

周坤華的情報收集工作做得相當到位，早在前往南平市前，秦睿婕便給周坤華安排了任務，由他負責收集南平市大型企業財團的資料，包括這些企業的主要負責人。

周坤華為了能夠準確地摸清楚情況，不僅專門派出一位精明的工作人員提前一星期就到了南平市，還找了人通過網路來收集各種資料。

最終，雙管齊下，搜集到很多有用的訊息。劉小飛的資料便是提前派到南平市的工作人員在今天晚上傳給他的。

聽完周坤華的說明後，柳擎宇點點頭道：

「嗯，很好，從你的說明來看，這個劉小飛是一個很強勢、很有能力的人物，而且也十分年輕，越是這樣的人，做事越讓人無跡可尋，所以，在戰略上，我們雖然可以高度重視蕭氏集團，但是在戰術上，卻可以暫時無視他們，尤其是他們並沒有在展覽館內租設攤位，表示劉小飛絕對是有著獨特想法之人。所以，我們只需要老老實實地做好我們自己的工作就好了，沒有必要去過多關注他們。

「倒是等展會結束後，或者哪天我有時間了，可以過去找劉小飛談一談。對了，你讓我們的人想辦法弄到劉小飛的聯繫方式，我到時候親自給他打個電話，我想，這樣效果或許會更好一些。」

第七章

豔福不淺

周坤華、趙偉傑都露出豔慕之色。柳擎宇暗道：「小趙啊，你哪裡知道我心中的苦澀啊！一個美女叫豔福不淺，兩個美女叫豔福齊天，如果三個美女，那絕對是內戰不斷啊！這三個女人，哪一個都不是省油的燈啊！」

第二天上午，柳擎宇和秦睿婕以及整個團隊依然早早的就來到展覽館，做著各種準備。

雖然今天新華區的攤位前沒有昨天那種排隊的盛況，但是廣告的效果依然在，仍然有人絡繹不絕地找過來。

讓柳擎宇沒想到的是，剛剛開館，曹淑慧便身穿一身極其惹火的紅色連衣短裙出現在他們的攤位。

曹淑慧身後，還跟著「悶棍小魔女」韓香怡。韓香怡穿著和曹淑慧一樣款式的衣服，但是黃色的。一個像玉女級的大明星，另一個則是青春無敵美少女，兩個美女往攤位裡一走，頓時把所有人的目光都給吸引過來。

曹淑慧和韓香怡進入攤位後，曹淑慧第一眼並沒有落在柳擎宇的身上，而是落在了秦睿婕的身上。

今天的秦睿婕穿著一身米色的套裝，米色高跟鞋，往柳擎宇身邊一站，簡直是珠聯璧合的一對新人，氣質上十分契合。尤其是秦睿婕身上有一種熟女特有的氣質，那種成熟女人的風韻是曹淑慧目前所不具備的。

一種危機感立即從曹淑慧心頭噌的一下冒了出來。

小魔女韓香怡跟著曹淑慧混的時間也不短了，是個鬼機靈的角色，當看到曹淑慧第一眼看的竟然是秦睿婕，而且目光中充滿了警惕，立刻就意識到，這個女人似乎和柳哥哥走得很近啊！

她的內心深處也升起了一股危機感，因為她也看到了秦睿婕那種獨特的成熟女人的氣質，很明顯，比自己對男人更有吸引力啊，尤其是她一直站在柳哥哥的身邊，和柳哥哥聊著天，這個女人太危險了，弄不好會把柳哥哥搶走。

想到這裡，小魔女眼珠一轉，立刻蹦蹦跳跳地來到柳擎宇的身邊，插到柳擎宇和秦睿婕的身邊，伸出一雙玉臂來緊緊地挽住柳擎宇的胳膊，說道：

「柳哥哥，我和淑慧姐姐來看你了，你想淑慧姐姐了嗎？」

一聽小魔女問出這個問題，不管是曹淑慧也好，秦睿婕也好，全都把目光集中在柳擎宇的臉上。

其他人也充滿了震驚看著柳擎宇。尤其是在場的男人們，心都快碎了。原來出現的兩個大美女全都是來看柳擎宇的，而且聽這個小美女的問話，似乎柳擎宇和這個大美女之間還有一絲曖昧。

秦睿婕非常關心柳擎宇怎麼回答，因為她剛剛確定了和曹淑慧公平競爭的關係，當著自己的面，柳擎宇的回答便表現出柳擎宇的傾向。

曹淑慧自然對柳擎宇的回答更加關注，畢竟，秦睿婕這個狐狸精一直跟在柳擎宇的身邊，柳擎宇是否會想著自己，十分關鍵。

此刻，只有小魔女韓香怡的小臉上露出一絲狡黠的微笑。她從小就對柳擎宇有好感，最討厭別的女孩親近柳擎宇，包括曹淑慧，她內心深處也是十分厭惡的。

但是她很清楚，以自己的智慧和身分，要是和曹淑慧硬抗的話，自己肯定會失敗的，畢竟曹淑慧不僅比自己大，她的身分背景也十分強大，這種情況下，她採取的是馬拉松比賽中常用的跟跑策略。

那就是利用曹淑慧對她這種青澀小女孩的輕視，和曹淑慧搞好關係，凡是涉及柳擎宇的事，儘量和她溝通，讓她衝在第一線，自己則想辦法在獲取柳擎宇好感的同時，讓曹淑慧和其他女孩間的矛盾越來越深，這樣才便於自己渾水摸魚。

此刻，在場所有人都被小魔女韓香怡的這番看似簡單的一句話給捲了進去。

柳擎宇頭這叫一個大啊。他瞪了小魔女一眼，然後說道：

「好了，香怡，就你話多。淑慧啊，你們既然來了，如果沒事的話，別閒著，幫我們去外面接待客戶吧，我估計整個展覽館找不出比你們幾個更漂亮的女人了。晚上我請大家大吃一頓啊，南平市特色的大鍋菜和缸爐燒餅是相當有名的。」

柳擎宇這話一說出來，不管是曹淑慧也好，秦睿婕也好，韓香怡也好，全都狠狠地瞪了柳擎宇一眼。

這個柳擎宇也太狡猾了，他根本沒有正面回答韓香怡的問題，還讓曹淑慧和韓香怡去接待客戶，兩人心中都十分氣憤。

不過氣歸氣，兩個女孩為了防止柳擎宇和秦睿婕過於親近，而且為了盯著她，和她比拼人氣，兩個人也豁出去了，不就是接待客戶嗎？只要能夠對柳哥哥有幫助，讓柳哥哥開心，其他的都無所謂。

反正不能讓秦睿婕在柳哥哥面前總是晃來晃去的，必須想辦法提高自己在柳哥哥面前的出鏡率。

曹淑慧和韓香怡兩個大美女心中存了和秦睿婕鬥氣、鬥豔的心理，所以對柳擎宇分派的任務倒沒有拒絕，扭動著小蠻腰走到攤位外面，認真地招呼著。

看著兩個美女的背影，一旁的周坤華、趙偉傑都露出豔慕之色。對柳擎宇更是佩服得五體投地，尤其是趙偉傑，更是對柳擎宇豎起了大拇指。

柳擎宇苦笑了一下，暗道：「小趙啊，你哪裡知道我心中的苦澀啊！**一個美女叫豔福不淺，兩個美女叫豔福齊天**，如果**三個美女**，那**絕對是內戰不斷**啊！這三個女人，哪一個都不是省油的燈啊！」

柳擎宇想得沒錯，就在曹淑慧和韓香怡向外走去的時候，秦睿婕也毫不猶豫地向外走去，經過柳擎宇身邊的時候，還用高跟鞋踩了柳擎宇一腳，柳擎宇只能咬牙忍著，心中在滴血。

本來，她們兩個人來一個就夠柳擎宇頭大的了，現在兩個人全來了，柳擎宇的頭就更大了，現在秦睿婕的傲氣也上來了，很明顯，她這是出去和兩人爭奇鬥豔去了，這讓柳擎宇的頭都快爆炸了。

秦睿婕走出攤位，便看到站在外面一左一右的兩個美女。她眼珠一轉，走下臺階，站在下面，手中拿著宣傳品，笑著把手中的各種宣傳資料發給每個主動過來索要的人。

曹淑慧看到秦睿婕這番舉動，立刻給韓香怡使了個眼色，也走下臺階，一左一右站在秦睿婕兩邊，學著秦睿婕的樣子，把宣傳品發給觀眾。

原來只有秦睿婕一個大美女，也許只能讓經過新華區攤位的觀眾印象深刻，現在，當三個風姿迥異的長腿美女同時站在攤位外面，那種效果絕對是轟動的。

凡是經過的人，看到三個大美女後，都會不由自主地走過來索要一份宣傳資料，更有一些原本對新華區沒有什麼興趣的人看到三位美女後，也升起了想要進去一探究竟的想法，新華區的攤位外面，再次排起了一溜長長的隊伍，比昨天開館排得還要長。

很快便有記者接到爆料電話，各路記者再次雲集新華區攤位外，三個大美女頓時成了媒體捕捉的焦點。

有記者希望她們配合一下，擺個姿勢，她們全都拒絕；至於採訪，也十分默契地婉謝，只是認真地做著自己的工作。

越是得不到的東西，人們越是想去關注，見這些記者們採訪不到三人，反而讓人們更加的好奇與吸睛。

當記者來到攤位裡面，對柳擎宇提出採訪要求的時候，柳擎宇十分配合地進行了現場專訪，可是當記者問外面三位大美女的身分時，柳擎宇則模糊地告訴對方，她們是本次新華區招商引資團隊的成員，並沒有透露她們的真實身分。

這時候，有兩個身材高大、有著一身古銅色皮膚的男人從外面走了進來。這兩個人正是蕭氏集團投資部總監劉小飛，以及投資部副總監張德勇。

張德勇是劉小飛專門從國外請回來幫助自己的，他以前是劉小飛所組建的雇傭兵團的副團長，劉小飛回國後，雇傭兵團隊便交給了張德勇，後來劉小飛到了投資部，感覺手頭沒有可用之人，便一個電話打給張德勇，張德勇作為劉小飛的鐵桿兄弟，毫不猶豫地回到南平市，再次跟著劉小飛並肩作戰。

進入展覽館後，兩人在各個攤位前慢慢流覽著。

兩人身上穿的都是地攤貨，這些衣服是劉小飛剛回到國內擺地攤的時候賣剩下的衣服，而且他們還專門挑那種最土、最陳舊的款式。

很多攤位的工作人員看到兩人的穿著，理都不理他們。

在劉小飛和張德勇的身後，則是身穿套裝，身邊有一群人簇擁著的蕭氏集團的總裁蕭夢雪。

蕭夢雪和身邊的人胸前都佩戴著公司的名牌，上面十分清楚地標明他們在蕭氏集團的職位。看到他們，很多攤位的負責人都親自出來熱情歡迎，巴結不已。蕭夢雪等人只是走馬觀花地聽聽看看，不緊不慢地跟在劉小飛和張德勇身後。

劉小飛他們一路走著，來到新華區攤位附近時，立刻注意到排隊等候的隊伍，也很快就看到站在前面的三個大美女。

劉小飛毫不猶豫地邁步向秦睿婕走了過去。

跟在劉小飛身後不遠處的蕭夢雪看到劉小飛竟然直接朝著美女走了過去，秀眉不由得微微一皺。

劉小飛來到秦睿婕面前，從秦睿婕手中要過一分資料，看了看，然後十分誠懇地說道：「你好，我是蕭氏集團的投資部總監劉小飛，我能直接進去和你們領導談一談嗎？」

秦睿婕看到劉小飛後就是一愣。

不僅秦睿婕愣住了，就連旁邊的曹淑慧、韓香怡也愣住了。

因為劉小飛除了口音和柳擎宇不一樣以外，外貌，尤其是膚色幾乎一模一樣，在氣質上也有相同之處。

以秦睿婕的眼光來看，不管是柳擎宇，還是這個自稱劉小飛的人，眼神都十分銳利，給人一種十分張揚的感覺，同時，眼底深處都隱藏著一股狂傲之氣，但是，劉小飛的氣質中蘊含著一股草根所特有的油滑、聰慧和狡黠，而柳擎宇眼底深處隱藏的，卻是一種極其強烈的自信和淡定。

當劉小飛說出他的身分後，秦睿婕心中先是一驚，隨後熱情地伸出手來，說道：

「劉總監，非常歡迎您能夠來到我們攤位參觀，我們領導也非常期待能夠和您見面，不過，我們領導也說了，今天外面排隊的人不少，不管誰來了都要排隊，您看您是先排一下隊呢，還是等我們領導忙完這段時間，晚上親自登門拜訪您？」

雖然秦睿婕十分希望能夠和蕭氏集團合作，但是，她的腦袋也很冷靜清楚，雖然劉小飛很有來頭，但是誰能保證那些排隊的人中就沒有有來頭的？如果給劉小飛這邊開了後門，以後隊伍中要是有人以各種理由提出插隊，怎麼處理？所以秦睿婕給了劉小飛兩種選擇。

劉小飛聽到秦睿婕的回話很是驚訝，竟然有招商引資的負責人聽到自己報出身分後還讓自己排隊的，這種氣魄和勇氣讓他十分欣賞。

他饒有興趣地看了秦睿婕一眼，說道：「好啊，那我就在後面排隊吧，我現在對你們領導倒是產生興趣了，他真是一個妙人啊！」

說著，劉小飛和張德勇果真在後面乖乖排起隊來。

帶著大隊人馬的蕭夢雪看到劉小飛竟然排起隊來，驚得眼睛都瞪大了，這還是那個囂張的劉小飛嗎？那個性感的大美女到底和劉小飛說了什麼？

蕭夢雪帶著她身邊的人走了過來，她也找到秦睿婕，從秦睿婕手中索要了資料，然後說道：「美女，我可以進去和你們領導談談嗎？」

秦睿婕看了眼蕭夢雪的胸牌，同樣不卑不亢地說道：

「蕭總，非常歡迎您來我們攤位參觀，我們領導也非常期待能夠和您見面，不過，我們領導也說了，今天展區外面排隊的人不少，不管誰來了都要排隊，對了，剛才貴公司過來一位投資總監，您可以和他一起。」

蕭夢雪聽了亦是一愣，她終於明白為什麼劉小飛要去排隊了。她若有深意地看了秦睿婕一眼，笑道：「好啊，既然劉小飛都排隊了，那我們也和他一起排吧。」

說完，蕭夢雪帶著手下跟在劉小飛的身後排起隊來。

這下，展覽館內很多人都震驚了。雖然其他省市的人也許不認識蕭夢雪和劉小飛，但是在河西省，尤其是南平市混的那些政府部門的領導以及商界精英可都認識他們，尤其是蕭夢雪身上還戴著名牌。

記者們看到蕭夢雪竟然親自帶頭排隊，紛紛聚攏過來，長槍短炮聚焦在蕭夢雪的身上，更有記者直接現場採訪：

「蕭總裁，您身為蕭氏集團的總裁，為什麼要在這裡排隊呢？據我所知，您只要稍微放出風去，前去登門拜訪的人就會非常多了。」

蕭夢雪嫣然一笑，道：「你說的有點誇張了，實際上，我們蕭氏集團也只是一家普通的民營企業，我們尊重每一個潛在的合作夥伴，包括他們的規定。現在大家都在排隊，為什麼我們不能排隊呢？」

簡單的幾句話，卻又透露出很多訊息。

隨著隊伍向前行進，終於輪到劉小飛和蕭夢雪他們這一組人進去了。

柳擎宇已經做好準備，此刻，秦睿婕也把蕭氏集團幾個負責人正在排隊的事告訴了柳擎宇。柳擎宇聽到秦睿婕的彙報後十分滿意。

當劉小飛、蕭夢雪等人走進來時，柳擎宇快步迎了上去，主動伸出手說道：

「蕭總、劉總，非常歡迎各位來到我們新華區攤位，剛才讓大家排隊很是抱歉，不知道各位想要瞭解我們新華區哪方面的資訊，或者是隨便看看？」

話音落下，當柳擎宇目光落在劉小飛身上的時候，他頓時呆住了。

此刻，劉小飛也呆住了。

兩人的目光緊緊地交織在一起。

這是兩人第一次近距離接觸，彼此都可以從對方的身影中看到自己的影子，從對方的相貌上聯想到一些東西，尤其是劉小飛，更是想到了很多往事。

對劉小飛來說，自己的老爸到底是誰一直是個謎，老媽始終不告訴他，只說如果有一天自己能夠站在事業巔峰，她就會告訴他自己的真正身世。

對老媽的回答，劉小飛感覺十分無語。但他是個孝子，而且老媽一直在國外進行治療，所以他不會去逼問老媽自己的身世之謎。他只能努力奮鬥，向著理想前行。

兩個人都很傲！目光對視中，火花濺起！

殺氣！兩人都從對方的目光中感受到互相身上所蘊含的強大能量！

一時間，展區內的溫度似乎在這一瞬間降低了好幾度。

兩個曾經常年在生死線上徘徊的猛人都感受到對方身上的那種強烈的殺氣。

秦睿婕和蕭夢雪分別站在柳擎宇和劉小飛的身邊，兩個女人也在打量著彼此。

雙方在這一瞬間似乎陷入了一種十分詭異的境界中，似乎正在進行一種氣勢的較量。

這時，曹淑慧手中的資料發完，走了進來，嘴裡喊道：「柳擎宇，快點，把資料再給我拿一些來。」

當她看到柳擎宇和劉小飛兩人四目相對，臉色嚴峻的狀態，立刻說道：「我說你們兩個大男人離得那麼近幹什麼？長得像就了不起啊，你們又不是雙胞胎！」然後向資料箱走去。

柳擎宇和劉小飛的初次對峙因為曹淑慧的出現而化解了。

兩個人相視一笑，同時伸出手。

「柳擎宇。」

「劉小飛。」

兩人同時坐了下來，這時，秦睿婕也招呼蕭夢雪在另外一張桌子旁坐下。

柳擎宇看向劉小飛，說道：「聽說你們蕭氏集團要走出去？」

劉小飛點點頭：「沒錯。」

「蕭氏集團現在是不是內憂外患，岌岌可危？」

劉小飛依然點點頭：「沒錯。」

「來我們新華區吧，項目我幫你選，保你成功。」柳擎宇語出驚人。

「我相信你的眼光，但是我更相信我自己。沒有人可以影響到我的決策。」劉小飛聲音中充滿了強烈的自信。

柳擎宇和劉小飛的目光再次發生碰撞。

「來新華區吧，項目你自己選，我會竭盡全力保證你們免受各種干擾和盤剝。」

劉小飛笑了：「對我來說，去哪裡都一樣，問題是你現在的官太小，你能夠保證我們企業一旦落地之後的安全嗎？你上面還有區長、區委書記、副市長、市長、市委書記，他們會給你面子嗎？如果有人想要為難我們，你能解決嗎？」

柳擎宇眉毛一挑，道：「我柳擎宇從來都是言出必行，你可以選擇相信，也可以選擇不相信，我不會去解釋。」

直到柳擎宇說出這句話，劉小飛才露出一絲認真的神色，說道：「你是一個很有意思的人，自信、張揚，你的自信和底氣到底來自哪裡？」

「心。**我所有的自信和底氣都來自我的心**。因為我想要為我主管區域的老百姓盡可能多做一些事，僅此而已。」柳擎宇淡然地說道。

劉小飛和柳擎宇再次對視，隨後伸出手來，說道：「來，掰個手腕吧，你贏了，我就去你們那裡投資，輸了，我再考慮考慮。」

說著，劉小飛把自己的手臂擺在桌子上。

柳擎宇沒有一絲猶豫，也把手臂擺在桌上。兩個人的大手緊緊地握在了一起。很有默契地，兩個人逐步加大力度，適應對方的力道。

這一刻，原本正在談話的秦睿婕、蕭夢雪等人全都停止了談話，震驚地看向柳擎宇和劉小飛。

兩個人的力道在不斷加大，但是手腕卻一直懸停在中間線的位置，沒有任何偏移。然而兩人的臉色從一開始的輕鬆、自信，變得漸漸凝重起來。

在第一次見面的時候，他們便有一種感覺，對方絕對是一個超級強勁的對手。不管是劉小飛發起的挑釁，還是柳擎宇強勢的應對。

汗水，順著兩人的額頭漸漸滑落，兩人脖子上的青筋漸漸變得明顯。

時間，一分一秒地過去。兩人的手臂開始顫抖起來。但是誰都沒有屈服和妥協的意思，依然僵持著。

秦睿婕和蕭夢雪眼神中都露出了憂慮之色。

就在這時候，小魔女韓香怡發完宣傳資料，從外面走了進來，看到兩個大男人在掰手腕，先是一愣，隨即走了過來，嘴裡嘟囔道：

「喂，我說你們兩個大男人煩不煩啊，沒看那邊那麼多女人在擔心你們，還不趕快鬆開，否則我潑你們一臉水！」

諾這些條件。」

劉小飛聽柳擎宇這樣說，點點頭道：「好，就衝你實話實說，我這邊沒有任何問題，蕭總，你怎麼說？」

蕭夢雪毫不猶豫地說：「你是投資部總監，你確定的事，我不會反對的。」

劉小飛對柳擎宇說道：「好，既然蕭總這樣說，那我也就再乾脆一點，柳擎宇，把你們正式合同的樣本給我兩份，我找專業人士審查一下，沒有問題的話，晚上閉館前我們過來把合同簽了。以後辦理各種手續的事就麻煩你們了。」

柳擎宇嚴肅地說道：「這一點你放心，手續的事我來負責搞定，你們只要配合就成。」

兩個人都是爽快的人，這件事情很快敲定，劉小飛帶著正式合同樣本離開，柳擎宇他們都興奮起來。

三億的大項目啊！還是高新技術項目，最近五年來，新華區就從來沒有過這樣的項目！

僅僅是這個項目簽訂下來，整個新華區招商局的全年任務基本上就差不多了，而且後面還有一個五千萬的環保設備項目。

誰也沒有想到，下午讓他們更意外的事發生了。在下午閉館前，他們竟然接連簽下了六個意向性合同，總金額達到了五億！

這六個和他們簽訂合同的人，有五個都是上午和劉小飛他們一樣排隊等候的人。

柳擎宇也和蕭氏集團簽訂了正式合同，第一期投資金額三億。柳擎宇和秦睿婕等人高興壞了。

此刻，在他們四周，有無數雙眼睛紅了。有好幾個縣區的領導們在閉館後都悄悄地找到李德林，跟李德林秘密策劃起來。

陰謀，無處不在。

權力鬥爭，往往殺人不見血。

柳擎宇雖然和蕭氏集團簽訂了正式合同，但是，柳擎宇和劉小飛都十分有默契地保持了沉默。並沒有舉行新聞發布會。

包括和其他投資商簽訂意向性合同，柳擎宇在簽訂的時候，都要求對方暫時保密，不要對外公開。

這一次，柳擎宇充分吸收了上回的教訓。對蒼山市官場上那些無恥惡劣之事，他是真的有些怕了。他不是害怕那些人，害怕鬥爭，而是嫌麻煩，而且，柳擎宇還有更深層的考慮。

只是，雖然他們沒有對外公開，但是由於附近的攤位一直都在密切關注新華區的情況，尤其是看到不時有穿著制服的人進進出出，甚至還帶著資料夾，更加懷疑柳擎宇他們肯定又有了新的收穫。

市長李德林的臨時辦公室內。

市招商局局長唐思凱、路北區區長陸振豐、路南區區長張建傑、長雲縣縣長張志宇都臉色陰沉地坐在沙發上，他們對面，則是市長李德林。

他們三人是李德林的嫡系人馬，三個區縣的經濟總量在全市中分別排名第一、第二和第四，招商引資也是一樣，是經濟強的區縣。

陸振豐道：「李市長，最近兩天新華區的招商引資情況看起來十分熱絡啊，很多人反映他們很可能簽訂了不少意向性合同。」

路北區區長張建傑聽了也說道：「是啊，據我得到的情報，新華區至少已經簽訂了兩個意向性合同，每個合同金額差不多都在八千萬以上，如果真的定案的話，這次新華區絕對會打一個翻身仗，那時候，柳擎宇這個副區長的位置絕對坐穩了。」

唐思凱苦笑道：「真是沒有想到，柳擎宇這小子在那種位置上還能夠玩出這麼多花樣。」

唐思凱話中的意思很明顯，他把展覽館內最差的位置分配給新華區，目的就是想讓柳擎宇無法出成績，好為李德林等人收拾柳擎宇做鋪墊，現在，柳擎宇卻極有可能大翻身。他已經盡力了。

李德林臉色顯得十分暗沉，柳擎宇的表現的確大大出乎他的意料。

不管柳擎宇做出多好的成績，有了昨天在會議上向他叫板的這一幕，李德林都已經無法容忍他了。

當然，這話，他這個當市長的是絕對不會說出口的。作為他的嫡系人馬，陸振豐等人十分善於揣摩領導心思，所以，他們得到情報後，立刻跑過來向李德林彙報。

李德林沉吟了一下，說道：

「在對待柳擎宇這個人的問題上，你們大家有什麼看法？」

李德林的話說得十分隱晦，他並沒有說什麼應該如何對付柳擎宇之類的話，但是身為李德林的嫡系手下，大家又怎麼可能聽不出李德林這番話的真正含義呢？

所以，幾個人紛紛獻計獻策，亮出各自的招數。

半個小時後，幾個人討論完畢，一起吃了晚飯，隨後前往會議室，準備參加今天晚上的例行總結會。

和昨天不同的是，陸振豐、唐思凱幾個人臉上全都露出興奮之色。在他們看來，柳擎宇已經是砧板上的肥肉，就等著被宰割了。

一切，他們都已經策劃好了。

晚上八點十分，會議準時開始。今天主持會議的依然是李德林。

會議開始後，李德林按照會議議程，讓每個區的區長彙報當天的情況。

第一個彙報的依然是陸振豐。這一次，陸振豐拿出一個兩千萬的正式合同，算是來了個開門紅。

接下來，其他各區的領導大部分都能夠拿出一兩個意向性合同來撐門面。

等到了新華區區長鄭曉成彙報的時候，鄭曉成鐵青著臉說：

「柳擎宇同志沒有向我彙報，所以，我不知道他們這個招商團隊成績到底如何，我看還是讓柳擎宇自己來報告吧。」

聽到鄭曉成這番語帶不滿的話，李德林冷冷看向柳擎宇，質問道：「柳擎宇，你是怎麼回事？身為下屬，為什麼不向鄭同志報告你們的工作情況？」

柳擎宇硬氣地說：「李市長，請恕我直言，我之所以不向鄭同志報告我們招商引資的結果，是因為我不想再被我的戰友出賣，我不想我們辛辛苦苦拉來的項目，再被別的區縣撬走。說實在，我真的怕了！

「而且，我不是不向鄭同志彙報，我已經把我的報告寫好了，但是交給鄭同志的時間不是現在，而是在展會結束的那一天。至於鄭同志如何向領導彙報，那是他的事。昨天在看到我們已經拿到意向性合同的情況下，他還可以睜著眼睛說我們沒有任何成績，我看以後每天的例行會議上，鄭區長依然可以說我們新華區沒有任何成績，對這一點，我是不會在意的。」

打臉！繼續打臉。

鄭曉成被柳擎宇這番話氣得渾身發抖。柳擎宇竟然揪著昨天的問題不放，對自己進行攻擊。

李德林不動聲色地說：「鄭同志，你們新華區的內部矛盾，市委暫時不會插手，希望以後你們內部協調好了再過來開會。我不希望在我們蒼山市的內部會議上，火藥味如此濃烈，這不利於我們蒼山市招商引資團隊整體的團結。我在這裡要特別強調一點，不管是現在還是將來，凡是不聽領導招呼，不按規則辦事的，該處理的處理，該調整分工的調整分工，絕對不能有任何的猶豫。」

說完，李德林繼續主持會議。

聽到李德林的這番話，鄭曉成心中一動。雖然他是區委副書記鄒海鵬的人，但是他也知道鄒海鵬和李德林屬盟友的關係，現在李德林這樣說，顯然是在暗示自己可以對柳擎宇的分工進行調整。

但是為什麼要對柳擎宇的分工進行調整呢？鄭曉成一時間有些想不明白。

但是鄭曉成知道，李德林這麼說絕對不是無的放矢，他暗示自己調整柳擎宇的分工肯定有他的用意。

接下來的會議內容，鄭曉成完全沒有聽進半個字去，他的腦中一直在思考著李德林提出這樣暗示的真正意思。

散會後，鄭曉成找了一個僻靜的角落，撥通了路北區區長陸振豐的電話：「老陸啊，對李市長今天會議上的發言，你有沒有什麼感悟啊？」

陸振豐聽鄭曉成打來電話，臉上立刻露出得意的微笑，因為整個大局都在他們李系人馬的掌控之中。

陸振豐立刻說道：「老鄭，不是我說你，你好歹也是堂堂的區政府的一把手啊，怎麼能沒有一點一把手的威嚴呢！我認為今天會議上李市長那句話說得非常好啊，不管是誰，不管身居何種位置，有何種背景，既然身在官場，尊重領導是必須的，領導的威嚴必須維護。你們新華區某些同志的作風，必須要儘快處理，絕對不能手軟！

「哦，對了，據我得到的消息，你們新華區招商團隊的收穫非常豐厚啊，至少簽訂了兩個意向性合同，總金額好幾億啊！你身為區長，是不是應該把招商引資這個重要的工作親自抓起來呢！

「當然，既然有分工，現在調整還不太合適，展會結束前調整就可以了。畢竟，一個不向領導彙報工作的副手必須要給予一些警示，這一點李市長肯定是支持的。就算是上了常委會，也沒有人敢說出什麼不同意見來！」

陸振豐這麼一指點，鄭曉成終於明白是什麼意思了。肯定是柳擎宇出了很大的成績，他這是讓自己藉著調整分工去摘桃子啊！

而且陸振豐的意思非常明白，在展會結束前調整分工，那個時候，柳擎宇那邊合同應該也簽得差不多了，該轉換成正式合同的也已經轉換了，自己只要一調整分工，所有的政績就全都算是他的了。

這個桃子摘得好啊！

想明白了所有問題，鄭曉成嘴角露出一絲心滿意足的笑容。自己終於有辦法好好收拾和教訓柳擎宇這個不聽話的下屬一下了。他要用實際行動讓柳擎宇知道，得罪了頂頭上司、得罪了一把手的後果是很嚴重的。

聽鄭曉成半天沒說話，陸振豐笑道：「老鄭，怎麼樣？是不是想通了啊？」

鄭曉成立刻回道：「嗯，想通了，老陸，真是要謝謝你啊。」

陸振豐說道：「老鄭，謝可不能光口頭謝啊，怎麼著也得有點實際動作不是？我這個人胃口也不大，你就隨便給我弄個五千萬以上的項目，讓他們到我們路北區來投資就可以了，這對你來說可不是什麼難事啊！」

鄭曉成聽了，心中暗罵道：「奶奶的，你這還不是胃口很大？五千萬的項目，這根本是獅子大開口嘛。想以前我們新華區一年都不一定能夠拉到這麼大的一個項目呢。」

不過，鄭曉成雖然心中是這樣想的，嘴上卻不能說出來，因為他清楚，這件事肯定少不了陸振豐和李德林的支持，所以自己還真不能獨吞了所有好處。

他立刻笑著說道：「好的，沒問題。如果這件事我能夠操作成功的話，絕對不會忘了你的這份功勞的。」

鄭曉成的話說得很含蓄，並沒有直接答應對方五千萬項目的要求，因為他也得看看柳擎宇他們在最後一天到底會拿下多少項目，如果就拿下一個五千萬的項目，他是絕不可能把這個項目交給陸振豐的。

陸振豐自然清楚鄭曉成的真實想法，所以只能心中暗罵鄭曉成是個老狐狸，等待著鄭曉成那邊的佈局結果。

利益，只有在得到分配之後，才是最實在的。

……

就在陸振豐、鄭曉成琢磨著如何摘桃子的時候，柳擎宇這邊遇到了新的麻煩。

柳擎宇開會回來，回到自己的客房後，打開門，便看到裡面坐著三位如花似玉、傾國傾城的美女。

性感、成熟的大美女秦睿婕斜靠在自己床頭的東邊，手中正在翻著一本時尚雜誌。

看起來清純似水，粉嫩得猶如天山頂上小白花一般的曹淑慧，則靠在床頭的西邊，正在玩手機。大有東西宮分庭抗禮之勢。

而在兩人不遠處的沙發上，小魔女韓香怡則斜靠在沙發上，一雙粉嫩、修長的玉腿在空中翹啊翹的，眼睛盯著電視。

三個美女看到柳擎宇進來，只是同時抬起頭來看了柳擎宇一眼，隨後又各自忙自己的事，似乎是在鬥氣，又似乎是在等待。

柳擎宇一看這種情況，立刻意識到形勢有些不妙。他能夠敏銳地感覺到房間內雖然三個女孩都表現出一副無所謂的樣子，但是三人之間卻蕩漾著一股濃濃的醋意和火藥味。

柳擎宇立刻笑著對三人說道：「哎呀，我走錯房間了，你們忙，我走了。」

說完，柳擎宇轉身就走。

他決定去找趙偉傑他們擠一擠，否則，有這三個美女在這裡，今天晚上自己的日子肯定會很難過。

然而，柳擎宇剛剛轉身，就聽到身後傳來三種不同腔調卻異口同聲的嬌斥聲：

「不准走！」

這下，柳擎宇真的有些頭疼了。

哪怕是面對上百名瘋狂、狠毒的敵人，柳擎宇都沒有發怵過，現在面對這三位嬌滴滴的美女，柳擎宇卻真的有些手足無措。

房間裡所有可以坐人的地方，基本上都被這三個美女占住了，唯一一個空著的椅子也被小魔女韓香怡用腳搭在上面，自己要坐下的話，只有兩種選擇，要麼選擇坐在韓香怡旁邊的沙發上，要麼選擇坐在秦睿婕和曹淑慧兩人中間空出來的床上。

問題在於，兩個人一左一右坐著，只要自己坐的位置稍偏，肯定會引來一方甚至是多方的雷霆怒火的。

怎麼辦？

這一夜，對柳擎宇來說是一個十分辛苦的夜晚！

這一夜，對柳擎宇來說是一個豔福齊天的夜晚！

這一夜，對柳擎宇來說是一個痛並快樂著的夜晚！
這一夜，四個人都在房間中，到底發生了什麼？

第八章

三個胡亂

李德林接著說道：「各位同志，今天召開的是市政府系統的內部會議，所以，我希望在座的各位同志能夠遵守會議紀律，不要胡亂發言，不要胡亂洩密，更不要胡亂做事。」

李德林接連三個胡亂，明顯是針對自己而發的。

第二天，柳擎宇眼圈黑黑的，有些精神不振、精力不濟的樣子。

不過柳擎宇卻是十分敬業，準時出現在展會現場，繼續工作。

曹淑慧和韓香怡兩個美女依然留下來幫忙，忙碌了一整天，這一天，他們的收穫亦是大，又簽訂了兩份意向性合同，價值總額近五千萬。

這天晚上，依舊和昨天一樣，四個人在同一個房中。

次日早晨起來，柳擎宇的眼圈更黑，精神看起來更差了，好在柳擎宇的身體很強壯，所以還能夠堅持。

由於今天已經是展會的最後一天，這天前來參觀的人潮比起之前已經有所減少。

到了這天下午，一直堅守在工作崗位的柳擎宇和秦睿婕不見了人影，攤位裡只有周坤華帶著招商局的工作人員們忙碌著。

此刻，新華區區長鄭曉成穿著一身西裝，人五人六地向他們的攤位走了過來。

他從今天中午便一直盯著這邊的情況，他過來的目的非常簡單，就是要等柳擎宇這邊各種工作都搞得差不多了，他突然站出來宣布，調整柳擎宇的分工，然後順勢把招商引資工作接手過來，如此一來，柳擎宇所做出的所有政績全都是他的了。

這是十分陰險的一步棋。

為了能夠成功摘桃子，鄭曉成也算是下了功夫，早早地便過來守株待兔了。

然而，讓鄭曉成意外的是，忙了整整一上午的柳擎宇和秦睿婕，以及突然出現的兩個美女中午去吃飯以後，竟然到了下午還沒有回來。

這讓鄭曉成心中有些焦慮起來。

不過，焦慮歸焦慮，鄭曉成依然保持著鎮定的態度。因為他相信，以柳擎宇和秦睿婕那麼敬業的工作態度，他們肯定會回來的。

然而，讓鄭曉成沒有想到的是，他一直等到下午三點半左右，柳擎宇和秦睿婕依然沒有回來，這下，鄭曉成可就有些著急了。

如果柳擎宇不出現的話，自己怎麼宣布調整他的分工呢？

想到這裡，鄭曉成走進攤位，沉著臉問：「柳擎宇和秦睿婕呢？怎麼下午都開館這麼久了，他們還沒有來？」

看到鄭曉成，趙偉傑和李曉霞等人都轉過身去，露出不屑和厭惡的神情。他們年輕人最看不起的就是像鄭曉成這種仗著自己是領導，什麼都不懂，卻到處指手畫腳的人。

周坤華作為常務副局長，不能置之不理，立刻滿臉含笑地迎了上去，回道：「鄭區長，柳副區長和秦局長他們去國貿大酒店，參加一個新聞發布會。」

「參加新聞發布會？真是太胡鬧了。到底是什麼發布會，要他們兩個都過去？」鄭曉成怒道。

周坤華搖搖頭道：「我也不知道是什麼新聞發布會，柳副區長說這邊的工作讓我全權負責，看樣子他們今天不一定有時間過來了。」

「胡鬧，太胡鬧了！」鄭曉成拍了一下桌子，怒道：「你給他們打電話，讓他們趕快回來一趟。」

周坤華苦笑道：「鄭區長，臨走前柳副區長就交代了，說是如果沒有特別重大的事，不要給他打電話，還說他到時候會很忙。」

「豈有此理，這個柳擎宇到底在搞什麼，正常的工作不管，居然去參加什麼新聞發布會，這種主管真是太不稱職了，看來必須調整一下他的分工才行了。」一邊說著，鄭曉成一邊拿出自己的手機，撥打柳擎宇的手機號碼。

然而，他撥了好幾遍，發現電話裡傳來的都是制式化的語音：「對不起，您所撥打的電話已關機，請稍後再撥。」

鄭曉成徹底火了，抓狂道：「這個柳擎宇到底是怎麼回事？為什麼連電話都關機了？周坤華，你立刻帶人去把柳擎宇給我找回來，我有事跟他談。」

周坤華滿臉無奈道：「鄭區長，對不起啊，柳副區長離開之前曾經一再強調，要我們堅守崗位，絕對不能到處亂跑，否則的話，我們的位置難保。鄭區長，您是大領導，請您體諒一下我們這些做下屬的難處吧。」

周坤華說得十分可憐，讓鄭曉成有氣發不出，只能看了周坤華等人一眼，轉身向外走去。

他已經決定了，不管柳擎宇在幹什麼，他一定要想辦法找到柳擎宇，當場宣布調整他的分工，收回他主管招商引資的權力。

國貿大酒店距離展覽館不過百十多米的距離，用不了多長時間就可以到了，如果讓他發現柳擎宇是在胡亂打混，不務正業，他一定要在區委常委會上對柳擎宇提出嚴肅批評，並且對柳擎宇的這種行為進行全區通報批評，狠狠地教訓柳擎宇一下。

就在鄭曉成怒氣衝衝地趕往國貿大酒店的時候，在國貿大酒店六樓「祥雲閣」會議廳內，會場已經被佈置成新聞發布會的會場。

在最前排的位置上，擺放著九把椅子，每把椅子上都坐著一位河西省商界重量級的人物，劉小飛、陳龍斌等人悉數在列。

主席臺上，則分別坐著河西省省委常委、南平市市委書記胡海波，南平市市長謝曉輝，蒼山市市委書記王中山，新華區區委書記姜新宇和新華區副區長柳擎宇。

而在劉小飛他們後面，則是來自全國各地的記者，在各個角落都有攝影機對準主席臺的位置。

會議由柳擎宇主持。

柳擎宇把麥克風往身邊拉了拉，朗聲道：

「各位領導、來賓以及媒體界的朋友，下午好！我是白雲省蒼山市新華區副區長柳擎宇，今天召開這場新聞發布會的主題，是共建和諧友好城市、資源互補、共同發展暨蒼山市新華區與各省市投資商簽約儀式，下面，我先給大家介紹一下前來參加本次簽約儀式的主要領導和嘉賓。」

隨後，柳擎宇把主席臺上的四位領導以及下面第一批的主要嘉賓一一進行了介紹，緊接著，便是領導致詞。

第一個發言的是蒼山市市委書記王中山。

王中山滿臉含笑地說道：「能夠出席今天的新聞發布會，我很高興，關於今天的新聞發布會，我首先要感謝的就是河西省和南平市的同志們，是你們辛苦的付出，讓這次的省際經濟交流會獲得了圓滿的成功，也讓我們白雲省蒼山市獲得了這麼多好的項目和發展的機會……」

王中山話很簡短，卻層次分明，語氣真摯，當客套話講完後，王中山接著說道：「大家能夠選擇和我們蒼山市新華區合作，我作為蒼山市市委書記，非常的開心，當然啦，我們更不能忘記和大家達成合作的真正功臣——柳擎宇同志，是他兢兢業業的付出，認真的工作，贏得了大家的信任，讓我們用熱烈的掌聲對柳擎宇同志表示感謝。」

王中山的話獲得了在場所有人士的熱烈掌聲，在場的媒體記者也主動鼓起掌來，柳擎宇這些天來的表現，大家都看在眼中，因而很多人寧願放棄其他地區十分優惠的條件，而選擇和新華區簽訂合作協議，也是因為柳擎宇他們這個團隊，尤其是柳擎宇的個人魅力和工作態度。

掌聲經久不息，直到王中山幽默地說了句：「如果大家再繼續鼓掌的話，我就不知道該說什麼了」，掌聲這才漸漸平息。

隨後，是河西省省委常委、南平市市委書記胡海波講話。

雖然按照官位大小來排的話，應該是他先致詞才對，但是胡海波考慮到柳擎宇的因素，在確定講話順序的時候謙虛了一下，讓王中山先講，由他來做總結陳詞。

胡海波笑著說道：「剛才王中山同志的講話太客氣了，我們河西省和南平市所做的一切都是應該的，畢竟每一次的省際經濟交流會是大家輪流主持的嘛……」

客套了一下之後，胡海波切入正題，讚許地道：

「要是說起這次展會上最讓人眼睛一亮的，我也不得不提到柳擎宇同志，這位同志的表現，我相信在場眾位都已經親眼目睹了，否則的話，也不會和他們新華區簽訂合作協議。

「據我得到的統計資訊，新華區簽訂的合作協議，不管是從金額數目上還是從項目總數上，都冠絕群雄，是本屆展會上所有地區中最耀眼的一區。說實話，我這個南平市市委書記都有些嫉妒王中山同志了，你有這樣強大的手下，真是一件非常幸福的事情啊。」

隨後，市長謝曉輝也進行了簡短的講話。

最後，謝曉輝宣布了一件讓在場眾人都意想不到的事：

「各位，目前，我們南平市市委書記胡海波同志正在同蒼山市市委書記王中山同志探討雙方建立互助合作城市的框架協議，由於南平市和蒼山市具有相當大的經濟互補性，我們雙方都有強大的合作意向。不過因為目前還處於研究階段，具體細節我不便透露，很多流程也還需要協商，但是這個合作案是已經確定了的。

「我今天算是在這裡給大家爆個猛料吧，希望能讓在座的各位媒體朋友們獲得意外的驚喜。好了，下面，我宣布新華區和各位合作夥伴的簽約儀式正式開始。」

謝曉輝話音落下，音樂聲響起，早已準備好的一份份文件紛紛擺在主席臺前一份專門用於簽約的長條桌子上。

新華區區委書記姜新宇、副區長柳擎宇代表新華區，和所有合作夥伴一一簽訂了正式合作協議。

此刻，所有媒體在謝曉輝拋出這個令人意外的震撼彈的同時，紛紛把鏡頭的焦點對準了簽約臺前的姜新宇和柳擎宇。

每一份合約簽完後，主席臺後面的大螢幕上便會顯示這份合約的金額以及項目名稱、簽約雙方的身分等訊息。

當所有合約簽完後，大螢幕上秀出了九億八千多萬令人瞠目結舌的數字！

看到這個數字後，王中山樂得嘴都快都快合不上了。

就連南平市市委書記胡海波都有些不淡定了。他沒有想到，柳擎宇在沒有動用任何家族力量的情況下，初次試水招商引資，便憑著自己的能力吸引到這麼多項目和投資，而且這些還僅僅是一些重量級的投資項目，一些小型合作案根本就沒有參與本次簽約儀式。

南平市作為東道主，雖然也大有收穫，但是合同金額也不過五億左右，而新華區，僅僅是一個區，就拿下了將近十億的項目，他真的有些羨慕蒼山市市委書記王中山了。這次省際經濟交流會上，他這個市委書記絕對會因為柳擎宇的出色表現而成為各個大老們關注的對象，可以說，王中山今後的仕途之路絕對是非常光明的。

簽約儀式完成後，接下來是合作夥伴發言的時間。

此刻，代表發言的是蕭氏集團的投資部總監劉小飛。

就在劉小飛發言的時候，懷著滿腔怒火，終於找到發布會現場的鄭曉成推開房門，邁步走了進來。

這時，柳擎宇剛從主席臺後側方的洗手間內走出來，正要向主席臺走去。

鄭曉成所站的角度，只能看到主席臺上眾人的側面，看不到正面，所以他看不清主席臺上都有誰，但是從他這個角度看柳擎宇卻是看得十分清楚。

當柳擎宇從洗手間內出來的時候，鄭曉成一眼就看到了他，立刻怒聲質問道：

「柳擎宇，你在這邊瞎轉什麼呢？怎麼把展會那邊的工作給放下了？你知道不知道你這是瀆職？」

當鄭曉成用高分貝的憤怒腔調喊出這番話的時候，恰恰是劉小飛講話的間隙，整場鴉雀無聲，十分安靜，所以鄭曉成的話顯得十分突兀，也特別清楚！

全場皆驚！

沒錯，全場皆驚！

在場的不管是記者也好，投資商也好，各地領導也好，哪一個不是為柳擎宇捧場來的啊！

記者們看重的是柳擎宇的人氣和新聞價值，投資商看重的是柳擎宇的真誠和將來項目的預期收益，他們甚至還想借此機會看一看柳擎宇的人脈，所有的投資商都沒有想到，柳擎宇辦一個新聞發布會，不僅把蒼山市的市委書記給請來了，竟然連南平市的市委書記、市長都給請了來，這得多大的面子啊。

此刻，柳擎宇在投資商眼中，十足就是一個重磅的潛力股啊！

對王中山來說，柳擎宇是他的嫡系人馬，柳擎宇這一次做出如此輝煌的業績，背後最大的受益者就是自己，因為所有人都知道柳擎宇是自己的人。

對區委書記姜新宇來說，柳擎宇的表現超出了他的意料，柳擎宇卻毫不猶豫地兌現了他的承諾，將最搶眼的政績讓給了自己；尤其是合約簽名的時候，讓自己排在第一位，這種巨大的政績足夠支撐自己下一步進入副廳級了。他似乎已經可以看到未來自己站在副市長甚至是市委常委位置上的輝煌了。

雖然這次簽約儀式，柳擎宇要求他不要通知其他人，而且，他也發現這次簽約儀式上沒有自己的靠山李德林，但是他不在乎，因為對他來說，靠攏李德林是政治利益所趨，他之所以需要李德林這個靠山，是因為那個時候他沒有政績，卻又想著向上爬，沒有一個靠山，自己很難有所發展和立足。

現在可不同了，自己有如此過硬的政績，對李德林這個靠山的需求，已經沒有以前那麼強烈了，而且他認為自己距離市委常委已經越來越近，對李德林也不需要像以前那樣卑躬屈膝了。

對胡海波來說，他之所以出席今天的新聞發布會，不僅僅是因為今天的發布會上要公佈與蒼山市達成互助合作城市的重大消息，更重要的是，他今天是來給柳擎宇捧場的，因為他和柳擎宇的老爸劉飛關係特別好，柳擎宇在他的眼中是一個後輩，看到柳擎宇能夠做出今天的成績，他非常欣慰。

對於劉小飛來講，今天的簽約儀式上，他見識到了柳擎宇的能力和人脈能量，更看到了和柳擎宇合作的遠景，但是，在自己講話的時候，竟然有人突然打斷自己的講話，還如此語氣嚴厲地質問柳擎宇，這個橫空殺出來的人是誰？

一時間，整個會議室眾人的目光全都聚焦在鄭曉成的身上，劉小飛也停止了發言，只是冷眼看著鄭曉成。

很多媒體記者紛紛把攝影機、照相機的焦點對準了鄭曉成。他們發現鄭曉成的出現讓這次的新聞發布會更加充滿了話題性，畢竟，有人敢在這個時候對舞臺的主角發飆可不是輕易能夠見到的。

看到鄭曉成突然出現，柳擎宇也感覺挺意外的。出於對上級的尊敬，柳擎宇走到鄭曉成面前，禮貌地道：「鄭區長，請問，找我有事嗎？」

鄭曉成此刻氣急攻心，再看到柳擎宇這種態度，心頭的怒火熊熊燃燒起來。在他看來，如此重要的場合，柳擎宇肯定是過來打醬油、湊熱鬧的，所以根本沒有把柳擎宇放在眼中，大聲質問道：

「柳擎宇，誰讓你不管展覽館的工作跑來這裡湊熱鬧的？你知不知道自己的職責是什麼？是招商引資！可是你看看，你現在在做什麼？放下手邊該做的事，跑來閒晃，你捫心自問，你對得起自己的職務嗎？對得起領導對你的信任嗎？

「柳擎宇，鑑於你工作十分不力，我現在正式宣布，取消你主管招商引資的分工，由我來接替你招商局的工作。希望你立刻趕回去，站好最後一班崗。」

柳擎宇是啥人，那可是眼睛眨一下就可以想出一個主意來的聰明人，鄭曉成借題發揮所說出來的這番話的真正目的，柳擎宇立即就秒懂了，原來鄭曉成是來摘桃子的。如果自己沒有舉辦今天這個新聞發布會，恐怕自己所有的績效真的要被這個王八蛋給搶走了。

值得慶幸的是，這一次，鄭曉成來得非常不是時候。

柳擎宇也不生氣，很皮地說道：「鄭區長，你稍等啊，我過去跟領導請個假，看看領導批准不批准我立刻趕回去展覽館。」

說著，柳擎宇邁步向主席臺走去，來到王中山和姜新宇面前，苦笑道：

「王書記，姜書記，鄭曉成區長來了，他說我擅自離開展覽館的崗位，十分不敬業，而且說我工作不力，要取消我分管招商引資的工作，還讓我立刻趕回展覽館，兩位領導，你們看我該怎麼做？」

主席臺上四位領導全都傻眼。

最震驚的是河西省省委常委胡海波。

胡海波瞪大了眼，看向王中山說道：「王書記，是不是你們蒼山市主管招商引資的副區長都非常厲害啊，像柳擎宇這樣用三四天時間就引資十億的人都算工作不力，不務正業，你們到底有什麼厲害的管理和激勵方法可以做到這一點，能不能給我們南平市傳授一些經驗啊？」

聽胡海波連諷帶刺的話，王中山差點恨不得找個地縫鑽進去。

他怎麼可能聽不出來胡海波話中的真正含義，卻無法辯駁，只能連忙充滿歉意地說道：「胡書記，不好意思啊，像柳擎宇同志這樣在短短三四天內做出這麼大成績的人，在我們蒼山市絕對是鳳毛麟角，這其中可能有些誤會，我這就過去處理一下，不然真得讓大家看笑話了。請您和謝市長稍等片刻。」

說著，看了姜新宇一眼，兩人和柳擎宇一起向鄭曉成走去。

當柳擎宇向主席臺走去，鄭曉成看到臺上坐著的是市委書記王中山和區委書記姜新宇的時候，便已經意識到形勢有些不妙了，他隱隱感覺到今天自己好像攞了個大烏龍了。

尤其是看到王中山和姜新宇向自己走過來的時候，鄭曉成心裡暗暗叫苦起來，心說自己剛才怎麼就沒有看到這兩個傢伙坐在主席臺上呢？今天這個新聞發布會到底是個什麼性質的發布會啊？為什麼自己和李德林市長都不知道呢？

王中山和姜新宇來到鄭曉成的面前，姜新宇最先發飆了。

對姜新宇來說，柳擎宇是他的福星，他還指望在柳擎宇的勤奮努力下，把新華區的經濟搞上去，那樣一來，沒準下次換屆的時候他就可以進入市委常委階級了，最差也可以升到副廳級的重要位置。所以，這個時候，他絕對不能容忍任何人動柳擎宇。

「鄭曉成同志，聽說你要調整柳擎宇同志分管的招商引資工作？能給王書記和我一個充分的理由嗎？」姜新宇開門見山地質問道。

鄭曉成見王中山一直站在旁邊，陰沉著臉不說話，立刻感覺到形勢嚴峻，但是箭在弦上，不得不發，他只能低聲道：「王書記，姜書記，我之所以要調整柳擎宇的分工，是因為柳擎宇擅離職守，工作不力，所以……」

「等一等！」

還沒有等鄭曉成說完，姜新宇立刻打斷了他的話，語氣不善地說：「鄭同志，我想問一問，你所說的柳擎宇工作不力，不思進取，是不是指他在招商引資上沒有做出什麼成績？」

鄭曉成內心有些糾結，他當然知道自己想要調整柳擎宇的分工恰恰是因為柳擎宇做出了成績，但是當著王中山和姜新宇的面，他自然不能透露真實想法，只能點頭道：「是的，柳擎宇在招商引資方面的表現讓我十分失望。」

由於現場十分安靜，鄭曉成的話，很多媒體記者們聽得十分清楚，立時引起一片嘩然，柳擎宇都做出了十億的成績了，還說成不務正業，蒼山市的領導要求這麼嚴格嗎？十億要是算不務正業的話，那麼，如果務正業，是不是最少也得搞個百八十億才行啊？

這麼聳動的話，讓記者快門聲響成一片，閃光燈此起彼伏。

這時候，鄭曉成也有些懵了，他沒想到自己一句話說完，竟然引起轟動，許多的攝影機和照相機全都對準了自己。

這是什麼情況？為什麼會這樣？鄭曉成腦袋有些發矇。

姜新宇則是徹底怒了。

柳擎宇可是王中山的嫡系人馬，鄭曉成當著王中山的面要摘柳擎宇的桃子也就罷了，手還伸得如此明顯，當著自己的面做，如果自己沒有一點表態的話，恐怕以後有好事了，柳擎宇未必會惦記著自己啊，而且王中山肯定也會對自己不滿。

所以，姜新宇稍作衡量，便毫不猶豫地發飆了：

「鄭同志，你非要這樣說的話，身為區委書記，我可真得好好批評批評你了。你說柳擎宇同志不務正業，我想問問你，能夠在三天半的時間內，簽訂十億的投資項目，這算不算不務正業？一個讓媒體記者，甚至是外省的省級領導都認可的同志，算不算一位好同志？我更想問問你，你評判一個下屬到底是以什麼樣的原則來評斷的？」

姜新宇接連提了好幾個問題，鄭曉成只感覺腦袋大了好幾圈。

他著實被姜新宇所說的一連串數字給震懾住了，十億！這也太誇張了吧？還有外省的省級領導認可，這怎麼可能呢？

鄭曉成腦門汗水劈里啪啦地往下掉，大腦一片混亂，一句話都說不出來了。

這時，一直沉默不語的王中山突然說話了：

「鄭同志，如果我猜得不錯的話，你之所以要調整柳擎宇的分工，恐怕是另有目的吧？至於你的真正目的是什麼，需要我給你點明嗎？」

王中山這麼說，鄭曉成的汗冒得更快了。

鄭曉成不是傻瓜，王中山更不是傻瓜，姜新宇也不是，所以，他們都非常清楚，鄭曉成的真正的目的是什麼，但是王中山身為市委書記，不能把話給說白了，那樣容易授人以柄，而且他也沒有確切的證據。只是他必須把話點給鄭曉成，告訴對方，不要以為我不知道你在打什麼主意。

鄭曉成自然聽得出王中山這話背後的意思，他無言以對。

這時，王中山考慮到鄭曉成這邊已經成了整個現場的焦點，為了蒼山市的整體形象不受到損害，沉著臉低聲道：

「你聽清楚了，讓柳擎宇分管招商引資，分管經濟是市裡確定的，這是為了確保新華區經濟的發展，是市裡經過充分衡量之後的結果。你捫心自問，你待在區長這幾年裡，你們新華區的招商引資實際金額超過三億了嗎？沒有吧！現在人家柳擎宇不到四天就引資十億，這就是能力！

「你身為區長，當然有權力調整柳擎宇的分工，但要等這次新聞發布會結束之後再談。你現在立刻向柳擎宇道歉，然後走人，不要在這裡讓我們蒼山市的形象受損。」

鄭曉成恨不得狠狠地抽自己幾個大嘴巴！這回算是丟人丟到家了。這個柳擎宇竟然如此陰險，搞出這麼一個新聞發布會，還把王中山和各路媒體給請來。看來自己的計畫算是落空了。

再看到王中山和姜新宇森冷的目光，鄭曉成知道，如果自己不能很好地化解眼前這次危機的話，恐怕回去後，王中山真的有可能把自己給弄到政協去做副主席去。

為了自己的前途，鄭曉成此刻也只能忍氣吞聲了。

他臉上勉強擠出一絲歉意，伸出手來，對柳擎宇說道：「柳同志，對不起啊，是我錯怪你了，主要是我太想把我們新華區的招商引資工作做好，再加上你彙報不夠及時，我這邊的資訊掌握不足，還請你見諒。」

鄭曉成雖然在道歉，但不忘點出柳擎宇沒有向他彙報的問題。

柳擎宇為了大局，自然不會提到鄭曉成洩密之事，只輕輕地和鄭曉成握了握手，說道：「沒事，沒事，您是領導嘛，偶爾發出錯誤的指示也是可以理解和原諒的，鄭區長，要不您先去展覽館那邊盯一會兒，我這邊忙完了立刻過去，您看怎麼樣？」

柳擎宇也不是省油的燈，雖然接受了鄭曉成的道歉，但是他卻順手給鄭曉成安排了一個任務，如果他不接受，那就說明他根本不是想要把工作做好；如果他接受了，那麼今天他這個區長算是徹底栽了。

鄭曉成心裡氣到不行，卻不得不隱忍下來，畢竟柳擎宇的靠山王中山就在身邊，自己和他較量根本不夠級別，而且柳擎宇話中有話，為了顧全大局，他只能咬牙點點頭道：「好，那咱們分工合作，爭取把我們新華區的工作做上去。」

即便是到了最後，都已經決定要離開和妥協了，鄭曉成也不忘挖個坑，故意不提姜新宇所起的作用。

柳擎宇淡淡一笑，回道：「沒問題，我會在王書記和姜書記的指導下，做好這邊的工作的。」

柳擎宇可不是吃虧的主，直接反擊，化解了鄭曉成挑撥離間的奸計。

鄭曉成一點扳回的機會都沒有，只能灰溜溜地離開酒店。

鄭曉成離開後，新聞發布會接著進行，劉小飛繼續之前的講話。隨後，便是按照流程進行後續之事。

劉小飛坐在椅子上，陷入了沉思。

劉小飛身為商人，十分善於從細節中發現問題，發現機會。從剛才柳擎宇與鄭曉成之間簡短的交鋒中，劉小飛看到了很多的東西。

第一就是，他發現柳擎宇在新華區的處境並不是特別好，因為柳擎宇這一次的表現太過於亮眼，但他卻沒有把市長和區長給請來，顯然這是柳擎宇有意為之，雖然不知道為什麼，但是這至少說明一個問題，那就是新華區的內鬥應該十分激烈。

第二，劉小飛看到了柳擎宇的真誠。從柳擎宇向自己所承諾的那些條件就看得出來，柳擎宇是個十分靠譜的人，他似乎早就預料到如今的局面，所以才會給自己的優惠條件那麼少，這恰恰說明柳擎宇想要實現雙贏的決心。

第三，劉小飛看到柳擎宇對於大局的掌控能力和對「勢」的運用能力。

劉小飛和柳擎宇一樣，曾經多次在生死線上徘徊，所以，對於大局和勢的掌控和運用都是遊刃有餘，他從柳擎宇的表現中看到了自己的影子，也認可了柳擎宇的能力。

第四，劉小飛對柳擎宇的人品有了更深層的認識。他看出他是個說一是一，說二是二的人，不喜歡弄虛作假，這樣的官員是值得信任、值得結交的，他不會像某些官員那樣，把商人當成自己的錢包和工具，一旦有風險，便立刻甩掉甚至幹掉。

劉小飛在蕭氏集團這一年多的時間內，見過太多的人和事，所以思考問題的時候更加謹慎和全面。透過這一次的風波，劉小飛對柳擎宇更加認可了，也更加下定要帶著蕭氏集團前往蒼山市發展的想法。

然而，劉小飛和柳擎宇都不會想到，劉小飛的此次蒼山市之行竟然是那樣凶險，那樣危機四伏。

這是後話，暫且不提。

此刻的柳擎宇也絕沒想到，今天晚上，更大的危機還在等著他。

這次的新聞發布會雖然出現了一點意外，仍然算圓滿的成功。

南平市藉著這次發布會擴大了自己的影響力，證明了這是一次十分成功的省際經濟交流會；而南平市與蒼山市達成合作互助城市的決定卻將兩個城市擺在了媒體面前，對兩個城市的曝光率十分有利；胡海波和王中山也獲得了主要領導的認可。

可以說，領導人方面，都獲得了他們想要的結果。

至於姜新宇、柳擎宇他們得到的收穫就更多了，姜新宇獲得了令人震撼的政績，而柳擎宇則用實力向王中山，向整個蒼山市市委證明了自己的能力，雖然和李德林、鄭曉成間的關係惡化，但是對此柳擎宇並不在意。

柳擎宇忙完發布會已經是下午四點半將近五點左右了，距離展覽館閉館還有一個小時的時間，柳擎宇辭別王中山等人，前往展覽館。

在柳擎宇看來，哪怕是到了尾聲，依然不排除有投資商過來詢問的可能，新華區千里迢迢來參加這次活動，一絲機會都不能放棄。

皇天不負有心人！就在其他參展人員已經撤走一部分，很多人都在收拾東西，準備離開的時候，柳擎宇他們依然全部堅守在崗位上，認真地接待每一個參展觀眾。

五點五十五分左右，距離閉館還有五分鐘的時間，有一名五十多歲，穿著一身寬鬆休閒裝的老者在幾名身穿黑色西裝，戴著墨鏡的男人的簇擁下，邁步走入展覽館，十分隨意地看了起來。

此刻，幾乎百分之六十的攤位已經人去樓空，九成的攤位人心思歸，根本就沒有人願意接待這位老者和他身邊的人了。

很快，老者溜達地來到柳擎宇他們的攤位前。

此時，柳擎宇正在為一位民眾講解新華區的各種優勢和特點，最後，秦睿婕笑容可掬地拿出三套宣傳資料遞給這位民眾，此人心滿意足地離開了。

老者看到柳擎宇他們的表現，找了個座位坐下來，看向柳擎宇說道：「小夥子，我走得有點累了，能給我來杯茶水嗎？」

「沒問題，您稍等。」

柳擎宇找了個紙杯，往裡面倒了些茶葉，又從飲水機接了熱水後，找了一個紙杯架，把水杯放在老者的面前，笑著說道：「您請慢用。」

老人喝著茶水，也不說話，只是眼睛四處看著。柳擎宇等人就默默地站在旁邊等待著。

此時，展覽館內的廣播已經播放通知，請各家參展單位收拾東西準備離開。然而，這位老人卻坐在那裡不慌不忙地喝著茶，就好像沒有聽到廣播一般。

秦睿婕等人早已得到柳擎宇的告知，只要有一個客戶在場，他們就絕對不能表現出任何的焦慮和不滿。

二十分鐘！

這位老人喝茶整整喝了二十分鐘。柳擎宇他們就這樣默默地等待了二十分鐘，柳擎宇還為老人續了兩次水，應老人的要求換了一次茶葉。

老人沒有問任何問題，柳擎宇他們也就沒有去打擾老人。

二十分鐘後，老人讚許地看向柳擎宇道：「嗯，很好，你很有胸襟和氣度，好，我決定了，就衝著你們工作人員的這種態度，我們河西省新能源產業集團決定去你們蒼山市成立一家新能源電池、新能源汽車配件工廠，第一期投資十億！」

聽到老人這句話，柳擎宇當場瞪大了眼睛。

雖然柳擎宇看得出來這位老人不是個簡單人物，卻沒有想到開口一句話就要投資十億，即便是柳擎宇也感到十分不可思議。

柳擎宇並沒有急吼吼地要給老人提出各種優惠，反而十分認真地建議道：

「老人家，我不知道您是什麼人，我也不知道您所說的是真是假，但是我想要給您一個建議，投資建廠是件大事，尤其是涉及十億的項目，應該充分對當地的投資環境、交通情況甚至氣候等進行完整地調查瞭解再做決定。當然，這只是我個人的建議，也許您有您的想法，但是我認為我還是應該對您先說明一下比較好。」

老人笑了，指著柳擎宇道：

「你這個小子真的很聰明啊，竟然套我的話！好，我可以直接告訴你，我是河西省『正東新能源產業集團』的董事長李正東，我們『正東新能源產業集團』最近一直想要進軍東北市場，因為那裡的市場非常大，新能源產業的前景非常不錯。

「我們早就在考慮投資建設配件、組裝分廠，但是去哪裡投資一直沒有敲定，一方面是因為找我們進行公關的單位很多，另一方面，從我們調查瞭解到的情況來看，你們白雲省在各方面具有一定優勢，所以我心中已經確定要落戶在白雲省了。只是選在哪個城市，我還在思考，尚未決定。

「這次展會上，其實我已經派出好幾組人馬前來調查，讓我感到詫異的是，幾乎每個調查小組都認為你們新華區是最佳的投資地點，但是我進行過仔細的研究，新華區的地理位置甚至是交通方面，比起其他地市來，優勢並不是特別明顯。

「所以今天我親自過來一趟，你們工作人員所表現出來的素質讓我十分欣賞。尤其是你，身為一名副區長，能夠對我這樣一個看起來根本沒有誠意的人依然以誠相待，這充分說明你的人品非常不錯。所以，在你們新華區投資，我很放心。

「直接把你們的合同樣本拿出來，我看一下，如果沒問題的話，我現場就可以簽字確定了。」

這位李董事長做事如此果決，讓柳擎宇也大感吃驚。

看到柳擎宇眼神中的震驚，李正東笑了，說道：

「柳擎宇，不用震驚，我可以明確地告訴你，我也曾經是狼牙特戰大隊的一員，我是轉業後用了十五年的時間才得到今天的成就。我從你的身上，看到了我們狼牙特戰大隊的一些氣質，我很欣賞你。我相信我們可以合作的很愉快。」

說這些話的時候，李正東是壓低了聲音，湊到柳擎宇的耳邊說的。畢竟，某些保密條例還是要遵守的。

柳擎宇立即雙手抱拳，衝李正東一拱手，隨後雙手大拇指一按心口，對李正東微微一笑：「謝謝前輩支持。」

看到柳擎宇的動作，這次輪到李正東震驚了。因為這是狼牙特戰大隊大隊長獨有的與前輩狼牙打招呼的暗號，是向對方表明身分的一種獨特手勢，只有歷任狼牙大隊的大隊長才知道。

因為歷任狼牙大隊長的名字是保密的，只有自己的照片和代號掛在榮耀牆上。柳擎宇向自己發出這種暗號，顯然是認出了自己也曾經是狼牙大隊的大隊長。

李正東雖然從氣質上確認柳擎宇是狼牙，卻沒有想到他竟然是大隊長，而且這麼年輕就退役了。

不過李正東很快就釋然了，伸出手來，說道：「好，合作愉快。」

柳擎宇也伸出手來，在兩人握手的一剎那，李正東的手腕上緩緩加力，他這是在告訴柳擎宇，我要考驗考驗你。

柳擎宇笑容應對，手腕也逐漸加力。

兩人足足握了三十秒，這才緩緩鬆手。

李正東看向柳擎宇的目光中再次充滿了激賞，從剛才的試探中，他看出柳擎宇的實力非同一般，比自己當年只強不弱。

隨後，李正東看了一會合同樣本，提出幾條修改意見後，便當場簽了約，十分爽快。簽完約，彼此留下聯繫方式後，李正東便離開了。

看著李正東離去的背影，李曉霞用誇張的語氣說道：「柳區長，咱們這是要發啦！太意外了！就這麼一會兒時間，我們就將業績又翻倍了！」

就在這時候，柳擎宇的手機響了。

電話是李德林打來的。

柳擎宇不由得一愣。李德林在這時候打電話來做什麼？現在還沒有到開會的時間啊。

雖然心中有諸多疑問，柳擎宇還是接通了電話。

電話那頭，李德林的聲音顯得十分沉穩：

「柳同志啊，今天晚上的總結會你一定要準時參加，這是我們河西省之行最後一次總結協調會了，千萬不要遲到，你們新華區的表現我非常滿意。」

說完，李德林便掛斷了電話。

柳擎宇的眉頭卻越皺越緊。雖然外面落日的斜陽依然燦爛，但是柳擎宇卻從李德林這兩句看似無關緊要的提示中，感受到一股危險的氣息。

要知道，李德林可是市長，平時忙得不行，他怎麼可能擔心自己遲到而專門給自己打電話提醒呢？李德林到底有什麼目的呢？

一時間，柳擎宇還真想不出來，但是他總感覺到有些心神不寧。

一邊收拾東西，秦睿忍不住道：「你說李德林這個電話到底是什麼意思？我怎麼感覺不太對勁啊？」

柳擎宇苦著臉道：「是啊，我也覺得有些不對勁，卻想不出到底哪裡出了問題。」

秦睿婕突然眼前一亮，說道：「難道是因為這次的新聞發布會你沒有通知他參加，他對你懷恨在心，想要在總結會上狠狠地批評你一下？」

柳擎宇點點頭道：「嗯，倒是有這種可能，但是我認為，如果僅僅是這種原因，還不值得李德林親自給我打這個電話，而且從他的語氣中，我並沒有聽到任何的不滿和憤怒之意，反而感覺他打電話的時候，心態和語氣都十分興奮。這也是我覺得不對勁的地方。按理說，這麼出風頭的事情我沒有叫上他，他應該對我恨之入骨才對，但是他對我說話的語氣卻非常平和，這讓我感到十分不安啊。」

秦睿婕聽柳擎宇這麼說，也感覺到事情不太對。

在旁邊的曹淑慧聽了說道：「管他想玩什麼把戲，以你柳擎宇的性格，還能怕了他？」

「你有所不知，現在這種情況和以前我們在北京的時候不一樣，以前，我們只是小孩，想怎麼樣就怎麼樣，只要不太出格就成；現在不一樣，我是在官場上，很多規矩和規則都必須遵守，如果不是對方太過分的話，我是不能隨便使出強硬手段的。」柳擎宇苦笑道。

韓香怡嘆道：「唉，柳哥哥啊，看來你進了官場反而越混越沒意思了，還不如回北京，舒舒服服地過你的大少爺生活呢。」

柳擎宇搖搖頭道：「那種生活雖然是很多人嚮往的，卻非我之所願，你應該知道，我從小就立下志向，要進入官場，為老百姓多做一些事，現在，我既然進來了，就斷沒有再退出的道理。管他前路多艱辛，堅持下去就是了。」

曹淑慧若有深意地看了柳擎宇一眼，又瞧向秦睿婕，眼珠一轉道：「秦小姐，你是不是以後也肯定會一直在官場上發展啊？」

秦睿婕看到曹淑慧眼中充滿挑釁之意，立刻提高了警惕，謹慎地說道：「如果沒有意外的話，應該差不多吧。」

曹淑慧立刻逼問道：「如果我猜得不錯的話，秦小姐肯定是打定主意要緊跟在柳擎宇的身邊吧？」

挑釁？叫板？質疑？

曹淑慧這番很有火藥味的話說完後，其他幾個人，包括周坤華都紛紛看向秦睿婕。

不得不說，曹淑慧這番話直接把秦睿婕推到了一個十分難堪的境地，她如果不承認以後會緊跟著柳擎宇的腳步做官，那麼曹淑慧這個小妖精不一定會留著什麼後手呢；但是承認的話，當著這麼多人的面，不僅會感覺到不好意思，還會失去在下屬前的威嚴。

此刻，秦睿婕心中對曹淑慧恨得牙根癢癢，卻又不得不回覆她。

柳擎宇站在旁邊，頓時一陣無語，心說這兩個女人一湊到一起就內鬥不斷，再加上一個喜歡挑撥離間、火中取栗的小魔女韓香怡，還真是讓人頭大啊。

尤其是現在，柳擎宇想說什麼卻又不能說，只好閉嘴。

曹淑慧用水汪汪的大眼睛，充滿了興趣地看著秦睿婕，等待著她的回答。

好在秦睿婕也不是等閒之輩，略微猶豫了一下，便大方地說道：「曹妹妹，你猜得沒錯，我的確已經打定了主意要緊跟著柳擎宇的腳步，因為他是我的老領導，跟著他工作很有勁。而且還容易被提拔。」

秦睿婕用了一招乾坤大挪移，把曹淑慧的意思給刻意扭轉到另一邊了。

曹淑慧更不是省油的燈，見秦睿婕想要玩太極推手，立刻咯咯地笑著說道：「秦小姐，你真不愧是做官的啊，總是想盡辦法忽悠我們老百姓，我的意思是想問問你，你是不是喜歡柳擎宇，甚至是想要追他啊，所以才要緊緊地跟著他，看住他，糾纏他？」

曹淑慧這話一出口，原本正在忙著收拾東西的周坤華和趙偉傑、李曉霞等人全都放慢了動作，耳朵豎得老長，這樣一個大八卦，縱然是周坤華也不想錯過。

秦睿婕沒想到曹淑慧如此彪悍、固執，竟然一而再、再而三地向自己挑釁，她骨子裡潛藏的那種高傲、強勢顯露了出來，毫不掩飾地承認道：

「沒錯，我非常喜歡柳擎宇，我就是要倒追他，像柳擎宇這樣優秀的男人，我必須努力把握住才行，錯過可就沒有機會了。怎麼，曹小姐，難道你也對柳擎宇感興趣嗎？如果是這樣的話，我不介意和你展開公平競爭。」

彪悍！十分彪悍！這一刻，周坤華、李曉霞、趙偉傑等人全都被這位美女局長的氣勢給鎮懾住了。

曹淑慧也有些意外，秦睿婕竟然無視官場上的形象，直接承認喜歡柳擎宇。

秦睿婕的表現讓她很是不爽，她將火力轉向柳擎宇，說道：「柳擎宇，如果我記得沒錯的話，你曾經說過，廿六歲前絕對不會結婚，是吧？」

柳擎宇被流彈掃及，只能點點頭道：「嗯，我的確說過這句話。」

得到柳擎宇肯定的答覆，曹淑慧看向秦睿婕道：「秦小姐，據我所知，你比柳擎宇大三歲吧，如果柳擎宇廿六歲才結婚的話，那時候你已經廿九歲了，這還是實歲，虛歲的話都三十了，你難道不認為你這是老牛吃嫩草嗎？」

現場的火藥味更濃了。

雖然秦睿婕內心十分憤怒，卻有著超強的政治智慧與過人EQ，她感到曹淑慧再三地挑釁自己，目的就是讓她發怒甚至失控，那樣自己在柳擎宇心中的地位會立刻下降。

所以，秦睿婕不怒反笑，自嘲道：「老牛吃嫩草也是需要本事的啊，如果柳擎宇真的接受我的話，為了我的終身幸福，我不介意別人怎麼說。怎麼，曹小姐，你一直撩撥我，是不是對自己沒有信心啊？如果是這樣的話，我對追到柳擎宇的把握更足了。」

說完，秦睿婕走到一邊，閃開了曹淑慧後面的言語攻勢，同時，也把鬱悶留給了曹淑慧。

曹淑慧算是吃了一個啞巴虧，她算到秦睿婕很多反應，卻沒有想到秦睿婕會如此反應，她狠狠地白了柳擎宇一眼，隨即跟著忙碌起來。

這只是一個小插曲，當天晚上，吃過晚飯後，柳擎宇親自把曹淑慧和韓香怡送到了火車站，她們連夜趕回北京。而柳擎宇則搭車趕往國貿大酒店。

此刻，酒店會議室內，李德林、陸振豐、鄭曉成和其他的區長、區委書記等大部分人，幾乎都到了會場。

一場鴻門宴已經擺好，就等著柳擎宇來了。

當柳擎宇急匆匆地趕到會場時，時鐘恰恰指向八點十分。

柳擎宇沒有遲到，但是也沒有提前。他走進會議室，看到了眾多笑臉。

沒錯，就是笑臉。

會議室內，很多人的臉上都洋溢著笑容。然而，柳擎宇卻感覺自己好像走進了狼窩一般，他們的眼神，就像是一群狼在盯著一隻肥羊一般，給他一種心悸的感覺。

柳擎宇坐在自己的位置上，從在座眾人迥異的眼神中，他感受到一股不同尋常的氣息。

這時，李德林拉過話筒，開口道：「好了，柳擎宇同志雖然是最後一個到的，但是也沒有遲到，現在我們正式開會。今天會議的主題是『全市幹部上下一心，協調發展，共同建設美好蒼山。』」

聽到李德林竟然還擬定了會議主題，而不是按照以往開會時所採取的彙報模式，尤其是李德林特別強調了「協調」二字，柳擎宇更加狐疑了，他隱隱感覺到問題出在哪裡。

李德林接著說道：「各位同志，我們今天召開的會議是市政府系統的內部會議，所以，我希望在座的各位同志能夠遵守會議紀律，不要胡亂發言，不要胡亂洩密，更不要胡亂做事。」

李德林接連三個胡亂，再次讓柳擎宇感到會場內越來越詭異的氣氛。他有一種感覺，李德林所說的這三個胡亂，明顯是針對自己而發的。

柳擎宇眼睛瞇縫起來，他終於明白為什麼自己接到李德林電話的時候感覺有點怪怪的了，現在看來，李德林給自己打那個電話絕對不簡單啊。他倒是要看看，李德林到底打的什麼算盤。

李德林繼續發言道：「各位同志們，我今天在這裡再次強調一件事，那就是，這一次的省際交流會對我們蒼山市來說，是一次在市委市政府的指導下，各個區域展開的聯合行動，而不是某個區域、某個縣的單獨行動。

「我們的策略雖然是各個區域分設攤位進行招商引資，但是，所有招商引資的項目、合約，最終都需要由市政府、市招商局統籌協調，通盤考慮，最終從蒼山市的大局出發，做出對蒼山市整體發展最有利的決策。

「在這裡，我希望各位同志們都必須理解，服從，不能理解的也必須要理解，必須服從，否則一定嚴懲不貸。下面，請大家表個態吧，從路北區開始。」

路北區區長陸振豐立刻大聲說道：「我們路北區堅決服從市政府和市招商局的統籌規

劃安排，絕無任何異議。」

接著，其他的區長或者區委書記，也都分別表態支持李德林的提議。

第九章

辭職報告

離開韓明輝辦公室，柳擎宇並沒有離開市委市政府大院，而是來到市委副書記鄒海鵬的辦公室，拿出一份辭職書，放在鄒海鵬的桌上，淡淡說道：

「鄒副書記，這是我的辭職報告，請您簽個字吧。」

「什麼？辭職報告？」

直到這時候，柳擎宇終於看懂李德林的真實用意了。

柳擎宇徹底怒了！

怒極反笑！

好！好一招統籌安排，通盤考慮啊！

也就是說，自己帶著整個招商團隊費盡心血所拿下的成績，因為李德林簡簡單單的一句話，就變成了蒼山市市政府或者是市招商局的成績了，自己這個拿下項目的負責人反而失去了主導權。

這一招也太無恥了！

協調會？協調個屁！

柳擎宇雙眼中的怒火在熊熊燃燒。

這時，輪到鄭曉成表態了。鄭曉成立刻說道：

「我代表我們新華區向李市長保證，我們新華區堅決擁護李市長的建議，支持全市統籌安排，通盤考慮……」

鄭曉成的話還沒說完，柳擎宇便狠狠地一拍桌子，站起身來說道：

「鄭區長，我對你真的非常失望，身為堂堂的新華區區長，當新華區的利益受到損害甚至要被別人給瓜分的時候，你這個當區長的不僅不想辦法來維護新華區的利益，反而助紂為虐，為虎作倀，你真是太讓人失望了。

「之前某些人故意把我們新華區即將拿下的項目訊息洩露給別人也就罷了，今天你竟然做出如此吃裡扒外的事情出來，你真的無恥到沒有底限！

「還有，鄭區長，請你記住一點，你所能代表的僅僅是你自己，而不是整個新華區，因為新華區是有區委班子的，你能確定你的意見被所有區委班子成員接受嗎？你可以罔顧甚至出賣新華區的利益，但是其他的區委常委卻未必！……」

陸振豐立刻呵斥道：

「柳擎宇，你怎麼這樣說話呢？你這是和領導說話的態度嗎？什麼叫新華區的利益？難道你們新華區不是蒼山市的一部分？難道你們新華區的資金不是由蒼山市財政上劃撥出去的？難道你們新華區可以不接受市委市政府的領導？

「剛才李市長不是說得非常清楚了嗎，現在市政府之所以這樣處理，是從大局出發，通盤考慮，你一個小小的副區長，看到的只是你們新華區那點芝麻綠豆大的利益，李市長要考慮的是整個蒼山市的整體利益，更何況，你仔細看看，今天會議上除了你，有誰反對李市長的這個意見？少數服從多數，難道你不懂嗎？」

柳擎宇嘿嘿一笑：「少數服從多數？陸區長，你也好意思說出口！你以為人多就可以玩弄文字遊戲來壓人了嗎？我告訴你，別人吃你們這一套，我柳擎宇可不吃這一套。」

說到這裡，柳擎宇轉頭看向李德林說道：

「李市長，我想問問您，在這次省際交流會之前，您可曾說過這次交流會各個地方招商引資的成績要通盤考慮？這麼多年來，每年都有一次省際經濟交流活動，每年都有招商引資，哪一年你實施了通盤考慮，統籌安排？

「以前新華區招商引資成績那麼差，也沒有看到您幫忙協調幾個項目啊？現在我們新華區出成績了，其他縣區某些領導看著眼紅了，有些市委領導看著我們不爽，所以就想出這麼一招來統籌安排？還說什麼是協調會？放屁！這根本就是一場有預謀，想要強行摘桃子的會議！

「是，有些人可以無恥地打著統籌協調的幌子來摘桃子，甚至連鄭曉成同志都可以毫無節操、毫無底限地配合你們某些人摘桃子的行動。但是，我柳擎宇不同意！絕對不會向你們屈服和妥協。我要向市委王中山同志申訴，我倒要看看，這個蒼山市有沒有人可以出來主持公平正義！」

說到這裡，柳擎宇無視李德林那陰沉得嚇人的臉色，直接拿出手機，撥通了市委書記王中山的電話：

「王書記，我現在向您反映一個問題，我正在參加由李市長主持的一個會議，會議的主題是……實際上……」

說著，柳擎宇便把會議上李德林以及陸振豐、鄭曉成等人的話原封不動地複述出來。

說完，柳擎宇十分憤怒地說道：

「王書記，我想問問您，在這次省際交流會上，市委市政府有沒有做出決策，說是這次招商引資的成績要通盤考慮，統籌安排？是不是李市長身為市委領導，就可以隨意插手我們新華區的事？

「首先，我要說我柳擎宇絕對不是無組織無紀律的人，我願意服從市委市政府的一切安排，但是，我也需要公平和公正，如果在交流會之前，市委市政府下達了公文，我柳擎宇絕不會有任何異議，但是像現在這種一看就是想要搶功摘桃子的作為，我無法接受，我要提出嚴重的抗議。」

李德林被柳擎宇氣得雙手直發抖，雖然他早已預料到柳擎宇會反對自己的這個提議，甚至是十分激烈地反對，但是他也做好了應對準備，那就是利用少數服從多數的原則來壓制柳擎宇，再加上現場這麼多人用輿論來牽制柳擎宇。他相信，柳擎宇就算是心中不服，也只能乖乖就範。沒想到柳擎宇的反應竟然如此激烈！

最讓他感覺到不可思議的是，柳擎宇竟然當著這麼多人的面撥通市委書記王中山的電話，這明顯是不給自己一點面子啊！一個懂事的官員是絕不會這樣做的。柳擎宇難道不知道他這樣做會帶來多麼嚴重的後果嗎？

此刻，在電話那頭，王中山聽到柳擎宇的申訴之後，也被氣得不輕。

在那次新聞發布會上，柳擎宇已經將績效轉送到自己和姜新宇的頭上，現在李德林想要中途截胡，那可不僅僅是摘柳擎宇的桃子那麼簡單，他這是要把績效從自己的手中搶走啊！

豈有此理！真是豈有此理啊！

王中山怒了！

王中山的身分和柳擎宇可不一樣。在李德林的面前，柳擎宇即便是大吵大鬧，恐怕李德林也未必理他，畢竟級別和身分差得不是一點半點，王中山可就不同了。

王中山自然明白柳擎宇當著李德林的面給自己打這個電話的真實用意——借勢！

這個勢，自己必須借給柳擎宇，而且必須用力借！

否則，這個關係到自己未來升官的一個重量級砝碼績效被李德林如此輕易地給撬走了，那麼自己不僅丟人丟大了，恐怕上級領導也未必會喜歡和欣賞自己，畢竟，一個連自己的政績都無法捍衛的官員，誰敢重用？所以，於公於私，王中山都不能在這個問題上示弱。

王中山吩咐柳擎宇道：「你把電話免持鍵打開，我和李德林同志說幾句話。」

柳擎宇點點頭，按下了免持鍵。

王中山聲音低沉中帶著幾分憤怒，說道：

「李德林同志，我是王中山，剛才柳擎宇的申訴，我相信你應該也聽到了，我對你，或是你們市政府方面提出要將各個縣區招商引資項目統籌安排的提議非常震驚，蒼山市從來沒有如此先例。

「而且，據我所知，你們市政府也從來沒有提到過這件事，這樣做對新華區這樣做出巨大成績的地區也十分不公平。你如果真的這樣做的話，將會極大地挫敗新華區同志們的招商積極性，說句不客氣的話，你這樣根本就是在摘桃子，是在鼓勵下面的幹部們坐在那裡等著現成的好處，對你這種做法，我個人表示強烈反對。

「李同志，我建議你立刻叫停此事，這件事關係重大，如果操作不好，後果將會非常嚴重。好了，我的話就這麼多。」

說完，王中山直接掛斷了電話。

此時，會議室內靜悄悄的，所有人都看出來，因為這件事，不僅柳擎宇和李德林徹底反臉，就連市委書記王中山和李德林也鬧僵了。

讓眾人詫異的是，柳擎宇膽子夠大，竟當著市長的面給市委書記打電話告狀，還能讓王中山出面挺他，這讓眾人真正意識到，傳聞中柳擎宇是王中山的嫡系人馬的事恐怕是真的。

甚至有人還想起了在蒼山市官場上流傳得越來越瘋狂的一個八卦，那就是柳擎宇很有可能是王中山的私生子。

以前還沒有人相信，但是現在，不僅很多人對這種傳言增加了幾分相信度，就連李德林心中都有些懷疑柳擎宇是王中山私生子這件事是不是真的。

眼下面子徹底被柳擎宇弄沒了，李德林只好說道：

「好了，今天的會議就先開到這裡，但是，這次協調會並沒有結束，回去之後，我會在常委會上提起這件事的。我再重申一點，不管新華區取得什麼樣的成績，都是在市委市政府的指導下取得的，如果沒有市委市政府積極組織此事，你們新華區根本不可能取得今天的成績。我之所以提議統籌協調，通盤考慮，為的不是我自己，而是為蒼山市的全體老百姓，為了蒼山市的長遠發展。」

然後便自行轉身向外走去。

柳擎宇的第一次河西省之行，就在他和李德林間這種劍拔弩張的對峙中落下了帷幕。開完會，柳擎宇再次前往陳建嶸家裡去看望了一下老爺子，和他聊了兩個多小時，這才回賓館。

第二天，柳擎宇帶著整個團隊坐火車返回蒼山市。

雖然新華區取得了耀眼的成績，但是眾人臉上卻看不到一絲笑容。因為大家都已經知道了李德林提出的統籌協調的提議。

眾人心中都非常憤慨，卻又無處發洩。畢竟提出提議的人是市長，雖然他們十分不服氣，也只能被迫接受。

柳擎宇目光從眾人的臉上一一掃過，他可以看出眾人心中的擔憂。畢竟，每一個團員為了這次的交流會付出了很多汗水。對他們來說，業績如果坐實了的話，將會成為他們最為輝煌的績效之一。

其實，在柳擎宇看來，這些人並不是沒有能力，而是以往缺乏一個像秦睿婕這樣能夠一心為公的領導，缺乏一個好的激勵機制。

秦睿婕做出承諾，如果這次項目資金全都落實，每個人至少可以獲得高達二十萬的獎金，不可謂是小數目。然而要是統籌安排的話，不僅績效沒有了，就連獎金也沒戲了。

柳擎宇輕輕拍了拍手，激勵眾人道：

「各位，別那麼沒精打采的，雖然有人看我們獲得逆天的成績十分妒忌，但是請大家放心，有我柳擎宇在，有秦睿婕同志在，沒有人能夠輕易把這個桃子摘走！請大家記住我今天講的話，那些人再怎麼折騰，也無法抹去大家所付出的辛苦，不管他們如何干擾，誰也不能影響秦同志執行新制定的獎勵機制。

「當然，我不能保證我說的話立刻兌現，但是，只要大家團結一心，只要大家把更多的精力放在工作上，大家都可以獲得十分遠大的前程。就算是我們的成績真的被李德林他們給拿走了，我柳擎宇也可以保證，我讓他們怎麼吃進去的，就怎麼給我吐出來。」

柳擎宇信心喊話完，眾人臉上的表情逐漸有所好轉。

雖然有人認為柳擎宇說這些話是在寬慰眾人罷了，但是這番話讓大家看到了一絲希望，他們也聽說過柳擎宇以前當關山鎮鎮長和景林縣城管局局長時的輝煌歷史，所以眾人的情緒都好了很多，開始有說有笑起來。

周坤華默默地坐在旁邊，看著柳擎宇在那裡為大家鼓勁，心中暗道：這個副區長和之前的副區長比起來真是強太多了，就連秦睿婕這個美女局長比起前任局長姚占峰來也強太多了，姚占峰那個人，除了會溜鬚拍馬以及搞鬥爭，撈錢，打麻將外，正事基本上一點不幹，看看人家柳擎宇和秦睿婕，剛剛上任便帶著眾人取得了如此輝煌的成績。

周坤華非常清楚，如果這次的成績沒有人來分一杯羹的話，那麼一旦秦睿婕提升，他這個常務副局長轉正幾乎是板上釘釘的事情，甚至有可能會提拔到更重要的崗位上。只是他對官場上的很多事情都看得十分透徹。

有些官員，他們雖然自己不會幹事，但是撈起政績來卻很有辦法，好比李德林，這個人在蒼山市的勢力極其龐大，王中山雖然強勢，但是到蒼山市這麼多年，卻依然無法打破李德林的關係網。

所以李德林既然想插手這次新華區的招商項目，恐怕就算是王中山出面也未必有用啊，因為李德林所編織起來的龐大利益關係不是一般人能想像的。

柳擎宇也不禁暗暗打量著周坤華，對周坤華，柳擎宇一直採取的是放任自流的態度。他用周坤華，只是因為他的能力很強，但是卻不信任他，是因為柳擎宇有一種感覺，這個周坤華是一個極有城府之人。

不過周坤華在這次交流會的表現，柳擎宇還是很滿意的，也和秦睿婕談過他，秦睿婕表示，對這個副局長，她該放權的地方就會放權，不會去約束他，希望他能夠更好地發揮他的能力，為新華區的招商引資做出貢獻。

回到蒼山市的第二天下午，柳擎宇在辦公室裡思考著對於這次所簽訂的項目，各自適合的用地應該如何安排。

以前，柳擎宇是因為沒有項目而發愁，現在卻又因為有項目而發愁，因為項目太多，可是新華區的工業用地卻並不多，如果這些企業全部引入的話，土地供給便出現了問題。

柳擎宇現在是幸福的煩惱。

就在柳擎宇煩惱的時候，蒼山市市委常委會上，針對新華區招商引資項目的統籌協調一事，王中山和李德林展開了激烈的交鋒。

會議由王中山主持。

會議一開始，王中山便直接把這件事情提了出來，簡單地講述了一下這件事的經過，隨後沉聲道：

「各位同志，李德林同志所提議的統籌協調辦法我不贊同，但是李同志堅持要這樣做，今天，我們就把這件事情擺到常委會上，大家一起討論一下。」

王中山話音剛落，李德林的鐵桿盟友鄒海鵬便發言道：

「我贊同李同志的意見，隨著蒼山市經濟的騰飛，各地區的發展越來越不均衡，所以，為了使各地區均衡發展，讓每個地區的老百姓都能夠享受到經濟成果，我認為應該統籌協調，這樣可以做到資源的充分高效利用。」

凡是和柳擎宇有關的事，鄒海鵬是絕對不會放棄打擊柳擎宇的機會的，更何況，李德林的這個提議執行後，他也有利益可撈。

鄒海鵬說完，常務副市長唐建國便抬起頭來說道：

「我不同意鄒同志的意見。我並不是反對統籌協調，而是反對這種明顯有針對性的統籌協調。據我所知，以前新華區沒有做出成績的時候，李德林同志從來沒有提出要統籌協調的建議，更從來沒有對新華區進行過照顧，這一次，新華區做出了如此耀眼的成績之後，偏偏要統籌協調，這不是擺明了針對的是新華區，甚至是針對柳擎宇嗎？

「李市長，鄒副書記，我認為你們這樣做很不好啊！如果這樣做了，你們讓新華區的同志們怎麼想？你們讓柳擎宇怎麼想？

「每年都有招商引資行動，如果今年統籌協調了，那麼明年還要不要實施？如果實施，那麼明年還會有哪個縣區願意努力去招商引資？誰也不會願意，因為累死累活地做出成績，最終卻是為他人做嫁衣，這樣的事誰也不會想做的。如此一來，明年我們的招商引資成績將會大幅下跌。

「說實在的，本來我們蒼山市的招商引資能力在全省就排名靠後，今年剛有起色，你們就非得搞什麼統籌協調，你們這根本就是在焚琴煮鶴，飲鴆止渴，過河拆橋啊！這樣做，會寒了同志們的心的。

「如果今年你們實施，明年不實施了，這不正說明你們是針對新華區嗎？不正說明你們是眼紅，看人家新華區取得了如此成績，就要搶業績嗎？說實在，大家都已經是市委常委了，真的沒有必要和柳擎宇這樣一個小小的副區長過不去，說出去只能讓外人笑話。」

唐建國做人做事一向光明磊落，有啥說啥，在市裡一向有「大炮」的綽號，誰都敢轟，也正是因為如此，他才在常務副市長的位置上一坐多年，很難有所升遷。而他對柳擎宇的欣賞更是毫不掩飾。

李德林和鄒海鵬的臉色都有些難看，唐建國這番說話很明顯是在發洩對兩人的不滿。

韓明輝立刻跳出來反駁道：

「我不贊同唐建國同志的意見，唐同志，你這是以小人之心度君子之腹啊，你完全曲解了李市長的意思，李市長這個提議的出發點是針對全市日漸不均衡的發展現象所採取的不得已的辦法。

「今年也許新華區會吃點虧，但是明年就不一定了，我相信，這個統籌安排的政策，市裡一定會根據不同的情況做出相應調整的。對市政府來說，不管是新華區也好，其他區也好，手心手背都是肉，根本就沒有什麼你所謂的針對誰不針對誰的問題。我認為李市長的提議非常好。」

要說胡攪蠻纏，韓明輝絕對是個高手。經過他這麼一說，唐建國剛才所說的那些話的分量一下子就弱了很多。

雖然他這些話根本就是在胡攪蠻纏，但是一旦胡攪蠻纏到了一定境界，還是很有威力的。

涉及柳擎宇，市紀委書記孟偉成毫不猶豫地表態了：「我支持王中山同志的意見，絕對不能讓同志們寒心。」

孟偉成的表態，令現場很多人都大吃一驚。

以往孟偉成一向採中立態度，就連今天開會前，李德林和鄒海鵬在討論會上情況的時候，還預測孟偉成會保持中立呢，沒有想到孟偉成竟然跳出來支持王中山。

李德林和鄒海鵬的臉色刷的一下變了。

李德林更是冷冷地看了孟偉成一眼，然而，孟偉成說完後，便低下頭去不再說話了。

看到這種情況，李德林眼珠一轉，朝韓明輝使了個眼色，韓明輝立刻說道：「我不同意孟偉成同志的意見……」

隨後，在李德林的授意下，韓明輝和鄒海鵬的配合幫腔下，整個會議成了韓明輝、鄒海鵬兩人合作舌戰唐建國的局面。

看到這種局面，王中山不由得一皺眉頭。

這時，李德林出來打圓場道：

「王書記，我看這樣一直爭論下去也不是個事，要不咱們先休息十五分鐘，讓大家冷靜一下，等休息完，我們再接著開會？」

王中山想想也好，點點頭道：「好吧，那就先休會，大家都先冷靜冷靜。」

散會之後，李德林、鄒海鵬兩人立刻回到鄒海鵬的辦公室，關起門，密謀起來。

十五分鐘後，會議再次開始。

這次，鄒海鵬和韓明輝全都偃旗息鼓，不再去撩撥唐建國。

但是，這時候表決的速度突然加快。先是市委組織部趙東林表示支持王中山，讓王中山那邊一下子獲得了四票支持。

隨後，本該堅定支持王中山的市委秘書長葉明宇突然表示棄權，讓王中山大吃一驚。緊接著，東陽縣縣委書記楊光民、市人武部政委郭海洋接連選擇棄權，更是讓王中山有些措手不及。

因為本來昨天他已經和這兩個人溝通得差不多了，兩個人都說會支持他，現在，自己這邊最有希望的三張票竟然全都出現了意外，讓王中山突然發現，李德林提議休息十五分鐘其實是一個陷阱。

只是他現在才意識到已經晚了。

隨後，市委統戰部部長張浩軒表示棄權，市政法委書記董浩、市委宣傳部部長王碩先後表態支持李德林，如此一來，常委會上最終的表決結果大大出乎王中山的預料，這一次，他以四票對五票，一票之差輸給了李德林。

表決完後，李德林笑著看向王中山，說道：

「王書記，您看，現在結果已經出來了，我們市政府方面是不是可以就招商引資結果一事進行統籌協調呢？」

此刻，李德林志得意滿，看向王中山的時候，眼神中充滿了得意之色，在他看來，一切盡在他的掌控之中。

王中山對這次常委會上的失敗有些不甘，有些鬱悶，卻又無可奈何。畢竟，誰也不能保證能夠一直掌控常委會上的大局。尤其是在蒼山市，李德林的勢力非常強大，自己能夠和他戰成平手就已經非常不錯了。

不甘聽到李德林向自己炫耀和挑釁，王中山臉色一寒，冷冷地回道：

「李同志，對常委會表決的結果，我王中山沒有任何異議，我尊重大家的選擇，但是，在這裡我要提醒大家一句，柳擎宇同志不是一個省油的燈，什麼事情最好不要做得太過，否則的話，一旦這件事情鬧大了，恐怕你們不好收場。我言盡於此。」

說完，轉身向外走了出去。

一邊走，王中山一邊拿出手機撥打柳擎宇的電話。

柳擎宇看到電話是王中山打來的，心中就是一動。

他知道今天要召開市委常委會討論新華區招商引資的統籌協調一事。現在，王中山打電話來，應該是會議結果出來了。

柳擎宇不由得皺起眉頭：為什麼是王中山親自打電話來呢？按理說，這種事只需要讓他的秘書通知一下自己就可以了。

柳擎宇很快接通了電話。

「小柳，告訴你一個十分不好的消息。」王中山的聲音流露出幾分疲憊，幾分憤怒，還有幾分失望和愧疚。

聽到王中山這樣說，柳擎宇心中便升起一絲不妙的預感，不過柳擎宇對此早有心理準備了，鎮定地道：

「王書記，是不是和我們新華區招商引資的事有關？」

王中山充滿愧疚和自責地說道：「是啊，這次恐怕真的要讓你失望了，本來我認為我有很大把握阻止此事的，卻不知道李德林到底是怎麼運作的，有兩個常委在最終討論中全都選擇了棄權，這讓我十分被動。最後以一票之差敗給了李德林，看來我真的有些輕敵了。」

王中山語氣中充滿了真誠，對於失敗一事並不隱瞞。雖然柳擎宇只是一個小小的副處級幹部，但是他從來沒有把柳擎宇當成一個普通的下屬來看待。

尤其是經過這次柳擎宇轉讓政績的行動之後，他可以清楚地感受到柳擎宇這個年輕人做事的心胸和氣度，雖然現在的柳擎宇看起來還存在著諸多缺點，但是他相信柳擎宇這樣的人一旦發展起來，絕對會一飛沖天的，因為柳擎宇是一個做大事的人。

所以，基於這種認識，王中山在適當地保留一個市委書記必要尊嚴的前提下，盡可能放低身段來和柳擎宇進行交流。

聽到王中山這樣解釋，柳擎宇清楚王中山已經盡力了。對這種結果，他也有著一定的預期，所以，他反而安慰王中山道：

「王書記，雖然結果並不理想，但是我們大家都努力了，身為下屬，我非常感謝您一直對我在工作和生活上的關照。這件事接下來就看我的吧。」

柳擎宇的話就說到這裡，其實，他後面還有一句話沒有說出來，那就是：「我會用實際行動來給那些想要摘桃子的人一個深刻的教訓。」

王中山聽了柳擎宇的話後，心情緩和很多，他知道柳擎宇並沒有怪罪自己。而柳擎宇的最後一句話，則讓王中山心中對柳擎宇充滿了期待。

和柳擎宇打過幾次交道後，王中山已經看出了很多東西。這個柳擎宇往往能夠在一般人認為最不可能翻盤的時候翻盤，在一般人意想不到的角度打出最致命的一拳。

現在，他在正面對抗李德林的戰鬥宣告失敗，只能寄希望於柳擎宇這個誰也意想不到的角度還擊了。

然而，王中山雖然想到柳擎宇會打出令人意想不到的招數，卻沒有想到柳擎宇的招數竟然讓他差點抓狂！

就在柳擎宇接到王中山電話後不到二十分鐘，他的手機再次響了起來，這次打來的是副市長韓明輝。

韓明輝用一副高高在上的命令式語氣說道：

「柳擎宇，現在我代表市政府通知你一聲，請你和新華區招商局儘快把這次經濟交流會上所簽訂的合同、項目，以及投資商的聯繫方式等所有資料交到我這裡來，由市政府負責統籌協調。」

「哦，知道了。」說完，柳擎宇便掛斷了電話。

電話那頭，韓明輝聽到柳擎宇竟然自己掛斷電話，氣得一拍桌子：「柳擎宇，你真是太狂妄了，居然連我這個堂堂的市委常委的電話都敢掛，太沒有規矩了。」

不過，發火過後，他站起身來點燃一根菸，狠狠吸了一口，隨即冷笑道：「柳擎宇啊柳擎宇，這次市委常委會結果都出來了，我看你如何應對，這次坑不死你?!」

過了一會兒，韓明輝、鄒海鵬、董浩三人齊聚在市長李德林的辦公室內。

董浩面有難色地說道：

「李市長，雖然市委常委會已經有結果了，但是我擔心柳擎宇這小子不肯執行市委常委會的決定啊，相信大家都應該記得，前段時間在翠屏山風景區這個項目上，柳擎宇也曾經強行抗命，甚至還唆使投資商在北京召開了一次記者會。最後觸怒了省委領導，強勢壓了下來，讓柳擎宇得逞，如果這次柳擎宇還是那樣玩的話，恐怕對我們沒有什麼好處啊。」

原本心中十分興奮的韓明輝聽了心中一顫，這才想起來的確發生過這樣的事。這個柳擎宇似乎很有些能力啊，臉色不禁暗沉下來。

鄒海鵬臉上也帶著一絲憂鬱說道：「嗯，不排除柳擎宇會這樣做，這個年輕人做事根本就不考慮影響和後果，是個十分讓人頭疼的主。」

李德林卻是老神在在地說道：

「無所謂，這次柳擎宇愛怎麼鬧就怎麼鬧，讓他隨便鬧，我們無需理會，因為這一次我們師出有名，而且統籌協調也是市委常委會上確定的事，並沒有把這些項目拿給別的地市，只不過是不全都放在新華區。

「而且，退一萬步講，就算真的把這些項目都放在新華區，新華區的土地承載量有這麼大嗎？以新華區的現狀，根本不可能放得下這麼多的項目。就算是省委領導質問，我們也沒有什麼可擔心的，僅僅是土地一項就足以應付省委領導的質問了。其他的我們更無需擔心。

「不過，我們還是要對這小子嚴加防範，一會兒大家分工一下，把控好宣傳、媒體，確保一切都在我們的掌控之中。」

韓明輝皺著眉頭說道：「如果柳擎宇不聽從我們的指示，把那些項目和聯繫方式給我們送過來，我們怎麼辦？」

李德林嘿嘿一陣冷笑：「不送過來？那正好，我們正缺少一個適當的理由把他給免職，一個連市委常委會討論通過的結果都敢拒不執行的官員，我們蒼山市還要他幹什麼，直接就地免職，那時候，恐怕就連王中山都說不出什麼來。」

鄒海鵬立刻點點頭說道：「嗯，沒錯，現在我們不怕柳擎宇不把資料送過來，就怕他背後使壞……」

隨後，幾個人又商量了一會兒，這才各自回去，展開各自的工作。

然而，韓明輝沒有想到、鄒海鵬沒有想到、李德林更沒有想到的是，柳擎宇的動作竟然是那樣迅速。

韓明輝剛剛回到辦公室後不久，他的秘書便走了進來，告訴他柳擎宇來了。

韓明輝一愣，問道：「真的是柳擎宇來了？」

秘書回答：「是的，他現在就在外面，手中還拿著一疊資料。」

韓明輝心頭一喜，立刻說道：「好，讓他進來。」

柳擎宇手中拿著所有的合同以及投資商的聯繫名單、聯繫電話等資料，邁步走進韓明輝的辦公室。

進門後，柳擎宇把所有資料放在韓明輝的辦公桌上，然後把放在最上面的簽收單遞給韓明輝，說道：「韓副市長，這些是這次我們新華區所拿下的合同、項目的資料，這是簽收單，請您審查一下，簽個字。」

韓明輝看到眼前那厚厚的一疊合同，內心震撼無比。尤其是當他看到簽收單上，統計金額竟然高達二十多億後，內心的震撼簡直無以復加。

他本來聽說新聞發布會上柳擎宇他們一共拉到了十多億的合同，怎麼一轉眼就變成了二十多億呢？

韓明輝強壓下內心的震撼和激動，仔細地一項項地審查，當他看完後，他從內心對柳擎宇高高地豎起了大拇指，這個柳擎宇的工作能力真的不是普遍的厲害啊！短短四天展會，他竟然帶著整個團隊引來了二十多億的項目，比其他十多個區縣加在一起都要多。如果不是彼此之間的矛盾已經無法調和，他真的願意好好提拔提拔柳擎宇，讓他成為自己的人馬。

這個年輕人太有才了。可惜不能為自己所用啊。

審查完所有資料，韓明輝乾脆地在簽收單上面簽字，柳擎宇拿著簽收單邁步走了出去，沒有再多說一句話。

離開韓明輝辦公室，柳擎宇並沒有離開市委市政府大院，而是來到市委副書記鄒海鵬的辦公室，拿出一份辭職書，放在鄒海鵬的桌上，淡淡說道：

「鄒副書記，這是我的辭職報告，請您簽個字吧。」

「什麼？辭職報告？」

鄒海鵬看到擺在面前的辭職報告，眼睛一下子瞪大了。

在鄒海鵬的腦袋中，曾經模擬了無數種柳擎宇逆襲的方案，甚至連王中山到白雲省省委去運作的可能性他都考慮到了，唯獨沒有想到柳擎宇會辭職。而且還是在這個時候辭職。

難道柳擎宇想要把所有的項目全都給帶走不成？

想到這種可能性，鄒海鵬立刻沉著臉說道：「這次交流會的合同以及其他資料，你都移交給韓副市長了嗎？」

柳擎宇沒有說話，直接把韓明輝簽字確認的簽收單放在鄒海鵬的面前。

鄒海鵬拿起來仔細確認了，發現的確是韓明輝的簽名，這才放心。

他開始思考起來，陷入了沉思。

這個柳擎宇到底是怎麼想的？為什麼要辭職呢？難道他真的對官場生涯厭倦了嗎？

嗯，不排除這種可能。畢竟，柳擎宇的個性太孤傲了，和整個官場的氛圍有些格格不入。

柳擎宇靜靜站著，等待著鄒海鵬的回覆。

想了一會兒，鄒海鵬突然說道：

「柳同志，我不想批准你的這份辭職報告。因為像你這樣能幹的幹部真的是很寶貴啊，我不想讓你因為一些小小的想法就對官場產生厭惡，那樣是非常不對的。

「柳同志，我建議你還是收回這份辭職報告，回去好好想一想，有什麼想不開的，可以找我或者李市長談談嘛，其實，我和李市長都是愛才之人，對於真正能幹事的人才，我們也是非常重視的，重用提拔也是必須的，要不你再考慮考慮？」

鄒海鵬雖然因為兒子鄒文超的事對柳擎宇心生怨恨，但是此刻，站在領導的角度上，他對柳擎宇終於生出了一絲愛才之心。

當然啦，前提是柳擎宇必須加入他們的陣營。否則柳擎宇就算再優秀，他也會毫不猶豫地對柳擎宇出手的。

然而，柳擎宇絲毫不為所動地說道：「非常感謝鄒副書記的好意，辭職這件事我已經考慮得非常清楚了，心意已定，您就批准了吧。而且說句實話，我柳擎宇是個潔身自好之人，雖然算不上出淤泥而不染，但是也不願意整日混跡於淤泥之中，很多事情對我來說，只有對與錯之分，對就是對，錯就是錯。」

話，柳擎宇並沒有說得太透，但是卻堅定地表明了和鄒海鵬等人劃清界限的意思。

鄒海鵬的臉色因為柳擎宇的這番話暗沉了下來。這個柳擎宇實在是太不識好歹了，自己勉強壓下不滿，想要拉攏他，卻沒想到他竟然還不領情。

鄒海鵬是個極有個性之人，而且睚眥必報。他在柳擎宇臉上掃了一眼，和柳擎宇對視了兩秒鐘，發現柳擎宇的眼神中竟然流露出對自己的不屑和蔑視，鄒海鵬的眼神漸漸冷凝，毫不猶豫地拿筆在上面簽下了自己的名字，然後說道：

「柳擎宇，你應該清楚一點，雖然我批准你辭職了，但是你能否真正辭職，甚至能否全身而退，還是個未知數，因為按照白雲省的規定，所有科級以上幹部辭職前都必須進行財務審核，只有財務審核過關了，你才有可能拿到正式的辭職公文。」

柳擎宇淡淡說道：「這一點我一點都不擔心，我願意接受審計部門的審查。」

說完，柳擎宇拿著鄒海鵬簽了字的辭職報告，前往李德林的辦公室。

李德林此刻已經得知柳擎宇要辭職，所以看到柳擎宇遞來的辭職報告後，也立馬簽了字。

隨後，柳擎宇來到市委書記王中山的辦公室。

王中山本來正在會見下屬，聽到秘書說柳擎宇過來了，和下屬匆匆聊了兩句之後，便把對方打發走了，讓秘書把柳擎宇喊了進來。

王中山好奇地看向柳擎宇，說道：「小柳啊，你今天來所為何事？」

柳擎宇把手中的辭職報告往王中山的桌面上一放，沉聲道：「王書記，這是我的辭職報告。」

「什麼？辭職報告？」

王中山心頭好像被鐵錘狠狠地砸了一下一般，腦袋嗡嗡直響。

在他想來，柳擎宇一定有驚天的妙招後手來應對這次危機，沒有想到等來的竟然是他的辭職報告！

他打開辭職報告一看，頓時氣得火冒三丈，只見辭職報告上，新華區區長鄭曉成、區委書記姜新宇、蒼山市主管人事的鄒海鵬竟然都已經簽字了。

王中山的心中充滿了質疑和不解，他緊緊地盯著柳擎宇的眼睛。

雖然他可以直接詢問柳擎宇的想法，但是他畢竟是市委書記，有些話可以說，有些話卻不能說，尤其是在下屬的面前，即便是有些想法他想不通，也必須做出明白的樣子，因為這就是領導的威嚴，這是必須維護的，所以他想要通過觀察柳擎宇的表情來瞭解柳擎宇的真實想法。

然而，此刻的柳擎宇表情卻顯得十分平淡，讓人看不出一點痕跡來。

王中山有些失望。

不管從哪個角度來講，王中山都不希望柳擎宇辭職，因為柳擎宇的存在對於自己掌控新華區的作用是非常強的，柳擎宇到新華區才不到兩個月的時間，不僅取得了如此突出的政績，而且還掌控了招商局，最重要的是，他竟然把姜新宇這個李德林最鐵桿的嫡系給綁在了同一輛戰車上。

如果柳擎宇能夠在這個副區長的位置上站穩腳跟，自己就能透過柳擎宇把手伸到新華區，甚至能夠把姜新宇拉攏到自己的陣營裡，那個時候，自己就能逐漸掌控整個蒼山市的大局，甚至可以著手準備自己身上另外肩負著的重大任務了。

萬萬沒有想到，柳擎宇竟然在這個最關鍵的時刻要辭職！

王中山曉得柳擎宇這個人從來不按常理出牌，他甚至懷疑柳擎宇的辭職是不是一種以退為進的手段。但是當他看到這份簽滿了各級領導名字的辭職報告之後，他不敢這樣想了。

因為王中山非常清楚，一旦自己在這個辭職報告上簽了字，那麼柳擎宇就算徹底脫離體制了。

如果沒有柳擎宇與鄒海鵬、李德林等人那種惡劣關係，柳擎宇玩的是一招以退為進，有自己在，柳擎宇想要再回來也不是什麼難事，但是，現在的問題在於李德林這些人早就看柳擎宇不順眼，想盡辦法要把柳擎宇給搞下去，一旦柳擎宇真的走了，想再回來，比登天還難啊！恐怕退了之後再也進不來了。

想到這裡，王中山忍不住道：「小柳，這份辭職報告先放我這裡吧，我再研究研究，你先回去吧。這兩天你就不用上班了，好好休息。」

柳擎宇卻催促道：「王書記，現在就差您一個人的簽字了，要不您辛苦一下，簽完字我就徹底解脫了，再也不用為這件事而糾結了。」

「簽什麼簽?!你是市委書記還是我是市委書記？行了，這件事情就這樣吧，你先回去吧。」王中山忿忿地說完，便把柳擎宇的辭職報告放進了身下的抽屜裡，低頭批閱起公文來。

柳擎宇見狀，也只能搖搖頭，邁步向外走去。

王中山望著柳擎宇的背影，心中不禁琢磨起來：

這個柳擎宇到底是什麼意思呢？他到底是真的想要辭職，還是玩的是一種手段呢？我接下來該如何運作？

心中想著，王中山又拿出了柳擎宇的那份辭職報告，陷入了沉思中。

柳擎宇從王中山那兒離開後，和秦睿婕打了聲招呼，便離開蒼山市，帶著唐智勇前往關山鎮關山水庫釣魚玩去了。

雖然柳擎宇離開了，但是他提交辭職報告的消息像長了翅膀一般，很快飛遍整個蒼山市官場。

就在第二天上午，蒼山市市委常委會上，鄒海鵬提出，鑒於柳擎宇已經提交了辭職報告，雖然王中山那邊還沒有簽字，但是柳擎宇不在崗位上，考慮到柳擎宇所分管部門的正常運作，建議由市府辦一名副處長楊傑調往新華區接替柳擎宇，等王中山簽字後，就正式解除其所有職務。

儘管王中山多次強調他堅決不同意柳擎宇辭職，但是架不住李德林找到的盟友太多，最終投票表決後，王中山再次敗北，柳擎宇的副區長位置被拿下。

在楊傑上任的當天下午，新華區區委常委會召開。

經過一番較量後，新華區區委最終決定，將秦睿婕調往新華區老幹部局擔任局長，而原來的招商局局長姚占峰再次被調了回來，繼續擔任局長。

對於新華區的人事變化，柳擎宇完全一無所知，因為他把手機交給唐智勇，要唐智勇保管，他自己則是坐在水庫邊的躺椅上，手中拎著魚竿，瞇著眼睛打打盹。

深秋的陽光肆無忌憚地在柳擎宇的身上投射下一道道曖昧的目光，柳擎宇打了個哈欠，眼睛閉得更緊了，過了一會兒，一陣陣鼾聲響了起來。

唐智勇在柳擎宇身邊，看著他那酣睡的樣子，不由得笑了出來。

自己這位老大實在太有意思了，釣個魚居然還能睡著。更讓唐智勇佩服的是，自己這位老大竟然還有一項絕技，睡覺的時候也能把魚給釣上來。

過了十分鐘左右，就見柳擎宇的手腕突然一抖，隨後握著魚竿的手順勢向右側一拉，又向左側一帶，隨即向上一提，一條兩斤多重的大草魚便被柳擎宇給拉了上來。這時候，柳擎宇的鼾聲也戛然而止。

這是柳擎宇在特戰大隊時培養出來的特殊技能，為了能夠確保隨時都能進入深度睡眠以保障自己體力的恢復，他隨時都可以入睡，但是又能夠不忘警惕四周的情況，有任何風吹草動即會蘇醒。

正是這種特殊技能，讓他得以在最嚴峻的環境和戰鬥中存活下來。

柳擎宇緩緩睜開雙眼，晃動著魚竿，把魚拉到面前，丟進旁邊的水桶裡，隨後上好魚餌，把魚鉤再次丟進水裡，然後他又昏昏欲睡。

當柳擎宇第三次釣上一條金色大鯉魚的時候，唐智勇走了過來。

「老大，剛才我接了好幾個電話，說這兩天新華區那邊出大事了。」唐智勇顯得十分些焦慮。

柳擎宇一邊摘魚，一邊道：「出什麼事了？說來聽聽。」

「老大，你離開不久，市委便召開了常委會，李德林提議暫時免去你新華區副區長的職務，由市府辦的一名副處長楊傑接替了你的職務，秦睿婕調到了老幹部局；周坤華在招商局的位置雖然沒有動，但是分工卻被重新調整，現在主管的都是一些無關緊要的部門，被徹底邊緣化。可以說，你之前在新華區辛辛苦苦建立起來的那些人脈都已經被徹底打散了。」

柳擎宇聽了，眼睛再次瞇縫起來，打著哈欠說道：

「呵呵，沒事，這些早就在我的預料之中，讓他們隨便調整，隨便鬧吧，咱們只需要好好釣魚就成了。」

「王書記打電話來，說想和你溝通溝通，希望你能夠快點回來任職。你看要不要給他回個電話？」唐智勇探問道。

柳擎宇搖搖頭，拒絕道：「現在回去一點用也沒有，這時候，就算是王書記也沒有什麼好辦法。」

聽到柳擎宇竟然拒絕給市委書記回電話，唐智勇不由得心說：這老大就是老大，做事果然不同於一般。

這時候，柳擎宇的手機響了起來，唐智勇一看，是他老爸，常務副市長唐建國打來的。

柳擎宇伸出手來，說道：「那把電話給我吧，我跟唐叔叔聊兩句。」

王中山的電話柳擎宇可以不回不接，但是唐建國不同，因為畢竟有著唐智勇這一層關係。

電話接通後，唐建國關心地問道：「柳擎宇，你小子到底在哪裡啊？怎麼說了聲辭職後就連人都不見了？」

柳擎宇笑道：「唐叔叔，我在外面休假啊，我的辭職報告，現在就差王書記簽字了，所以我已經算是百分之九十離職的人，而且我的副區長位置也已經有人幹了，我現在可謂是無官一身輕啊！」

唐建國立即反駁道：「得了，柳擎宇，別人不瞭解你，我還不瞭解你嗎?!就你那個性，你肯吃虧？我才不相信呢！你老實說，你到底在玩什麼把戲？以退為進也不是這樣玩的啊，我看以現在這種情況，你想要恢復原職，基本上沒有任何可能性了，就算是再回到蒼山市官場恐怕都不太可能。」

柳擎宇淡淡說道：「唐叔叔，我可沒有玩什麼以退為進，我是真的想要辭職，我已經厭倦官場的爾虞我詐，巧取豪奪，太沒意思了，既然李德林他們想要摘桃子，那就讓他們自己去摘好了。」

唐建國又接連逼問了幾句，結果柳擎宇都是同樣的回答，看到實在從柳擎宇這邊問不出什麼東西來，唐建國也只能說道：

「擎宇啊，我雖然不知道你到底打的什麼算盤，但是我要告訴你一點，你千萬要記住，不要輕視李德林在蒼山市的實力。雖然平時看起來，王中山和李德林半斤八兩，勢均力敵，但實際上，李德林在蒼山市經營這麼多年，明線暗線無數，這次市委常委會上，王書記在你們新華區招商引資案統籌協調問題上敗北，便是一個十分有力的證明。現在你已經引起了李德林和他的盟友的一致敵視，他們是絕不會容忍你回歸蒼山市官場的，所以你小心一點，千萬不要玩火自焚。」

柳擎宇能夠感受到唐建國對自己是實實在在的關心，不同於王中山那種上下級間的客套，而是長輩對晚輩出自真心的關懷和叮嚀，便說道：

「唐叔叔，您放心吧，該怎麼做我心中有數。哼，想要占我柳擎宇便宜的人，得防備著被崩掉兩顆門牙。」

唐建國雖然不知道柳擎宇到底有什麼打算，但是聽到他這樣說，稍微放了些心。他既然不想吃虧，那麼必定留有後手。只不過這個後手，唐建國暫時想不明白。

掛斷電話，柳擎宇再次半睡半醒地釣起魚來。

第十章

好戲開場

柳擎宇臉上露出了一絲玩味之色，笑著對唐智勇說道：「智勇啊，好戲終於要開場了，你今天就不要陪我了，回去看戲吧。」

聽到柳擎宇讓他回去看戲，唐智勇就是一愣，不明白柳擎宇是什麼意思，看戲？有什麼好看的？

新華區區長辦公室內。

再次回鍋原來崗位的招商局局長姚占峰，正腰桿微微向前弓著，臉上帶著諂媚笑容，對坐在對面的新華區區長鄭曉成說道：

「老領導，經過對招商局的一系列調整，我重新掌控了招商局，市裡經過協調後分配給我們的那幾個項目，我都熟悉了，包括重點項目蕭氏集團和河西省環保集團的投資案，他們的廠址我已經選好了，下一步就是拆遷和徵地，這恐怕得您來幫忙協調一下。」

鄭曉成滿意地說：「嗯，不錯。和劉小飛以及陳龍斌聯繫得怎麼樣了？」

姚占峰連忙回道：「已經聯繫好了，他們明天上午一起飛過來對我們選定的地址進行考察。區長，明天得您親自主持接待他們兩個啊，沒有您，我們招商局就沒有主心骨啊，我已經跟區電視臺、市電視臺以及十來家新聞媒體聯繫好了，對明天接待行動進行全程跟蹤報導。」

姚占峰拍了一個大大的馬屁。

不得不說，姚占峰在工作上沒有什麼能力，拍馬屁的本事卻是一流，他知道鄭曉成最喜歡上電視，上報紙，所以和劉小飛和陳龍斌確定了行程後，第一時間便動用各種資源聯繫好各大媒體，為明天的接待工作進行宣傳，以突出鄭曉成的政績。

姚占峰知道，只要鄭曉成有政績，心情舒暢了，自己的日子就過得滋潤了。鄭曉成隨隨便便簽個字，招商局一年就可以多獲得幾十萬甚至上百萬的經費，而這些經費經過不斷轉手後，就會落入自己的腰包。

鄭曉成見姚占峰如此上道，立刻露出了滿意的笑容：「嗯，不錯，非常不錯，好，既然你們招商局盛情相邀，那我就勉為其難地替你們出面主持這次的接待行程。對了，通知姜新宇同志了嗎？」

姚占峰使勁地搖搖頭道：「沒有，老領導，我認為姜書記可能太忙，抽不出時間來，所以並沒有通知他。」

鄭曉成聽了更加滿意了，知道自己重新把姚占峰提拔到招商局局長位置是對的，經過失去，再次獲得招商局局長位置後的姚占峰不僅做事比以前更認真，對自己也更加忠心了，以後可以重點栽培一下這小子。

這官場上用人，一定要用最貼心之人，因為只有這樣的人，才會時刻維護你的利益。

第二天上午八點多，正在釣魚的柳擎宇便接到市招商局內線傳來的訊息，告訴他今天上午鄭曉成和姚占峰要一起去機場迎接劉小飛和陳龍斌。

聽到這個消息後，柳擎宇臉上露出了一絲玩味之色，笑著對唐智勇說道：「智勇啊，真正的好戲終於要開場了，你今天就不要陪我了，回去看戲吧。」

聽到柳擎宇讓他回去看戲，唐智勇就是一愣，不明白柳擎宇是什麼意思，看戲？有什麼好看的？

不過身為小弟，唐智勇知道柳擎宇的每一個舉動都大有深意，於是把手機交還給柳擎宇後，立刻乘車返回了蒼山市。

按照柳擎宇的指示，他直接回到新華區區委區政府大院，並且再次進入了小車司機班。

唐智勇在關山鎮和景林縣當司機的時候，為人十分低調，沒有人認識他，但是到了新華區，情況可就不一樣了，身為常務副市長的兒子，唐智勇在新華區是很有知名度的。再加上這次過來，柳擎宇並沒有要求他要對身分保密，唐智勇的身分在司機班並不是秘密；由於唐智勇人很隨和，又是常務副市長的兒子，雖然在司機班內混，誰知道啥時候一外放就成了某局的副局長甚至是局長了，所以大家也都有意交好。

尤其是司機班的正副隊長，和唐智勇的關係相當不錯。

唐智勇回到局裡之前，就和隊長王育才聯繫好了，讓他給自己留輛車，以便今天能夠混入迎接劉小飛和陳龍斌的車隊裡。

唐智勇的要求，王育才自然要滿足。

上午十點左右，區長鄭曉成、招商局局長姚占峰帶著有關部門的下屬，乘車趕往機場迎接劉小飛和陳龍斌。

路上，鄭曉成和姚占峰坐在一輛車內。

姚占峰滿臉紅光地看著鄭曉成說道：「老領導，您說等這兩個項目落地之後，您被提升成區委書記的事就應該指日可待了吧？」

鄭曉成的臉一下子笑開了花，他心中也是這樣認為的，而且已經開始暗中運作此事了，不過，考慮到這件事還需要保密，畢竟自己要上位，就得把姜新宇給弄走，雖然姚占峰是自己人，但是誰知道他會不會把消息洩露出去啊。

他立刻口是心非地板著臉說道：「占峰，這話可不能亂說啊，政績歸政績，位置歸位置，這些還是要等領導最終來決定。你好好幹，大有前途，這次的成績出來了，肯定少不了你的。」

「老領導，您放心吧，我姚占峰會緊跟您的腳步，不管什麼時候，只要您一聲令下，我會毫不猶豫地向前衝。」

姚占峰哪會看不出鄭曉成的心思，心裡想：你就裝吧，恐怕你心中現在樂開花了吧，你以為我不知道你正在運作嗎？哼，我只不過是裝不知道而已。這拍拍馬屁，位子就回來，這對我來說才是最划算的。等你升官了，再給你送點錢，送個美女，就不信你不幫老子弄個副區長的位子。

整個車隊承載著鄭曉成和姚占峰兩個人的憧憬和希望，一路風馳電掣，向機場駛去。

他們到機場等了二十多分鐘後，一架飛機呼嘯著從天而降，緩緩停穩。旋梯搭好，艙門打開，機上眾人魚貫湧出。

鄭曉成和姚占峰立刻帶人來到旋梯下方不遠處等待著。

過了一會兒，等人走得差不多了，劉小飛和陳龍斌兩人一前一後從飛機上走了下來。

兩人的腳剛剛著地，鄭曉成和姚占峰便立刻快步迎了上來，隔著還有三四米遠，鄭曉成便滿臉含笑，主動伸出手，就好像看到兩座金山一般，嘴裡熱情地說道：

「陳總、劉總，你們好，歡迎到我們蒼山市新華區來考察投資，我是新華區區長鄭曉成，代表我們新華區對你們的到來表示熱烈的歡迎。」

隨後，姚占峰也走過來，做了自我介紹，並和陳龍斌和劉小飛握手歡迎。

陳龍斌和劉小飛看到前來迎接自己的是鄭曉成和姚占峰，臉上雖然面色如常，但是心中卻疑惑起來。

當時姚占峰和他們聯繫的時候，他們以為柳擎宇很忙，也就沒有在意，但是現在柳擎宇竟然沒有親自前來迎接，這讓兩人心中微微有些不滿起來。

不過這裡並不是講話之所，所以兩人雖然頗有微詞，但是並沒有表現出來，仍是微笑著和鄭曉成、姚占峰寒暄了幾句。

「劉總，陳總，你們遠道而來，一定累了吧，我們已經為你們準備好了午宴，咱們先去吃個便飯，吃完飯之後，你們好好休息休息，下午我帶你們前去考察一下我們新華區，你們看怎麼樣？」隨後，鄭曉成說道。

劉小飛道：「不用那麼麻煩了，先直接帶我們去場地考察吧，吃飯不急。」

陳龍斌也點點頭道：「是啊，先考察場地吧，我們今天還得趕回去。」

聽到兩人的話，鄭曉成就是一愣，不過隨即討好道：「好的，好的，那就先帶兩位去預備場地考察一下。」

說完，鄭曉成把區政府辦主任喊了過來，吩咐了一番，十分熱情地把劉小飛和陳龍斌送上汽車，車子立刻前往姚占峰為兩家企業選擇好的場地。

豪華的賓士車上，鄭曉成和劉小飛坐在一起，姚占峰則陪著陳龍斌。

鄭曉成笑著看向劉小飛說道：「劉總，您放心，場地是我們招商局的姚占峰局長親自為你們選擇的，不僅土地價格比合同上約定的要便宜很多，而且在各種優惠政策上，我們都會比合同上規定的給予更大幅度的讓步，一定讓貴集團在我們蒼山市感受到家的感覺，而且在各種程序上，我們也會大幅度地進行縮減。」

鄭曉成一邊說話，一邊暗暗觀察著劉小飛的表情。這是他的殺手鐧，自己一上來就用這些柳擎宇根本沒有跟他們承諾過的優惠條件先把劉小飛給套住，這樣一來，讓他忽視柳擎宇存在的意義，甚至讓他徹底忘掉柳擎宇。

因為在鄭曉成看來，商人的本性都是逐利的，只要能夠獲得利益，他們並不在乎當權的人是誰。

鄭曉成說完，劉小飛先是一愣，隨即眉頭皺了起來，看得一旁的鄭曉成暗暗心驚。

劉小飛不解地問：「鄭區長，據我所知，你們新華區招商局局長不是叫秦睿婕嗎？怎麼又變成姚占峰了？」

鄭曉成眼珠一轉，連忙說道：「劉總，是這樣的，這段時間我們新華區人事有些變動，經驗比秦睿婕更豐富、資歷更老的姚占峰同志取代秦睿婕同志，擔任招商局局長一職，他會用他專業、熱情的態度來為貴集團的投資做好全程的服務工作，確保整個項目順利投產。」

聽到鄭曉成這樣說，劉小飛的眉頭皺得更緊了，半開玩笑地說道：「啊？大美女換成老男人啦，這可真是讓我有些失望了。鄭區長，柳擎宇啥時候過來啊？他說等我過來時請我喝酒的。」

鄭曉成心裡有些不安起來，勉強擠出一絲笑臉，作出很是真誠的表情說道：「劉總，是這樣的，前段時間柳擎宇同志遞交了辭職報告，現在他的職位已經被楊傑同志接替了，楊傑同志正在酒店那邊準備呢，他會好好陪好您和陳總的。您放心，我們會為你們做好一切的服務工作。其他的事你不需要擔心，新上任的楊傑同志比柳擎宇更加富有經驗。」

「哦，是這樣啊。我明白了。」

劉小飛點點頭，臉上顯得十分淡定，但是放在身側的拳頭卻緊緊地握住了，眼神中也漸漸露出一絲鋒利神色。

在另外一輛車上，陳龍斌和姚占峰的對話雖然和劉小飛與鄭曉成的不盡相同，但是陳龍斌也已經得知柳擎宇辭職、秦睿婕被調離的消息，他的眉頭也微微皺了起來。

陳龍斌便靠在座位上閉目養神起來，對姚占峰沒話找話之舉理也不理，姚占峰自覺沒趣，也就閉上了嘴巴。

車隊很快駛入新華區郊區，鄭曉成、劉小飛等人下了車，鄭曉成用手指著不遠的一片棚戶區以及一片種著莊稼的農田說道：

「劉總，陳總，那片土地便是我們規劃中的項目建設用地，現在我們的徵地、拆遷工作已經啟動，不超過三個月，土地平整和配套措施便會完畢。」

劉小飛下車後，伸出手來閉著眼睛感受了一下，隨即便搖搖頭說道：「不行，這塊地不適合做項目用地。」

一句話，鄭曉成和姚占峰等人全都傻眼了。

鄭曉成錯愕地看著劉小飛，眼神中充滿了不解，問道：「劉總，這個地方可是我們精心挑選的，不僅水電等基礎設施建設起來比較快速和容易，就連交通條件也十分便利，是最佳的建廠地址。」

劉小飛聽了，眼中閃過一道不屑的神色，看向鄭曉成，質問道：

「鄭區長，我想問問你們，你們選擇建廠地址的時候，有沒有一些內部規定的必須遵守的原則？」

劉小飛的話讓鄭曉成再次一愣，心中更加疑惑了，就連一旁的姚占峰也有些迷糊，想不通劉小飛這句話指的是什麼。

不過當著投資商的面，他們不能裝作外行，更不能什麼都不懂，所以，鄭曉成立刻厚顏無恥地說道：「劉總，我們選擇這塊土地是專家認證過的，這塊土地對你們工廠建設、後期的運輸、銷售等一連串動作都十分的有利。」

劉小飛和陳龍斌對視一眼，臉色都暗沉下來，眼中不屑的意味更濃了。

在他們和柳擎宇所簽訂的那份合同上，柳擎宇特別標註了一點，那就是，他們的工廠儘管建有污水、廢氣環保處理系統，但是必須建在下風處，畢竟，只要是工廠，就算再高科技，依然會產生一定的汙染，如果建在上風處，風一吹，汙染源就會傳入市區，對老百姓的生活造成影響。建在下風處就沒有這種顧慮了，再搭配必要的環保處理系統，基本上可以做到萬無一失。

眼前鄭曉成和姚占峰帶他們看的場址明顯是處於上風處的土地，一旦在這裡建廠，不免會產生潛在汙染，如果是柳擎宇來主持此事，是絕不會選擇這裡的。

而真正讓劉小飛和陳龍斌決定不選擇這塊土地的原因在於，兩人一致認為，如果鄭曉成和姚占峰連維護當地老百姓們最基本的權益都無法做到，他們能夠盡心盡力去維護自己投資方的利益嗎？

尤其是這上風口和下風口的選擇，表面上看，對投資方的利益沒有任何的影響，但是實際上，卻表現出鄭曉成他們那種急功近利的心態。

這一點，身為投資方的劉小飛和陳龍斌有著深刻的體認，這也是當初省際交流會上有那麼多優惠條件比起新華區多得多的地區他們不選，卻偏偏選擇柳擎宇主導的新華區的原因。

越是精明的投資商，對於細節越是看重。

面對鄭曉成的回答，劉小飛面色嚴肅地說道：

「鄭區長，對不起，我們不能選擇在這塊土地上投資，所以，今天的視察就到此為止吧，我們已經預訂了蒼山市新源大酒店為落腳之處，能不能麻煩你們先把我們送到那裡去？」

劉小飛這話一說出口，鄭曉成和姚占峰都有些傻眼。他們久混官場，察言觀色自然是強項，從劉小飛和陳龍斌的表情，他們突然意識到，這筆投資能否落地還有懸念啊。只是他們想不明白，為什麼劉小飛下車後只不過是閉著眼睛伸著手待了幾秒鐘，就做出決定不選擇這裡。

鄭曉成連忙滿臉陪笑道：「沒問題，沒問題，接送是我們應該做的，我們這就送各位去新源大酒店。」

這一次上車的時候，劉小飛雖然依然是鄭曉成陪同，但是和剛剛下飛機時相比，劉小飛的態度明顯冷漠了許多，對鄭曉成的話往往不置一詞，鄭曉成也感覺到有些尷尬，便乾脆閉上了嘴，心中也開始焦慮起來。

路上，鄭曉成提議說先去訂好的酒店吃飯，也被劉小飛給拒絕了，劉小飛說他和陳龍斌已經有安排，就不麻煩鄭曉成他們了，鄭曉成也只能表示遺憾。

等把劉小飛和陳龍斌送到新源大酒店後，鄭曉成和姚占峰便前往早已訂好的酒店吃飯，寬大、奢華的包間內，鄭曉成、楊傑、姚占峰等人滿臉嚴峻之色。

楊傑不解地問道：「區長，劉小飛他們為什麼拒絕咱們提議的那塊土地呢？按理說，那塊土地是非常好的地方啊，有些小投資商看中那裡，我都沒有給他們，劉小飛他們卻偏偏不要？這裡面是不是有什麼誤會呢？」

鄭曉成亦是一臉茫然：「這裡面的問題我一時間還真想不明白，這件事我已經向李市長彙報過了，估計一會兒李市長就會給出指示。」

鄭曉成的話剛說完，手機便響了起來，李德林的電話打了過來。

鄭曉成連忙站起身來，弓著腰接通了電話。

李德林聲音中帶著幾分威嚴說道：

「你跟我報告的事我思考了一會兒，我認為劉小飛他們之所以不選擇那塊地，有三種可能，第一就是和柳擎宇有關，可能他們和柳擎宇關係不錯，聽到柳擎宇辭職，心中不服，想為柳擎宇出口氣或者找點場面。

「第二，就是他們的確對那塊地不滿意，這一點需要你們和他們好好溝通，看看他們到底是什麼意見；如果對那塊土地不滿意，可以再調整，這兩個項目務必要拿下來，這兩個項目都是高科技，對於提高就業率和政績都很有幫助。

「第三，就是他們很有可能想要藉這種方式提高要價，想要我們提供更加優厚的條件。

「曉成啊，不管劉小飛他們到底是因為哪種可能，我現在給你一個任務，必須想辦法把他們搞定，讓他們在我們蒼山市投資。如果這種現成的政績你都把握不住，在市委這邊我很難向王中山交代。不管怎麼說，他畢竟是市委書記，主管人事，如果連這兩個已經到了嘴邊的項目你都吃不下，他要是提議動你，我很難阻止。你好自為之。」

說完，李德林便直接掛斷了電話。

聽完李德林這番話，鄭曉成笑了。

姚占峰和楊傑在旁邊對李德林的話也聽得很清楚，他們也笑了。

李德林話中，透露出十分重要的資訊。

第一點就是，王中山雖然在項目統籌安排上已經輸了，但是卻並沒有善罷甘休，他們需要小心應對；第二點則是，柳擎宇雖然辭職了，但是可能依然會想辦法攪黃這些項目來進行報復；第三點則是，李德林給予他們很多許可權，就是要他們不惜一切代價拿下項目。他們要的是政績，只要有政績，什麼都可以談。

有了李德林的態度，他們就好處理多了。

姚占峰立刻興奮地說道：「鄭區長，我認為不管劉小飛他們到底有什麼目的，商人最終都是逐利的，只要我們給予他們比之柳擎宇承諾的更加優惠的條件，肯定可以擺平他們。他們對這塊土地不滿意，我們就給他們安排其他的土地。」

鄭曉成點點頭道：「嗯，占峰的話有道理，我們必須加大優惠力度，這種優惠力度要超出他們的想像，到時候，不管他們到底是哪種目的，在我們的優惠措施之下，一定會妥協的。柳擎宇能夠帶給他們什麼，我們雙倍，甚至四倍五倍地給，等拿下他們以後，我們有了政績，其他的再操作就容易多了，主動權就握在了我們手中。」

楊傑連忙拍馬屁說道：「鄭區長就是高瞻遠矚，有什麼需要我做的，您儘管指示，我保證辦好。」

聽楊傑的馬屁拍得如此清脆，就連姚占峰都暗暗豎起大拇指，這個楊傑真不愧是市府辦出來的，嘴就是甜啊，馬屁拍得又及時又響亮。

楊傑的馬屁，鄭曉成非常受用。其實，楊傑的馬屁功夫一般，鄭曉成欣賞的是楊傑的態度。身為副區長，楊傑對待自己的態度和柳擎宇有著天壤之別，柳擎宇根本就不理自己，而楊傑卻處處請示，這樣聽話的下屬，他喜歡。

鄭曉成讚許道：「很好，楊傑，你好好幹，我鄭曉成絕對不會虧待自己人的。」

鄭曉成算是給楊傑吃了顆定心丸。

隨後，三人便開始商量起如何擺平劉小飛和陳龍斌等人。

……………

與此同時，柳擎宇也接到了臥底的唐智勇打來的電話，唐智勇把劉小飛和陳龍斌到達以後發生的所有事情，詳細地向柳擎宇講述了一遍。

柳擎宇聽完說道：「嗯，不錯不錯，看來劉小飛和陳龍斌還真是非常上道之人啊。」

唐智勇不解地問：「老大，難道劉小飛和陳龍斌都沒有給你打電話，質問你嗎？」

柳擎宇笑道：「當然沒有，這個時候，他們怎麼能給我打電話呢，**聽明人做事往往不需要嘴上溝通，只要有默契地共同做一件事，一切大家就都明白了。**」

柳擎宇這話，意思說的不是很明確，但是唐智勇也是個聰明人，他隱隱感覺到了一些東西，也就不再多問，掛斷了電話。

隨後，他又回到司機班裡潛伏下來，以便及時把掌握的訊息向柳擎宇彙報。

掛斷電話後，柳擎宇又優哉遊哉地釣起魚來，臉色顯得十分平靜，就好像蒼山市那邊發生的事和他一點關係也沒有一樣。

蒼山市，新源大酒店內。

劉小飛和陳龍斌坐在劉小飛豪華套房的客廳內，一邊喝著劉小飛帶來的極品大紅袍，一邊討論今天的事。

「小飛，對今天的事你怎麼看？」

劉小飛笑道：「如果我猜得不錯的話，恐怕柳擎宇是因為做出的成績太過耀眼，被某些官員嫉妒眼紅，然後摘了桃子。我和柳擎宇接觸的時間雖然很短，但是對他的性格我相當瞭解，他不是個肯吃虧的主，他提出辭職絕對是一招**以退為進**。」

陳龍斌心中其實也有一些判斷，對劉小飛也充滿了濃厚的興趣，經過一路上和劉小飛的接觸，他發現雖然劉小飛和柳擎宇骨子裡都有一種囂張的因子，但劉小飛在談笑間所展現出來的強大自信、果斷的作風讓他十分欣賞，讓他甚至動了把劉小飛從蕭氏集團挖過來的念頭。

陳龍斌提出疑問：「你說柳擎宇既然是想要玩一招以退為進，為什麼他不提前通知我們，我們好及時和他配合呢？」

劉小飛看了陳龍斌一眼，說道：「陳總，你是在考驗我吧？」

陳龍斌笑著點點頭，沒有否認。

對陳龍斌的坦誠，劉小飛也不隱瞞心中的想法：

「陳總，以我對那些官場人物的瞭解，他們做事一向謹慎，不喜歡被別人抓住把柄，雖然對我們兩個柳擎宇信任，但是我們畢竟是商人，而他是官，雙方的信任也是有一定限度的，這個時候，柳擎宇不可能把什麼事情都對我們說；所以，現在雙方能否繼續合作下去的基礎依然在於**信任**！那就是我們不需要去懷疑他的能力，也不需要給柳擎宇打電話，去詢問任何問題，他也不會向我們多說什麼，我們只要按照我們本身的想法去做就可以了。我對柳擎宇充滿信心。」

陳龍斌笑了，非常滿意地點點頭：「嗯，小飛啊，你的表現真的讓我這個商場老油條都由衷地佩服，你才多大啊，就對人心和人性的把握如此細膩和深入，來我的河西省環保集團吧，我給你百分之廿五的股份，做僅次於我的第二大股東。」

劉小飛婉謝了：「不好意思，身為商人，重義守信最為根本，我現在既然是蕭氏集團的投資總監，就必須對蕭氏集團負責，所以只能辜負陳總的美意了。」

兩人又聊了一會兒，期間鄭曉成打電話來，邀請他們過去吃飯，被他們謝絕了。兩人去酒店餐廳吃了便飯，便各自回房休息。

下午三點半，鄭曉成又給劉小飛和陳龍斌打了電話，約他們到新源大酒店的會議室坐下來談一談。

下午四點，新源大酒店「天方閣」會議室內。

劉小飛、陳龍斌、鄭曉成、楊傑、姚占峰五人圍坐在橢圓形會議桌兩側，桌上放著之前雙方所簽訂的合同。

鄭曉成首先發言：

「劉總，陳總，我們過來，主要是想和你們談一下雙方合同的落實問題。根據合同規定，你們首批的投資金額應該在這一個星期內到達我們蒼山市，我們琢磨著到時候是不是舉辦一個盛大的新聞發布會來宣布此事，這對你們來說也是一個不錯的宣傳機會，你們看這個新聞發布會定在什麼時間合適？」

鄭曉成這番話說得很有水準，他先敲定了雙方合作的前提，然後用合同來提醒劉小飛他們應該一星期內把資金匯過來，然後又以召開新聞發布會為名，逼他們落實資金，這番話既顯得委婉，又在委婉中帶著幾分強硬。

楊傑和姚占峰聽了佩服不已，心說領導就是領導，講話夠水準啊。

哪知劉小飛大馬金刀地靠在椅子上，臉上露出不耐的神色，說道：「不好意思，鄭區長，我們的資金和項目恐怕短時間內無法落實下來了。」

鄭曉成聽了，臉色刷的一下沉了下來，楊傑和姚占峰心中也是一顫。

鄭曉成能混到區長位置上，也是有些水準的，立刻沉聲道：「劉總，你這是什麼意思？難道我們之間簽訂的合同你們直接無視了嗎？」

劉小飛笑著擺擺手道：「不不不，鄭區長，你誤會了，我劉小飛從來沒有做過有辱誠信之事，我之所以說資金和合同沒法落實，是因為到現在為止，我們的項目用地地點還沒有落實，那麼我們憑什麼這麼快就把資金匯過來？我們簽訂的合同上面清清楚楚地寫著，項目用地經雙方簽字確認後，百分之三十的啟動資金在一個星期內匯過來。你如果忘了，可以仔細翻閱一下那些合同。」

說話時，劉小飛雖然滿臉含笑，但是眼神中卻對鄭曉成充滿了蔑視，心中暗道：

「鄭曉成啊鄭曉成，就你這樣的人也能當區長？柳擎宇真是太委屈了，柳擎宇縱然不能把合同的條款倒背如流，但是和我們談判的時候，根本不用看合同，就可以和我們就每一條展開討論，每條條約寫的是什麼，他記得一清二楚，我們想要在任何細節上占點便宜都不可能，而你這個當區長的，想要摘桃子，卻連基本功都不紮實，這官做得真是糊塗啊！和你這樣的人合作，我能放心才怪。」

鄭曉成哪裡曉得劉小飛此刻的想法，他現在一門心思想的就是想辦法儘快把資金和項目落實下來，把政績撈到手裡。

劉小飛說完，鄭曉成和楊傑三人連忙打開合同，像沒頭蒼蠅一般查找起來，三人找了足足有三分鐘的時間，才在第五頁找到了這項條款，一時間，三人的臉色都顯得十分難看，就好像吃了死蒼蠅一樣膩味。

鄭曉成心中把柳擎宇給恨死了，心裡罵道：柳擎宇！你這個官是怎麼當的，怎麼能和對方簽這樣不利於我們新華區的條款呢？你這不是坑爹嘛?!這可讓我如何是好啊？

這時，劉小飛說道：「怎麼樣，鄭區長，看到那個條款了吧？我劉小飛沒有說謊吧？好了，鄭區長，如果沒有別的事的話，我就先回去休息了，晚上我們要連夜趕回河西省。這個項目的事就先到這裡吧。」

說著，劉小飛看向陳龍斌：「老陳，你是什麼意見？」

陳龍斌立刻配合地說：「嗯，就照你的意思辦，我那邊也還有很多事情要處理呢。」

看兩人一唱一和的，鄭曉成的臉色更加難看了，合同上白紙黑字寫的條件，他拿劉小飛他們沒有任何辦法。但是上面又有李德林的強硬指示，如果他不能把劉小飛他們給留下來的話，恐怕自己的烏紗帽就真的危險了。

鄭曉成只得滿臉堆笑，極盡諂媚道：「劉總，陳總，如果你們對我們選的這塊地不滿意的話，可以另選一塊，不管你們選中了哪一塊，我們保證幫你們把那塊地拿下，你們看怎麼樣？」

為了能夠拿下政績，鄭曉成豁出去了。他相信自己提出這麼優厚的條件，劉小飛和陳龍斌是絕不會拒絕的，只要他們接受了這個條件，自己後面還會給出更加優厚的條件。他就不相信拿不下這兩個商人。

無奈鄭曉成太一廂情願了。他以為劉小飛和陳龍斌肯定會見錢眼開，卻忘了一件事，商人重利不假，但是真正有遠見的商人，更加看重的是長遠利益。鄭曉成給出這樣的承諾，反而讓劉小飛和陳龍斌更加看不起他了。

劉小飛笑呵呵地說道：「鄭區長，其實我的確看中了一塊地，就是你們新華區區委區政府大院那塊地，那個位置交通條件優越，各種基礎設置齊備，生產出來的產品可以快速運往高速公路，不知道鄭區長能否忍痛割愛呢？」

瞪眼！使勁瞪眼！鄭曉成沒有想到劉小飛竟會提出這樣無理的要求。

開什麼玩笑！別說兩人加在一起不過才幾億的資金，就算他們投資十億二十億，上百億，他也不敢把區委區政府那塊土地給讓出去啊！

從劉小飛的話語中，他感受到了一絲玩味之意，明顯劉小飛是在耍他而已。

鄭曉成臉色陰沉下來，冷冷地看向劉小飛說道：「劉總，我們新華區是帶著一百二十分的誠意來和二位談合作的，希望你們也能多拿出一些誠意來。我們應該尋找共識，盡可能達成我們雙方都能接受的條件。」

劉小飛淡淡一笑，說道：「好，既然鄭區長這樣說的話，那也沒問題，我們其實是非常願意和新華區合作的，不過，我希望和我們談合作的人是柳擎宇和秦睿婕，而不是其他人，只要是他們來和我們談，我們會毫不猶豫地把這個項目敲定。你看，我們的條件非常簡單吧，對我們雙方來說都是可以接受的。」

聽劉小飛竟然提出這樣的條件，鄭曉成的臉色變得更加難看了，他的雙拳緊緊握住，他的雙腿在顫抖，恨不得衝上去狠狠地揍劉小飛一頓。

他費盡心血，甚至連李德林、鄒海鵬等巨頭都參與進來，就是為了把柳擎宇擠走，好來瓜分柳擎宇的成績，現在劉小飛竟要求自己把柳擎宇請回來頂替他和他們談判，這根本是不可能的。不僅他不會答應，李德林、鄒海鵬等人也絕對不會答應。

此刻，最為震怒的是姚占峰。

他能夠官復原職，心中的得意無以復加，可是劉小飛卻根本沒有和自己談判的意願，反而提到秦睿婕，這根本就是在打自己的臉啊，這是對自己最大的侮辱，姚占峰雙眼充滿怨毒地看著劉小飛。

劉小飛卻在這個時候仰面靠在了椅子上，開始閉目養神起來。

氣氛在這一刻僵持了起來。

鄭曉成不愧是區長，城府比較深，他用腳踢了一下表情僵壞的姚占峰，然後深吸了一口氣，平緩一下憤怒的心情，說道：

「劉總，你剛才說的那個提議，我現在無法給你肯定的答覆，首先，柳擎宇已經辭職了，無法再代表我們新華區做任何事，而秦睿婕同志，現在是老幹部局的局長，也不再負責招商引資的事，所以，我認為這件事我們應該從長計議。」

說到這裡，鄭曉成頓了一下，道：

「劉總，陳總，既然我們雙方的目標是一致的，那就是合作雙贏，我們可以先把選擇場地這件事擱置起來，先看看可以達成共識的東西。」

說著，他拿出兩份重新擬好的合同，分別遞給劉小飛和陳龍斌：

「劉總，陳總，這是我們在之前雙方簽訂合同的基礎上，向上級申請後另外擬定的新合同，這份合同上，我們在投資政策、稅收和土地使用等諸多方面，都提供了更加優厚的條件，你們可以先看一看。」

劉小飛和陳龍斌先是一愣，隨即接過新的合同樣本看了起來。

兩人雖然不是專業律師，但是身為公司的高級管理人員，對合同的審閱也是有著相當的功底的，看完這份新的合同後，都深深感受到新華區特意拉攏他們的誠意。

因為這份合同比之前和柳擎宇簽的那份合同，在各種合作條件上的優惠可不是一點半點，而是很多點。可以說，按照這份新的合同走的話，至少可以節省幾千萬的成本。

劉小飛眼珠一轉，臉上原來的那種高傲和不屑消失了，取而代之的是一臉溫和的笑容：「鄭區長，從這份合同中，我的確看出了你們新華區，尤其是鄭區長的誠意，不過呢，說實在的，我們在其他的地區也可以獲得和你們所提供的一模一樣的優惠條件，所以是不是要和你們合作，我們還得再仔細考慮考慮。」

鄭曉成聽了，心中不屑地道：「這劉小飛果然是個奸商，之前說讓柳擎宇來和他談判不過是虛晃一槍罷了，最終目的還不是撈取更多的優惠條件！不過這樣正好，只要你肯在我們新華區投資，讓我拿到政績，一切都好說，等你的資金落地了，到時候看我怎麼收拾你們。」

鄭曉成心中這樣想，臉上卻露出十分真誠的笑容，說道：

「劉總，這個優惠條件你不用有所顧慮，我們還是可以再談的，要不，你看這樣行不行，你們今天就不要走了，你們再好好商量商量，看看對這份新合同哪裡還有不滿意的地方，都可以標注出來，我們明天接著談。中午沒能接待好你們，我們新華區方面，包括我們的市委領導都有些過意不去，晚上我們設宴款待二位，到時候我們市委領導也會出席，以表達我們對這次合作的重視，你們看怎麼樣？」

劉小飛露出十分猶豫的樣子，轉頭看向陳龍斌，說道：「老陳，你說呢？」

陳龍斌對劉小飛的真實用意怎麼會不瞭解呢，一看就知道劉小飛是在故意裝樣子，所以他皺著眉沉思了一下說道：

「嗯，這樣吧，小飛，既然鄭區長和蒼山市的領導對我們這樣重視，我們也不能不知進退，我們再好好商量商量。」

說到這裡，陳龍斌露出一絲為難的神色，看向鄭曉成道：

「不過，鄭區長，晚上的宴會我們恐怕不能參加，畢竟無功不受祿嘛，吃人家嘴短，而且我們晚上也有別的安排。我看這樣吧，等哪天我們這個項目最終敲定了，就算你們不請我們，我們都不答應，你看怎麼樣？」

鄭曉成聽陳龍斌這樣說，一顆懸著的心放了下來，只要他們今天肯留下來，他就多了幾分把這個項目和投資拿下來的把握。

鄭曉成也就點點頭道：「好，那就依劉總和陳總的意思，二位先休息，我們就不打擾了，明天上午九點左右，我再過來和二位談，你們看怎麼樣？」

劉小飛和陳龍斌同時點點頭。

為了表達誠意，這次劉小飛和陳龍斌親自把鄭曉成等人送出了酒店大門。

鄭曉成、楊傑、姚占峰三人上車後，楊傑興奮地說道：「區長，還是您厲害啊，您怎麼看出他們是在虛張聲勢呢？」

楊傑這又是拍馬屁，而且拍得非常高明，以提問的方式，讓鄭曉成講述自己的厲害之處，**哪個當領導的不喜歡發言，不喜歡顯擺自己?!**

尤其是楊傑故意做出一副急著想要知道答案的表情看著鄭曉成，鄭曉成心中那叫一個爽啊，能夠把劉小飛和陳龍斌給留下來，並且讓他們答應明天接著談，這的確讓他很有成就感。

他立刻十二萬分的得意地說道：

「楊傑啊，這個其實也算不上我有多厲害，只不過我對這些商人有些瞭解罷了。商人嘛，一向是重利輕義，馬克思不是說過嘛，商人有了百分之一百的利潤，就敢踐踏人間的一切法律，更何況是劉小飛這樣的普通商人呢，給他們點甜頭，他們就乖乖上鉤了……」

就在鄭曉成在那裡顯擺的時候，劉小飛和陳龍斌回到房間後，劉小飛立即撥通了柳擎宇的電話，說道：「柳擎宇，我手中多了一份鄭曉成送過來的合同樣本，不知道你感興趣不？」

正在釣魚的柳擎宇接到劉小飛的電話，頓時呵呵地笑了起來：「好啊，劉小飛，你在哪裡，我派人去你那裡拿。別的我就不多說了，兩個字，多謝。」

劉小飛最欣賞柳擎宇的這種爽快，說道：「咱們兩個就啥也不說了，我在新源大酒店六〇六號房，你直接派人過來吧。」

掛斷電話，柳擎宇靠在躺椅上，不禁說道：「嗯，這個劉小飛還真是一個厲害的人啊，對我要這份文件做什麼他根本就不問，聰明，真的是非常聰明，和這樣的人合作，才最讓人放心，最為舒心。」

此刻，電話那頭，劉小飛掛斷電話後躺在床上，嘴角也露出一絲淡淡的笑容。他自言自語道：

「從眼前的形勢來看，雖然柳擎宇處於劣勢，但是他的聲音卻顯得那樣悠閒淡定，說明這傢伙對於整件事絕對在掌控之中，雖然不知道這傢伙有什麼後手，但是這小子絕對不是任人宰割之人，現在我要做的只是**靜觀其變，順勢而為**。我倒要看看這個柳擎宇憑著一個小小的副區長，甚至還是辭職的前副區長的身分，到底能夠玩出什麼花樣。」

幾個小時後，柳擎宇收到了唐智勇取回來的鄭曉成版本的合同。

他看完後，氣得狠狠地把合同丟在地上，咬牙切齒地道：

「鄭曉成，你是個混蛋！為了自己的政績，竟然連新華區的利益都敢出賣，你這個人渣！我處處維護新華區的利益，你卻毫不猶豫地以新華區的利益為籌碼想要撈取政績，你能不能有點格調啊！像你這樣的官員，官位越高，老百姓就越遭殃，我柳擎宇絕對不會讓你的陰謀詭計得逞的。」

說到這裡，柳擎宇雙拳緊握，抬頭仰望天上的明月，眼中的寒意就像秋末的天氣一般，漸漸轉涼。

過了一會兒，柳擎宇緩緩收回目光，拿出手機，開始撥打電話進行佈局。

劉小飛猜對了一部分，雖然柳擎宇辭職了，但是他的辭職卻是虛實各半，深意層層。

當天晚上，白雲省各大電臺、平面、網路媒體開始紛紛報導、轉載蒼山市新華區在河西省招商引資的成績，對新華區的工作給予了大力肯定。

就在當天深夜，蒼山市的精彩表現終於驚動了省委很多領導。

第二天上午，蒼山市市委書記王中山、市長李德林以及蒼山市市委常委應邀參加省委常委視頻擴大會議，通過遠端視訊的方式，參與了省委常委們有關蒼山市新華區的討論。

在這次會議中，省委書記曾鴻濤和諸位常委們對蒼山市的工作給予了充分肯定，因為在這次河西省之行中，新華區的出色表現，使蒼山市的整體招商引資成績從排名靠後直接躥升到了第一名，成為逆襲的最佳典範。

會議進行到最後階段時，曾鴻濤問道：

「王中山同志，省委對你們蒼山市近期的工作非常滿意，關於在經濟交流會上所簽訂的合同，你們現在落實得怎麼樣了？」

聽到曾鴻濤提問，李德林心中頓時幸災樂禍起來，心說：王中山啊王中山，我看你這次怎麼回答，你要是瞎說的話，看我不揭穿你。

王中山大腦飛快地運轉起來，曾鴻濤這樣問，說明他對此事十分的上心。他雖然他也非常想要這個政績，卻絕不敢作弊，所以如實回道：

「曾書記，自從上次省際經濟交流會結束後，李德林同志便在市委常委會上推動招商引資項目要統籌安排的提議，而我對這個提議持否定的態度，所以，這件事最後是由李同志來負責，具體的情況他沒有向我提過，還是請他向您和各位領導報告一下吧。」

聽王中山這樣說，李德林氣得差點沒有罵娘。他沒想到，王中山竟然如此示弱，完全不顧自己市委書記的面子，直接承認鬥不過他。

現在的重點在於，他接手了新華區的項目之後，把各個項目分給了各個縣區。各縣區拿到了之後，雖然也有一些縣區聯繫上了投資商，甚至有投資商過來考察過，但是投資商看到負責人不是柳擎宇後，都採取了保留的態度，暫時沒有要投資。即使拿出比以前柳擎宇所簽的合同中更為優厚的條件，大部分投資商依然是不為所動，這種結果讓李德林十分鬱悶。

此刻，省委書記曾鴻濤問起這個問題，王中山又把自己推出來，李德林心中就更加鬱悶了。

如果自己實話實說的話，不僅曾鴻濤會對自己產生不滿，就算自己的老領導恐怕也無法再包庇自己，所以他眼珠一轉，立刻說道：

「曾書記，目前已經有多家和我們簽訂合同的投資商過來考察過了，現在我們正在積極和對方進行洽談，相信最終的結果肯定會非常好的。」

身為市長，李德林說話技巧非常高明，他這樣說，給各位省委領導一個蒼山市已經做出了成績的感覺，即便後面出了一些差錯，也依然給自己留了餘地，畢竟他剛才說得非常清楚，雙方只是處於洽談中，既然是洽談，就有可能談不攏。他到時候再拿出一個堅定維護蒼山市利益的幌子，拒絕對方提出的無理要求，這樣的話，基本上他就處於不敗之地了。

然而，李德林聰明，曾鴻濤更不是傻瓜。能夠坐到省委書記這個位置上，曾鴻濤自然是見多識廣、思維敏捷之人。雖然李德林進退有據，但是曾鴻濤卻從王中山的隱忍、退讓，李德林模稜兩可的話語中，察覺到蒼山市班子內部的一些問題，尤其是李德林的話，更是讓他心生疑惑。

曾鴻濤臉色有些不悅地說道：「李同志，我想知道的是現在你們蒼山市到底落實了幾個項目，比如說資金、技術等，有多少個項目是已經確定的，沒有確定的、正在談的就不要說了。」

曾鴻濤說完，其他省委常委們眉頭也微微皺了起來，看向視頻中的李德林。

看到曾鴻濤直指核心，李德林便知道想要蒙混過關是不可能了，尤其是他通過視頻畫面看到其他常委的表情，他知道自己現在就算是咬緊牙關也得先拿出一兩個項目來，否則省委常委們對自己印象會越來越不好。

想到此處，李德林立刻沉聲道：

「曾書記，昨天晚上新華區區長鄭曉成同志向我報告，說他們已經和河西省環保集團以及蕭氏集團的兩位負責人敲定了項目的最終合作方案，他們的資金會在一個星期內到位，快的話，兩三天就能到位，項目很快就會啟動。其他的合作項目估計也會在這幾天敲定一批。」

此刻，李德林只能硬著頭皮往上衝了。

聽到李德林這樣說，各位省委常委們的臉色才緩和了些。

曾鴻濤的臉色顯得十分平靜，沒有人可以從他的臉上看出任何表情。

只見他輕輕點點頭吩咐道：

「嗯，于秘書長，我看這樣吧，這一次蒼山市表現得非常不錯，你下午把工作安排一下，明天親自去蒼山市一趟，一來，是代表我們省委為蒼山市的同志們加油鼓勵，對他們的工作給予肯定；另一方面，把在蒼山市考察的投資商們聚在一起，和他們好好聊一聊，表達我們省委對他們的重視，讓他們感受到我們白雲省的態度，放心地在我們白雲省投資發展。」

于秘書長名叫于金文，是曾鴻濤的親信，也是省委大管家，又是省委常委，在省委裡極有人脈和威信。

李德林一聽曾鴻濤要派于金文來蒼山市時，心一下就慌了，好在他久混官場，場面功夫不錯，雖然心中慌亂，臉上卻沒有表現出來。

隨後，其他省委常委對曾鴻濤的意見表示支持，最終確定于金文明天上午趕往蒼山市調研。

散會之後，李德林火急火燎地離開了會議室，他真的著急了。如果讓省委書記和省委秘書長知道自己在撒謊的話，他可就慘了。

李德林回到自己的辦公室後，立刻拿出手機撥通了鄭曉成的電話，心急火燎地道：

「鄭曉成，你給我聽清楚了，現在我給你一個命令，我不管你怎麼做，明天上午八點鐘之前，我必須聽到河西省環保集團以及蕭氏集團與你們敲定正式合作協議，並且資金要保證在三天內到位。」

「啊？資金三天內要到？李市長，這個太難了，我現在也正在積極想辦法做他們的工作啊，我有信心讓他們在我們新華區投資，但是資金到位時間和最終敲定合作的時間恐怕不容易把握得那麼精準啊。」

鄭曉成聽李德林逼得那麼緊，感覺到心臟開始劇烈地跳動起來，他意識到要出事了。

李德林並不理會鄭曉成的說法，口氣嚴峻地道：

「鄭同志，話我已經給你帶到了，另外，我還要告訴你一件事，明天上午，省委秘書長于金文將會到蒼山市，尤其是你們新華區視察，瞭解這兩個項目的具體落實情況，在省委常委視頻擴大會議上，我對你們新華區的工作給予了高度肯定，省委也對你們新華區十分重視，希望你不要辜負省委和市委的殷切期盼啊。」

說完，李德林掛斷了電話。

領導說話的藝術，就是凡事點到為止，他只需要給鄭曉成一個時間，然後再點一下于金文要下來的事，如此模糊地說一番，就會給鄭曉成帶來無窮的壓力。

李德林這邊掛斷電話後，雖然有些擔心鄭曉成是否能夠完成任務，但是相對來說，也輕鬆多了，因為他已經把壓力分出去了，如果鄭曉成完成不了自己交給他的任務，那麼他會毫不猶豫地把鄭曉成推出去當替罪羊，而在那之前，鄭曉成則是他的一桿槍，一桿為了搶政績、做難事的槍。

請續看《權力巔峰》6 幕後操作

權力巔峰 卷5 政治博奕

作者：夢入洪荒
發行人：陳曉林
出版所：風雲時代出版股份有限公司
地址：10576台北市民生東路五段178號7樓之3
電話：(02) 2756-0949
傳真：(02) 2765-3799
執行主編：朱墨菲
美術設計：吳宗潔
行銷企劃：林安莉
業務總監：張瑋鳳

初版日期：2020年1月
版權授權：蔡雷平
ISBN：978-986-352-780-0
風雲書網：http://www.eastbooks.com.tw
官方部落格：http://eastbooks.pixnet.net/blog
Facebook：http://www.facebook.com/h7560949
E-mail：h7560949@ms15.hinet.net
劃撥帳號：12043291
戶名：風雲時代出版股份有限公司

風雲發行所：33373桃園市龜山區公西村2鄰復興街304巷96號
電話：(03) 318-1378
傳真：(03) 318-1378
法律顧問：永然法律事務所 李永然律師
北辰著作權事務所 蕭雄淋律師

行政院新聞局局版台業字第3595號 營利事業統一編號22759935

定價：270元

國家圖書館出版品預行編目資料

權力巔峰 / 夢入洪荒著. -- 初版. -- 臺北市：風雲時代, 2019.10- 冊； 公分

ISBN 978-986-352-780-0（第5冊：平裝）--

857.7 108013698